Petits Crimes de Noël

Jean-Pierre Croquet

présente

Petits Crimes de Noël

Nouvelles

ÉDITIONS DU MASQUE

PRÉFACE

— Il serait plus prudent, Watson, d'emporter votre revolver.
— Quoi, Holmes ! m'écriai-je. La nuit de Noël ?
— Le mal, Watson, ne connaît ni trêve ni repos.

William DeAndrea,
The Adventure of the Christmas Tree

L'accueil favorable réservé à *Frissons de Noël* m'a encouragé à réunir une nouvelle sélection d'histoires mystérieuses pour les fêtes de fin d'année. Comme lors de la précédente anthologie, *Petits Crimes de Noël* propose un choix de récits qui tous font de la fête de la Nativité le cadre des actions les plus viles et des manigances les plus noires. Plaisir du contraste sans doute, mais aussi incertitude que l'hiver, avec ses vents mauvais qui font trembler les vitres et agitent les rideaux, est la période idéale pour se plonger, douillettement installé au coin du feu, dans des « histoires de risque et de ruse », comme l'écrivait joliment Pierre Véry dans un éloge de la lecture hivernale.

Si dans les grandes lignes j'ai tenu à faire de l'histoire policière l'axe principal de la présente anthologie, j'ai veillé également à ouvrir le champ du mystère à l'histoire fantastique. Ce qui, après tout, n'est qu'un retour aux sources de la tradition qui veut que, aux plaisirs de la fête, se mêlent quelques frissons d'outre-tombe. Car, ainsi que je le rappelais dans l'introduction de ma précédente anthologie, les histoires de Noël furent longtemps, dans les pays anglo-saxons tout au moins, des histoires de fantômes.

Avant que le genre criminel ne fît son apparition, Dickens et les auteurs publiant dans les revues qu'il dirigeait rivalisèrent d'imagination pour apporter aux lecteurs, pendant la période de Noël, leur content de *ghost stories*. Pour autant, la tradition de la nouvelle fantastique de Noël n'a pas disparu avec la naissance de l'histoire policière, comme en témoigne Hugh Walpole avec *Le Tarnhelm* que vous allez pouvoir découvrir. Et même, certains auteurs tel Peter Lovesey ont opéré la synthèse entre les deux genres en introduisant, dans *Fantôme*, un chasseur de spectres peu ordinaire. Dans ce cas, l'intérêt criminel s'ajoute à l'argument surnaturel et inversement. Derrière ces nouvelles, apparaît en filigrane le souvenir des « fantômes des Noëls passés », en un mot, toute la mythologie victorienne qui spontanément assimilait la naissance christique à une histoire de revenant.

Côté policier, le souci de la variété a guidé mon choix. Auprès d'auteurs de l'âge d'or du roman à énigme telles Agatha Christie *(Christmas Pudding)* et Margery Allingham *(Le Sang répandu sous le gui)*, on trouvera des auteurs moins connus en France (car le charme d'une anthologie réside aussi dans la découverte). C'est le cas de Marjorie Bowen, romancière anglaise décédée en 1952, qui, avec *L'Heure du thé*, tisse une sombre intrigue d'empoisonnement dans un décor qui n'est pas sans évoquer le Manderley de Daphné du Maurier ; et de Susan Moody, auteur de séries policières et de thrillers romantiques fort prisés de l'autre côté de la Manche, et dont *Ma chair et mon sang* n'est que la deuxième nouvelle traduite en français. Et, comme un panorama du genre policier ne serait pas complet sans une bonne vieille histoire de chambre close, j'ai choisi, pour illustrer le crime impossible, *Le Clocher de Noël* d'Edward D. Hoch, un des nouvellistes les plus remarquables du xxe siècle, dans le domaine du mystère.

Enfin, j'ai complété ma sélection par un texte rare et deux autres inattendus. Rare comme *Une éprouvante nuit de Noël*, nouvelle de jeunesse de Conan Doyle où l'auteur, plusieurs années avant de donner naissance au parangon des détectives, fait déjà preuve d'un remarquable talent de conteur. Inattendus comme *La Tombe solitaire* de Thomas Hardy et *Le Big Boss* de Woody Allen. Dans le premier cas, il s'agit d'une des histoires les plus noires que je connaisse, écrite en 1897 par le grand romancier victorien pour le numéro de Noël du *St James' Budget* ; dans le second, d'une enquête métaphysico-hilarante, à la fois mise en pièce du genre policier et de l'histoire de Noël. Autant dire que le pessimisme insondable de Thomas Hardy est contrebalancé par l'humour iconoclaste de Woody Allen.

Avant de vous laisser vous plonger dans *Petits Crimes de Noël*, je ne résiste pas aux plaisirs d'évoquer la manière dont M. R. James (1862-1936), l'un des plus grands écrivains de *ghost stories* du xxe siècle, alors principal du King's College de Cambridge, avait coutume de lire à quelques *happy few* l'histoire terrifiante qu'il avait rédigée spécialement pour la nuit de Noël. Monty — comme le surnommaient ses proches — réunissait ses amis dans son bureau lambrissé ; celui-ci n'était alors éclairé que par des bougies. Invariablement, il faisait attendre son auditoire ; quelques personnes impatientées se levaient, d'autres plaquaient sur le piano des accords distraits. Enfin, Monty paraissait, son manuscrit à la main. Il ne disait rien : il attendait que le silence se fît. Puis, très lentement, il allait éteindre une à une toutes les bougies. Toutes les bougies sauf une. Alors, seulement, il s'installait devant la lumière hésitante de l'unique flambeau et, sur le ton de quelqu'un qui confie un terrible secret, commençait à lire son histoire...

Préface

À vous maintenant de baisser un peu la lumière et de vous préparer à découvrir, comme les *happy few* de Cambridge, de très étranges récits. Hercule Poirot et Albert Campion vous invitent à les suivre. Mais d'autres guides se révéleront peut-être plus sournois. Et si la lecture achevée, vous croyez voir du sang répandu sous le gui, si vous trouvez que la bûche ou le pudding a un drôle de goût, à moins que ce ne soit le champagne..., rassurez-vous, cela n'arrive que dans les histoires, que dans les histoires mystérieuses de Noël.

Enfin, presque...

Jean-Pierre Croquet

LE BIG BOSS

Woody Allen

J'étais dans mon bureau en train de retirer plein de détritus du canon de mon .38 tout en me demandant quelle serait ma prochaine enquête. J'aime bien mon boulot de flic privé. Il a ses inconvénients, c'est certain, et il m'est arrivé une fois ou deux de me faire masser les gencives à coups de cric, mais quand je renifle la suave odeur des billets de banque, je me dis qu'il a aussi ses avantages.

Je ne parle même pas des nanas, que je place parmi mes préoccupations mineures, juste après l'acte de respirer. Voilà pourquoi, quand la porte de mon bureau s'est ouverte et qu'une blonde aux longs cheveux intitulée Heather Butkiss est entrée à grands pas, m'a dit qu'elle était mannequin nu et avait besoin de mes services, deux jets de vapeur sortirent de mes oreilles.

Elle portait une minijupe, un pull collant, et sa silhouette décrivait un ensemble de paraboles qui auraient rendu un bœuf cardiaque.

— Qu'est-ce que je peux faire pour vous, poupée ?

— Je veux que vous retrouviez quelqu'un.

— Personne disparue. Avez-vous essayé de demander à la police ?

— Pas exactement, Mr Lupowitz.

— Appelez-moi Kaiser, chérie. Alors, qui est le mec en cavale ?

— Dieu.

— Dieu ?

— C'est bien ça, Dieu. Le Créateur. Le Principe Universel. L'Être Suprême. Le Tout-Puissant. Je veux que vous me Le trouviez.

J'avais vu suffisamment de morceaux de choix défiler dans ce bureau pour être blasé, mais quand une fille était bâtie comme elle, on l'écoutait jusqu'au bout.

— Pourquoi ?

— Ça, Kaiser, c'est mon affaire. Contentez-vous de Le trouver.

— Désolé, mon minou, je ne peux pas vous aider.

— Mais pourquoi ?

— ... avant d'avoir tous les éléments, achevai-je précipitamment.

— D'accord, d'accord, dit-elle, mordillant sa lèvre inférieure.

Elle a redressé longuement la couture de ses bas, pour mon édification personnelle, mais quand je travaille, je travaille. On verrait plus tard.

— Restons dans le sujet, ma jolie.

— Eh bien, à la vérité... Je ne suis pas vraiment mannequin nu.

— Ah non ?

— Non. Je ne m'appelle pas Heather Butkiss non plus. Mon nom est Claire Rosensweig, et je suis étudiante à Vassar. Section philosophie. Histoire de la pensée occidentale et tout ça. Je dois remettre un exposé en janvier, sur la Religion. Tous les autres élèves vont remettre des études théoriques, mais moi, je veux *savoir* ! Le professeur Grebanier a dit que si quelqu'un découvre la vérité, il a une certitude d'être reçu avec mention. Et mon père m'a promis une Mercedes si j'y arrive.

J'ai pris une Lucky dans le paquet, dépiauté une tablette de chewing-gum, fumé la première et mastiqué l'autre. Son histoire commençait à m'intéresser. Une étudiante trop gâtée. Un quotient intellectuel aussi développé que son corps.

— Votre Dieu, à quoi Il ressemble au juste ?

— Je ne L'ai jamais vu.

— Alors, comment savez-vous qu'Il existe ?

— Ça, c'est à vous de le découvrir.

— Ah, bon, bravo ! Alors vous ne savez pas de quoi Il a l'air ? Ni par où on peut commencer à chercher ?

— Non, pas vraiment. Toutefois je soupçonne qu'Il est partout. Dans l'air que nous respirons, dans les fleurs, dans vous et... dans cette chaise.

— Je vois.

Donc, elle était panthéiste. J'ai noté le fait mentalement et lui ai dit que je me pencherais sur son affaire, pour cent dollars par jour, plus les frais, plus un rendez-vous à dîner. Elle a souri et accepté le marché.

Nous sommes descendus ensemble par l'ascenseur. Dehors, il commençait à faire nuit. Peut-être que Dieu existait, et peut-être pas, mais quelque part dans cette ville, il y avait sûrement des tas de gars qui allaient tout faire pour m'empêcher de trouver la vérité.

Mon premier coup de sonde a été pour le rabbi Itzak Wiseman, un ecclésiastique local qui me devait un service depuis le jour où j'avais découvert celui qui frottait du lard sur son chapeau. J'ai tout de suite vu que quelque chose clochait quand je l'ai interrogé. Il avait peur. Vraiment la trouille.

— Évidemment, il y a un vous-savez-quoi, mais je n'ai même pas la permission de prononcer Son nom, sinon Il me foudroierait. Entre nous, je ne pourrai jamais comprendre pourquoi quelqu'un se montre aussi susceptible dès qu'on prononce son nom.

— L'avez-vous jamais vu ?

— Moi ? Vous blaguez ! C'est déjà un miracle quand j'arrive à voir mes petits-enfants !

— Dans ce cas, comment savez-vous qu'Il existe ?

— Comment je le sais ? En voilà une question ! Est-ce que je pourrais me payer des complets à quatorze dollars s'il n'y avait personne là-haut ? Allez, touchez-moi cette gabardine !... Comment peut-on douter ?

— Vous ne pouvez rien me dire de plus ?

— Et l'Ancien Testament, qu'est-ce que c'est ? De la viande hachée ? Comment croyez-vous que Moïse a fait sortir les Israélites d'Égypte ? Avec un sourire ? En dansant les claquettes ? Croyez-moi, ce n'est pas avec de la poudre de perlimpinpin qu'on fait s'ouvrir la mer Rouge ! Il faut de la puissance !

— Alors, Il est costaud, hein ?

— C'est un dur. On pourrait quand même croire qu'avec tout le succès qu'Il se paye, Il devrait être plus gentil, mais non.

— Comment se fait-il que vous sachiez tout ça ?

— C'est parce que nous sommes la Race élue. Il s'occupe davantage de nous que du reste de Ses enfants. J'aimerais bien discuter de ça un jour avec Lui à tête reposée.

— Combien Le payez-vous pour être les élus ?

— Si on vous le demande...

Alors, c'était bien ça. Les Juifs étaient mouillés avec Dieu jusqu'aux oreilles. C'était le vieux racket de protection. Il prenait soin d'eux tant qu'ils passaient à la caisse. Et, à la façon dont parlait le rabbi Wiseman, les Juifs devaient drôlement L'arroser.

J'ai sauté dans un taxi et me suis pointé au club de billard de Danny, dans la Dixième Avenue. Le gérant était un petit mec mielleux que je ne pouvais pas pifer.

— Chicago Phil est là ?

— Ça dépend qui le demande.

Je l'accrochai par les revers, pinçant un peu de peau avec.

— Tu dis, pourriture ?

— Dans la salle de derrière, fit-il en changeant d'attitude.

Chicago Phil. Faussaire, piqueur de banques, gros-bras et ouvertement athée.

— Le niard n'a jamais existé, Kaiser. Renseignement de première main. Tout ça n'est que du bidon. Il n'y a pas de Big Boss. C'est un syndicat international. Avec une majorité de Siciliens. Mais il n'y a pas de Grand Patron actuellement. Sauf peut-être le pape.

— Il faut que je voie le pape.

— Ça peut s'arranger, fit-il en clignant de l'œil.

— Est-ce que tu connais le nom de Claire Rosensweig ?

— Non.

— Heather Butkiss ?

— Oh, attends une seconde. Bien sûr ! Cette blonde décolorée qui est en cheville avec les rigolos de Radcliffe.

— Radcliffe ? Elle m'a dit Vassar !

— Eh bien, elle a menti. Elle est prof à Radcliffe. Elle a été en ménage pendant un bout de temps avec un philosophe.

— Panthéiste ?

— Non, empiriste autant que je m'en souvienne. Un sale type. Il rejetait complètement Hegel et toute la méthodologie dialectique.

— Un de ceux-là, hein ?

— Ouais. D'abord, il a tenu la batterie dans un trio de jazz. Ensuite, il s'est entiché du positivisme logique. Et quand ça n'a plus marché, il s'est mis au pragmatisme. La dernière fois que j'en ai entendu parler, il avait volé du fric pour monter un cours sur Schopenhauer à Columbia. Les copains aimeraient bien le retrouver, ou mettre la main sur ses cahiers de textes pour les refourguer.

— Merci, Phil.

— Écoute-moi bien, Kaiser. Il n'y a personne au-dessus de nous. Que du vide. Je ne pourrais jamais refiler tous mes faux chèques ou truander le monde comme je le fais si j'avais la moindre conscience d'un Être Suprême. L'univers est strictement matérialiste. Rien n'est éternel. Tout ça est vide de sens.

— Qui a gagné la cinquième à Aqueduct[1] ?
— Petit Père Noël.
Ça, c'était du solide.

En vidant une bière chez O'Rourke, j'ai essayé de rassembler les morceaux du puzzle, mais ça n'avait aucun sens. Socrate s'était suicidé — c'est eux qui le disent. Le Christ avait été assassiné. Nietzsche était mort fou. Alors, s'il y avait quelqu'un responsable de tout ça, je comprenais bougrement bien qu'Il n'avait pas envie que ça se sache.

Et pourquoi Claire Rosensweig avait-elle menti au sujet de Vassar ? Descartes aurait-il eu raison ? L'univers était-il dualiste ? Ou Kant avait-il tapé dans le mille en émettant l'hypothèse de l'existence de Dieu pour des raisons morales ?

Ce soir-là, je suis allé dîner avec Claire. Dix minutes après qu'elle a réglé l'addition, nous étions dans le même sac à viande, et mon pote, tout ce que vous imaginez est très loin de la vérité : elle m'a organisé une démonstration d'athlétisme sur barre fixe qui aurait remporté la médaille d'or aux jeux olympiques de Tia Juana.

Ensuite, elle s'est appuyée sur l'oreiller, tout contre moi, ses longs cheveux blonds répandus comme une coulée d'encaustique. Nos corps nus étaient encore enlacés. Je fumais en regardant le plafond.

— Claire. Si Kierkegaard avait raison ?
— Que veux-tu dire ?
— Si on ne pouvait jamais *savoir*. Seulement avoir la foi.
— C'est absurde.
— Ne sois pas si rationaliste.
— Personne n'est rationaliste, Kaiser.

Elle a allumé une cigarette.

---

1. Aqueduct, le plus grand hippodrome de New York, dans le quartier de Queens. (N.d.T.)

— Ne commence pas avec l'ontologie. Pas maintenant. Je ne pourrais pas supporter que tu sois ontologique avec moi, Kaiser.

Elle était bouleversée. Je me suis tourné vers elle pour l'embrasser, et le téléphone a sonné. Elle a décroché.

— C'est pour toi.

La voix au bout du fil était celle du sergent Reed, de la Brigade des Homicides.

— Vous cherchez toujours après Dieu ?

— Ouais.

— Un Être Tout-Puissant ? Infiniment Bon ? Infiniment Parfait, Créateur et Maître de Toutes Choses ?

— Vous y êtes.

— Quelqu'un répondant à cette description vient d'être amené à la morgue. Vous feriez bien de venir jeter un coup d'œil.

C'était bien Lui, et rien qu'à regarder ce qu'il En restait, on reconnaissait un travail de professionnel.

— Il était mort quand on L'a amené.

— Où L'avez-vous trouvé ?

— Dans un entrepôt de Delancy Street.

— Des indices ?

— C'est le travail d'un existentialiste. Nous en sommes certains.

— Comment ça ?

— À la façon cafouilleuse dont il a été flingué. Ça a été fait sans aucun système cohérent. Par impulsion.

— Un crime passionnel ?

— Vous avez mis le doigt dessus. Et ça veut dire que vous êtes suspect, Kaiser.

— Pourquoi moi ?

— Tout le monde au commissariat connaît vos opinions sur Jaspers[1].

— Peut-être, mais ça ne fait pas de moi un assassin.

---

1. Karl Jaspers, né en 1883, psychiatre et philosophe allemand. (N.d.T.)

— Pas encore, mais vous êtes suspect.

Une fois dans la rue, aspirant l'air à pleins poumons, j'ai essayé de mettre de l'ordre dans mes idées. Un taxi m'a conduit jusqu'à Newark, et j'ai marché jusqu'au restaurant italien *Giordino*.

Là, attablée dans le fond, se trouvait Sa Sainteté. Parfaitement, le pape en personne, assis avec deux gars que j'avais déjà vus dans une demi-douzaine de séances d'identification chez les flics.

— Assieds-toi, m'a-t-il dit entre deux bouchées de fettucine.

Il m'a présenté sa bague. Je lui ai adressé mon sourire le plus dentu, mais n'ai pas embrassé l'anneau. Il a semblé embêté, ce qui m'a fait plaisir. Un point pour moi.

— Veux-tu un peu de fettucine ?

— Non, merci, Sainteté. Continuez, ne laissez pas refroidir.

— Tu ne veux rien ? Une petite salade ?

— Je sors de table.

— À ton aise, mais ici, ils font une merveilleuse sauce au roquefort. Ce n'est pas comme au Vatican. Là-bas, impossible d'avoir un repas convenable.

— Je n'irai pas par quatre chemins, Pontife. Je suis à la recherche de Dieu.

— Dans ce cas, tu as frappé à la bonne porte.

— Alors, Il existe ?

Trouvant ma question amusante, ils ont éclaté de rire en chœur. Le malfrat assis à côté de moi a dit :

— Ça, c'est quelque chose ! Ce gros malin veut savoir s'Il existe !

J'ai déplacé ma chaise pour être mieux installé, et avec l'un des pieds, lui ai écrasé comme par inadvertance le gros orteil.

— Oh, pardon !

Le mec bouillonnait, mais le pape a pris la parole :

— Bien sûr qu'Il existe, Lupowitz, mais je suis le seul à pouvoir communiquer avec Lui. Je Lui sers de porte-parole.

— Pourquoi vous, mon pote ?

— Parce que c'est moi qui porte le costume rouge.

— Cette défroque ?

— Touche pas avec tes doigts sales. Tous les matins, dès que je me lève, j'enfile le costume rouge et crac, boum, je suis une grosse légume. Tout est dans l'habit. Imagine une minute que je me balade en falzar collant et en polo ! Que deviendrait la chrétienté !

— L'opium du peuple ! C'est bien ce que je pensais, Dieu n'existe pas !

— Je l'ignore, mais qu'est-ce que ça peut bien faire du moment que la paye est bonne !

— Vous n'avez jamais peur que la blanchisserie ne vous rende pas vos fringues rouges à temps ? Vous ne seriez plus qu'un mec comme tous les autres !

— T'en fais pas, je prends le service rapide à la journée. Ça coûte un peu plus cher mais c'est plus sûr.

— Le nom de Claire Rosensweig, ça vous dit quelque chose ?

— Bien sûr. Elle est dans le service scientifique à Bryn Mawr.

— Scientifique, vous dites ? Merci.

— Pourquoi donc ?

— Pour votre réponse, Pontife !

J'ai pris un taxi, qui, après avoir traversé le George Washington Bridge, m'a déposé un instant à mon bureau. Là, j'ai opéré une rapide vérification, puis me suis fait emmener chez Claire. Pendant le trajet, j'ai posé les morceaux les uns sur les autres, et pour la première fois, ils s'emboîtaient à la perfection.

Quand j'ai pénétré chez elle, elle portait un déshabillé diaphane et quelque chose semblait la turlupiner :

— Dieu est mort. La police sort d'ici. Ils te cherchent. Ils croient que c'est un existentialiste qui a fait le coup.

— Non, chérie. La coupable, c'est toi.

— Comment ? Ce n'est pas le moment de plaisanter, Kaiser !

— C'est toi qui as fait le coup.

— Qu'est-ce que tu dis ?

— Toi, mon ange. Ni Heather Butkiss ni Claire Rosensweig, mais le docteur Ellen Shepherd !

— Comment sais-tu mon nom ?

— Professeur de physique à Bryn Mawr. Le plus jeune prof à avoir jamais eu une chaire là-bas. Pendant la sauterie du dernier trimestre, tu t'es amourachée d'un batteur de jazz qui est féru de philosophie. Il est marié, mais ça ne t'arrête pas. Quelques parties de jambes en l'air et ça devient de l'amour. Mais il y a vite de l'eau dans le gaz à cause d'un tiers : Dieu ! Tu vois, bébé, ton mec avait la foi, ou désirait l'avoir, mais toi, avec ton mignon petit cerveau scientifique, tu avais besoin d'une certitude absolue !

— Non, Kaiser, je te le jure.

— Alors tu fais semblant d'étudier la philosophie parce que ça te donne la possibilité d'éliminer certains obstacles. Tu te débarrasses de Socrate assez facilement, mais Descartes prend la succession, alors tu te sers de Spinoza pour liquider Descartes, et puis lorsque Kant se pointe, il faut aussi que tu l'effaces.

— Tu dis n'importe quoi !

— Tu découpes Leibniz en rondelles, mais ça ne t'a pas encore suffi, parce que tu savais que si quelqu'un écoutait Blaise Pascal, tu étais cuite. Alors il a fallu que Pascal y passe aussi, mais c'est là que tu as commis une grosse erreur parce que tu as fait confiance à Martin Buber. Manque de pot, il croyait en Dieu, alors il a fallu que tu descendes Dieu Lui-même.

— Tu es fou, Kaiser !

— Non, mon biquet. Tu t'es fait passer pour une panthéiste, ce qui t'a donné tes entrées chez Lui — s'Il existait, et Il existait. Il t'a accompagnée à une surprise-partie chez Shelby, et dès que Jason a eu le dos tourné, tu L'as tué.

— Mais qui sont ce Shelby et ce Jason ?

— Aucune importance. De toute façon, la vie est absurde.

— Kaiser, dit-elle, tremblant soudain, tu ne vas pas me livrer ?

— Oh, que si, poupée d'amour. Quand l'Être Suprême se fait flinguer, l'assassin se fait taper sur les doigts !

— Oh, Kaiser, nous pourrions partir ensemble, loin d'ici. Rien que toi et moi. Nous pourrions oublier la philosophie. Prendre un peu de repos, et plus tard, peut-être, nous mettre à la sémantique...

— Désolé, mon poussin bleu. Ça ne serait pas de jeu.

Elle était en larmes, maintenant ; elle a commencé de faire glisser les bretelles de son déshabillé, et elle s'est trouvée soudain nue devant moi, telle une Vénus dont le corps tout entier semblait crier : « Prends-moi, je suis à toi ! »

Une Vénus dont la main droite ébouriffait mes cheveux tandis que sa main gauche ramassait un .45 et me le pointait dans le dos.

Je lui ai balancé un lingot de mon .38 avant qu'elle n'ait pu appuyer sur la détente, et, laissant tomber son arme, elle s'est pliée en deux avec un regard incrédule.

— Comment as-tu pu, Kaiser ?

Elle s'affaiblissait, aussi a-t-il fallu que je me dépêche pour lui balancer le reste de l'histoire :

— La manifestation de l'univers comme une idée complexe en elle-même, en opposition au fait d'être intérieur ou extérieur à sa propre Existence, est inhérente au Néant conceptuel en relation avec toute forme abstraite existante, à exister ou ayant existé perpétuellement et non sujette aux lois de la physicalité ou à l'analyse des idées relatives au non-être ou à l'absence d'Essence objective ou subjective et tout ça.

Le concept était subtil, mais j'espère qu'elle l'a pigé avant de mourir.

Woody Allen

Comment ça, ce n'est pas une histoire de Noël ! Et le nom du vainqueur dans la cinquième course à Aqueduct, alors ?

Mister Big.
Traduit de l'anglais par Michel Lebrun.

CHRISTMAS PUDDING

Agatha Christie

Avant-propos

Dans *Christmas Pudding*, je me suis fait plaisir car cette aventure évoque pour moi le délicieux souvenir des Noëls de mon enfance. Après le décès de mon père, ma mère et moi avons toujours passé nos Noëls dans la famille de mon beau-frère, dans le nord de l'Angleterre — des Noëls magnifiques qui ne pouvaient que marquer la mémoire d'une enfant ! Il y avait tout, à Abney Hall ! Le parc s'enorgueillissait d'une cascade, d'un cours d'eau et d'un tunnel sous la grande allée ! Le déjeuner du 25 décembre était gargantuesque. Enfant maigrelette, d'aspect délicat, j'étais en fait de santé robuste et j'avais toujours faim ! Les garçons de la famille et moi jouions à qui, ce jour-là, en ingurgiterait le plus. Nous avalions la soupe aux huîtres et le turbot sans zèle excessif, mais alors arrivaient la dinde rôtie, la dinde bouillie et un énorme aloyau. Les garçons et moi prenions bien deux parts de chacun ! Nous avions ensuite du plum-pudding, des tartelettes aux fruits confits, du diplomate et toutes sortes de desserts. L'après-midi, nous nous bourrions de chocolats. Le tout sans ressentir jamais, aucun d'entre nous, la moindre lourdeur d'estomac ! C'est beau, d'avoir 11 ans et de l'appétit !

Quelle journée merveilleuse, qui commençait par le rite des « bas de Noël » quand nous étions au lit, se poursuivait à l'église avec tous les cantiques, le déjeuner de Noël, les cadeaux, l'illumination du sapin !

Je garde la plus profonde gratitude pour l'hôtesse si gentille et si généreuse qui a dû se donner tant de mal pour faire de Noël ce merveilleux souvenir qui m'habite encore dans mes vieux jours.

Qu'il me soit permis de dédier ce livre à la chaleureuse hospitalité d'Abney Hall.

Et Joyeux Noël à tous ceux qui le liront.

CHRISTMAS PUDDING

— Je regrette infiniment..., préluda M. Hercule Poirot.

Il fut interrompu. Pas de façon impolie, non. Avec affabilité et adresse, au contraire, afin de le convaincre plutôt que de le contredire :

— Je vous en prie, ne refusez pas d'emblée, monsieur Poirot. Il s'agit d'une sérieuse affaire d'État. Votre coopération sera appréciée en très haut lieu.

— Trop aimable, se défendit Hercule Poirot avec un geste de la main, mais je ne peux vraiment pas entreprendre ce que vous me demandez. À cette période de l'année...

Mr Jesmond l'interrompit de nouveau.

— Justement, Noël, plaida-t-il. Un Noël à l'ancienne dans la campagne anglaise.

Hercule Poirot frissonna. La pensée de la campagne anglaise en cette saison ne lui disait vraiment rien.

— Un Noël comme au bon vieux temps ! insista encore Mr Jesmond.

— Je ne suis pas anglais, moi, expliqua Poirot. Dans mon pays, Noël, c'est une fête pour les enfants. Nous, c'est le Nouvel An que nous célébrons.

— Ah ! mais en Angleterre, Noël est une véritable institution, et je puis vous assurer qu'à Kings Lacey, vous la verriez dans toute sa splendeur. C'est une vieille maison merveilleuse, vous savez. Pensez donc, l'une des ailes remonte au XIVe siècle !

Nouveau frisson de Poirot. L'idée même d'un manoir anglais du XIVe l'emplissait d'appréhension. Il avait trop souvent souffert dans les grandes demeures rurales historiques d'Angleterre. Il jeta avec satisfaction un regard circulaire sur son confortable appartement moderne, avec ses radiateurs et ses tout derniers équipements anti-courant d'air.

— L'hiver, décréta-t-il, je ne quitte jamais Londres.

— Je crains que vous ne mesuriez pas très bien la gravité du problème, fit Mr Jesmond en jetant un bref regard à son compagnon avant de revenir à Poirot.

À part un cérémonieux « Très honoré de faire votre connaissance », le second visiteur n'avait pas encore soufflé mot. Assis les yeux baissés sur ses chaussures bien cirées, il affichait le plus profond accablement sur son visage bistré. C'était un jeune homme qui ne devait pas avoir plus de 23 ans et se trouvait de toute évidence dans la plus grande détresse.

— Si, si, répondit Hercule Poirot, je me rends compte. C'est une affaire très ennuyeuse et je compatis de tout cœur avec Votre Altesse.

— La situation est extrêmement délicate, insista Mr Jesmond.

Le regard de Poirot quitta le jeune homme pour revenir à son compagnon plus âgé. S'il avait fallu définir Mr Jesmond en un mot, ce mot aurait été discrétion. Tout en lui était discret. Ses vêtements bien coupés mais peu voyants, sa voix agréable et distinguée qui s'écartait rarement d'un timbre monocorde bien posé, ses cheveux châtain clair à peine dégarnis près des tempes, son visage pâle et sérieux. Il semblait à Hercule Poirot qu'il avait connu non pas un, mais une douzaine de Jesmond, tous utilisant tôt ou tard la même formule : « une situation extrêmement délicate ».

— La police sait être très discrète, vous savez, fit Poirot.

Mr Jesmond secoua énergiquement la tête :

— Non, pas question de la police. Pour récupérer le... euh... ce que nous voulons récupérer, il nous faudrait alors presque inévitablement passer devant des cours de justice. Or, nous savons si peu de choses. Nous *soupçonnons*, nous ne *savons* pas.

— Je suis navré pour vous, redit Poirot.

S'il s'imaginait que sa compassion allait suffire à ses deux visiteurs, il se trompait. Ce n'était pas de cela qu'ils avaient besoin, mais d'assistance pratique. Mr Jesmond se mit de nouveau à lui vanter les mérites d'un Noël anglais :

— Les traditions se perdent, vous savez. Les gens préfèrent passer les fêtes dans les hôtels, de nos jours. Alors qu'un Noël anglais, avec toute la famille réunie, les enfants et leurs bas, le sapin, la dinde, le plum-pudding, les diablotins, le bonhomme de neige devant la fenêtre...

Par souci d'exactitude, Hercule Poirot le coupa et fit remarquer, sévère :

— Pour faire un bonhomme de neige, il faut de la neige. Et elle ne vient pas sur commande, même pour un Noël anglais.

— Encore aujourd'hui, je parlais à un ami du service de la météo : d'après lui, il est hautement probable qu'il y aura bel et bien de la neige cette année.

C'était ce qu'il ne fallait pas dire. Hercule Poirot frissonna de plus belle.

— De la neige en pleine campagne ! se récria-t-il. Ça serait le bouquet. Dans un grand manoir en pierre, brrr !

— Pas du tout, dit Mr Jesmond. Les choses ont bien changé, depuis ces dix dernières années. Il y a le chauffage central au mazout.

— Ils ont le chauffage central au mazout à Kings Lacey ? demanda Poirot.

Pour la première fois, il semblait ébranlé. Mr Jesmond saisit la balle au bond :

— Absolument, et un merveilleux circuit d'eau chaude. Des radiateurs dans chaque chambre. Je vous assure, cher monsieur Poirot, Kings Lacey représente le summum du confort en hiver. Vous allez peut-être même avoir *trop* chaud.

— C'est fort improbable.

Avec une habileté chevronnée, Mr Jesmond changea légèrement de cap.

— Vous pouvez imaginer le dilemme terrible dans lequel nous nous trouvons, fit-il sur un ton de confidence.

Hercule Poirot acquiesça de la tête. La situation n'était certes pas rose. Un jeune prince, futur potentat, fils unique du maître d'un riche et puissant État indigène, était arrivé à Londres quelques semaines auparavant. Son pays avait traversé une période de turbulences et de mécontentement. Bien que fidèle au père dont le style de vie était resté résolument oriental, l'opinion publique se montrait passablement méfiante envers le rejeton. Ses folies de jeunesse étaient de type occidental, donc unanimement réprouvées.

Récemment, toutefois, on avait annoncé ses fiançailles. Il devait épouser une cousine de la branche paternelle, jeune femme qui, bien qu'éduquée à Cambridge, prenait garde de ne faire montre d'aucune influence européenne dans son propre pays. Le jour du mariage avait été fixé et le jeune prince s'était déplacé en Angleterre avec quelques-unes des fameuses pierres précieuses de la famille afin de les faire remonter de façon plus moderne et appropriée par Cartier. Parmi elles se trouvait un rubis très connu auquel, après l'avoir desserti de son lourd et vieux collier, le célèbre joaillier avait donné nouvelle allure. Tout, jusque-là, s'était bien passé. Mais c'est alors que les choses s'étaient gâtées. Un jeune homme aussi bon vivant que fortuné ne pouvait pas ne pas s'octroyer quelques fredaines de la meilleure facture. Nul ne le lui aurait reproché : c'est ainsi que les jeunes princes sont censés s'amuser. Qu'il eût emmené son flirt du moment dans Bond Street et lui eût offert un bracelet d'émeraude ou un clip en diamant pour la remercier des faveurs accordées aurait paru tout à fait naturel et approprié en regard des Cadillac dont son père gratifiait invariablement ses danseuses favorites.

Mais le prince s'était montré beaucoup plus inconsidéré que cela. Flatté de l'intérêt que lui manifestait la dame, il lui avait montré le fameux rubis dans sa nouvelle monture, poussant l'imprudence jusqu'à l'autoriser à le porter un soir !

La suite de l'histoire avait été aussi brève que navrante. La belle avait quitté leur table de dîner pour se poudrer le nez. Le temps avait passé. Elle n'avait point reparu. Elle avait quitté l'établissement par une porte dérobée et s'était volatilisée. Le plus affreux est que le rubis serti de neuf s'était volatilisé avec elle.

Tels étaient les faits qui ne pouvaient être rendus publics sans entraîner les plus désastreuses conséquences. Ce rubis n'était pas une pierre ordinaire, il avait une grande signification historique et les circonstances de sa disparition étaient telles que leur divulgation malencontreuse risquait d'avoir de gravissimes répercussions politiques.

Mr Jesmond n'était pas le genre d'homme à évoquer de tels faits en langage direct. Il les enroba, si l'on peut dire, dans une avalanche de mots. Qui il était au juste, Hercule Poirot l'ignorait. Comme les autres Jesmond rencontrés au cours de sa carrière, s'il venait du ministère de l'Intérieur, de celui des Affaires étrangères ou de quelque autre service plus ou moins occulte de l'administration ne fut pas précisé. Il agissait dans l'intérêt du Commonwealth. Le rubis devait être retrouvé.

Et il n'y avait que M. Poirot, insistait Mr Jesmond en toute délicatesse, qui pût le retrouver.

— Oui... peut-être, reconnut Poirot, mais vous avez si peu d'éléments à me donner. Des impressions, des soupçons, tout cela est bien maigre.

— Voyons, monsieur Poirot, cela n'outrepasse sûrement pas vos compétences, qui sont illimitées. Allez, je vous en prie.

— Je ne réussis pas toujours.

Ce n'était que fausse modestie. Il était clair, au ton de voix de Poirot, que pour lui, entreprendre une mission était presque synonyme de la réussir.

— Son Altesse est très jeune, poursuivit Jesmond. Il serait désolant que sa vie fût gâchée pour une simple erreur de jeunesse.

Poirot posa sur le jeune homme accablé un regard indulgent.

— On commet des bêtises à votre âge, c'est sûr, fit-il pour lui redonner courage. Chez un garçon ordinaire, ce n'est pas trop grave. Papa sort son porte-monnaie, l'avocat de la famille répare les dégâts, le freluquet retient la leçon et tout est bien qui finit bien. Dans votre position à vous, il en va autrement. Votre mariage tout proche...

— C'est ça, c'est exactement ça.

Pour la première fois, les mots sortirent à profusion de sa bouche :

— Elle est très, très sérieuse, voyez-vous. Elle ne prend pas la vie à la légère. À Cambridge, elle a acquis des tas de grandes idées. Il faut développer l'éducation dans mon pays. Il faut bâtir des écoles. Il faut faire évoluer des quantités de choses. Tout cela au nom du progrès, de la démocratie. Rien ne sera plus jamais, d'après elle, comme au temps de mon père. Elle sait, bien sûr, que j'irai toujours m'offrir du bon temps à Londres, mais à moi de veiller à ne pas faire de scandales. Surtout pas ! C'est le scandale qui est grave. Or, ce rubis est très, très célèbre, vous savez. Il a toute une histoire qui remonte incroyablement loin. Il y a eu pour lui beaucoup de sang versé... beaucoup de morts !

— Des morts, murmura Poirot, songeur.

Il jeta un regard à Mr Jesmond :

— J'espère bien que cela n'ira pas jusque-là.

Mr Jesmond émit un gloussement étrange, un peu comme une poule qui aurait décidé de pondre un œuf et se serait ravisée.

— Allons, évidemment pas, dit-il d'un air pincé. Il n'est pas question de quoi que ce soit de ce genre, j'en suis sûr.

— Vous ne pouvez pas en être sûr, le reprit Hercule Poirot. Quelle que soit la personne qui détient maintenant le rubis, d'autres vont peut-être vouloir s'en emparer et n'iront pas par quatre chemins, très cher monsieur.

— Vraiment ! se raidit Mr Jesmond, plus compassé que jamais, je ne crois pas que nous devions nous laisser aller à des spéculations de ce genre. Elles ne sauraient nous être de quelque utilité.

— Eh bien moi, savez-vous, fit Poirot, plus belge que nature, je suis comme les politiciens, j'explore toutes les voies possibles.

Mr Jesmond lui jeta un regard hésitant, puis se ressaisit :

— Alors je peux considérer que c'est entendu, monsieur Poirot ? Vous irez à Kings Lacey ?

— Et comment expliquerai-je ma présence là-bas ? demanda ce dernier.

— Nous pourrons arranger cela très facilement, répondit Jesmond avec un sourire confiant. Je puis vous assurer que tout cela paraîtra tout à fait naturel. Vous trouverez les Lacey absolument charmants. Des gens délicieux.

— Et vous ne me racontez pas d'histoires avec le chauffage central au mazout ?

— Mais non, voyons ! s'offusqua Mr Jesmond. Je vous assure que vous aurez tout le confort.

« Tout le confort moderne », se murmura Poirot à lui-même en évoquant des souvenirs.

— Eh bien, décida-t-il, j'accepte.

Il régnait une agréable température de vingt degrés dans le salon de réception tout en longueur de Kings Lacey tandis qu'Hercule Poirot, assis à côté d'une des hautes fenêtres à meneaux, conversait avec Mrs Lacey, laquelle s'affairait à ses travaux d'aiguille. Il ne s'agissait en l'occurrence ni de *petit point* ni de broderie de fleurs sur soie, mais de la tâche plus prosaïque consistant à ourler des torchons. Tout en cousant, elle parlait d'une voix douce et réfléchie que Poirot trouvait fort charmante.

— J'espère que notre fête de Noël vous plaira, monsieur Poirot. Nous serons en famille, vous savez. Ma petite-fille, mon petit-fils et un camarade à lui, et puis ma petite-nièce Bridget, Diana, une cousine, et David Welwyn, un vieil ami. Une soirée entre nous, donc. Mais Edwina Morecombe m'a affirmé que c'est cela que vous vouliez voir : un Noël à l'ancienne. Eh bien, chez nous, vous serez servi ! Mon mari vit complètement dans le passé. Il aime que tout soit exactement comme avant, quand il avait 12 ans et qu'il venait ici pour les vacances.

Elle se sourit à elle-même :

— Avec les mêmes vieilles coutumes : l'arbre de Noël, les bas pleins de friandises suspendus au lit, la soupe aux huîtres, la dinde — deux dindes, en fait, l'une bouillie et l'autre rôtie —, le plum-pudding avec la bague, le bouton du célibataire[1] et toutes les autres babioles dedans. On n'y met plus les pièces de six pence parce qu'elles ne sont plus en argent pur. Ensuite nous avons tous les anciens desserts, les prunes au sirop, les amandes et les raisins secs, les fruits confits et le gingembre. Seigneur, on dirait que je récite le catalogue de chez Fortnum & Mason !

---

1. Bouton de col à bascule, mobile, généralement en os ou en argent et ne nécessitant pas d'être cousu — d'où son nom. (N.d.T.)

— Vous me mettez les papilles en folie, madame.

— Je crois que ce qui nous guette tous demain soir, c'est une indigestion carabinée, soupira Mrs Lacey. On n'a plus l'habitude de manger autant, de nos jours, n'est-ce pas ?

Elle fut interrompue par de grands cris et des éclats de rire sous la fenêtre. Elle jeta un coup d'œil :

— Je me demande ce qu'ils fabriquent là-dehors. Encore un de leurs jeux, sans doute. Vous savez, j'ai toujours eu très peur que nos Noëls ici assomment les enfants. Eh bien pas du tout, c'est le contraire. Mon fils, ma fille et leurs amis, oui : eux avaient des goûts plus citadins. Ils trouvaient tout ce tralala complètement dépassé et préféraient aller danser dans un palace quelconque je ne sais où. Alors que les plus jeunes paraissent s'amuser comme des fous. Et puis, ajouta-t-elle, prosaïque, nos collégiens et collégiennes ont toujours faim, n'est-il pas vrai ? À mon avis, on ne les nourrit pas assez, dans leurs pensionnats. Il est bien connu qu'on mange comme quatre, à cet âge-là.

Poirot en convint et ajouta :

— En tout cas, il est infiniment aimable à votre mari et à vous de m'accueillir ainsi dans votre cercle familial, madame.

— Oh ! il en est aussi ravi que moi, j'en suis sûre, dit Mrs Lacey. Et si vous trouvez Horace un peu ronchon, poursuivit-elle, n'y prêtez pas attention. C'est juste sa façon d'être.

Son mari, le colonel Lacey, avait en effet rouspété :

— Qu'est-ce qui te prend de nous coller dans les pattes un de ces fichus étrangers pour Noël ? C'est bien le moment ! Je ne peux pas les voir en peinture, moi. Je sais, je sais, c'est Edwina Morecombe qui nous l'a refilé. Mais de quoi se mêle-t-elle ? Et que ne l'a-t-elle pris *chez elle*, si elle voulait lui prodiguer l'esprit de Noël ?

— Tu sais bien qu'Edwina va toujours au *Claridge* pour les fêtes, avait expliqué Mrs Lacey.

Son mari lui avait alors adressé un regard perçant :

— Tu ne nous manigancerais pas quelque chose, Em ?

— Manigancer, moi ? répondit-elle en ouvrant de grands yeux bleus. Bien sûr que non, voyons, pourquoi ?

Le vieux colonel Lacey partit d'un profond rire de gorge :

— Avec toi, je me méfie toujours ! Quand tu prends ton petit air innocent, c'est que tu nous mijotes un coup fourré.

Cet intermède encore tout frais dans son esprit, Mrs Lacey poursuivit :

— Edwina m'a garanti que vous pourriez éventuellement nous aider... Je ne vois pas bien comment, c'est sûr, mais il paraît que vous avez une fois ôté une sérieuse épine du pied à des amis à vous dans... dans une affaire un peu semblable à la nôtre. Au fait, euh... peut-être ne savez-vous pas de quoi je vous parle ?

Poirot l'encouragea du regard. Plus très éloignée des 70 printemps mais néanmoins droite comme un cierge, Mrs Lacey avait des cheveux d'un blanc de neige, des yeux bleus, un nez démesuré et un menton volontaire.

— S'il y a quoi que ce soit que je puisse faire, j'en serai ravi, dit Poirot. Il s'agit, si j'ai bien compris, du coup de cœur assez malvenu d'une toute jeune fille.

Mrs Lacey acquiesça de la tête :

— Oui. Il est extraordinaire que je puisse... — comment dire ? — ... aborder un sujet pareil avec vous. Car vous m'êtes après tout un parfait étranger...

— Étranger, je le suis en effet pour vous dans tous les sens du terme, fit Poirot d'un air entendu.

— Bien sûr, fit Mrs Lacey, mais il n'est pas impossible que, dans un sens, cela ne facilite pas les choses. De toute façon, Edwina semblait sous-entendre que vous pourriez avoir des renseignements — comment dirai-je ? — utiles, sur ce jeune Desmond Lee-Wortley.

Poirot resta un moment silencieux pour admirer l'ingéniosité de Mr Jesmond et l'aisance avec laquelle il avait utilisé lady Morecombe pour parvenir à ses fins.

— Si je ne me trompe, il n'a pas très bonne réputation, ce jeune homme ? commença-t-il prudemment.

— Ah ! ça non, alors. Il l'a même exécrable ! Seulement, avec Sarah, l'argument ne portera pas. Il n'est jamais bon de raconter aux jeunes filles que leurs soupirants ont mauvaise réputation. Cela... cela ne fait que les exalter encore davantage !

— Vous avez mille fois raison, reconnut Poirot.

— Dans ma jeunesse — seigneur, ça ne date pas d'hier ! —, on nous mettait en garde, vous savez, contre certains jeunes gens. Mais c'est vrai que cela ne faisait qu'accroître l'intérêt que nous leur portions, et si on pouvait se débrouiller pour danser avec eux ou les retrouver seuls dans la pénombre d'une serre...

Elle éclata de rire :

— C'est pour ça que je n'ai pas voulu laisser Horace faire ce qu'il avait en tête.

— Confiez-moi exactement ce qui vous préoccupe, dit Poirot.

— Notre fils a été tué pendant la guerre, expliqua Mrs Lacey. Ma bru est morte en couches en mettant Sarah au monde, si bien que la petite a toujours vécu avec nous et que c'est nous qui l'avons élevée. Peut-être était-ce imprudent, je ne sais pas, mais nous avons pensé qu'il valait mieux lui laisser le plus de liberté possible.

— Vous avez eu raison, à mon avis, opina Poirot. On ne peut aller contre l'esprit de son temps.

— Non, c'est exactement ce que nous nous sommes dit. Et puis les filles en font toutes autant, de nos jours.

Poirot lui lança un regard interrogateur.

— La façon d'exprimer cela, je pense, fit Mrs Lacey, c'est de préciser que Sarah donne dans ce qu'on appelle vulgairement la tendance bistrot. Elle fuit les soirées dansantes, refuse de faire son entrée dans le monde ou quoi que ce soit de ce genre. À l'inverse, elle se cantonne dans un petit deux pièces plutôt sordide de Chelsea, côté fleuve, porte ces drôles de vêtements qui plaisent aux jeunes, enfile des bas noirs ou vert pomme épais comme tout — ça doit gratter comme ça n'est pas permis ! Et pour couronner le tout, elle sort pas lavée et pas peignée.

— Rien là que de très naturel, commenta Poirot. C'est la mode du moment. Ça leur passe avec l'âge.

— Oui, je sais, et ce n'est pas tellement ce qui me tracasse. Seulement elle s'est entichée de ce Desmond Lee-Wortley qui traîne *vraiment* une sale réputation. Il vit plus ou moins aux crochets de filles riches. Elles ont toutes l'air folles de lui. Il a failli épouser la petite Hope, mais la famille l'a placée au dernier moment sous tutelle judiciaire ou Dieu sait quoi. Bien sûr, c'est ce qu'Horace veut faire. Il dit qu'il le faut, pour son bien. Mais moi, je ne crois pas que ce soit une bonne idée, monsieur Poirot. Ils vont tout bonnement filer en Écosse, en Irlande, en Argentine ou je ne sais où, et soit se marier soit vivre maritalement. Et même s'il y a désobéissance légale et tout ce que vous voudrez, on est bien avancés, n'est-ce pas ? Surtout si un bébé arrive : il ne reste alors plus qu'à baisser pavillon et à les laisser convoler. Pour moi, c'est le divorce garanti dans les deux ans. La fille revient alors chez papa-maman et, au bout de quelque temps, elle épouse un quelconque brave type tellement bien sous tous rapports qu'il en est à tomber d'ennui. Elle fait une fin, comme on dit. Je n'en trouve pas moins ça triste pour l'enfant, parce que ce n'est pas pareil d'être élevé par un beau-père, si brave garçon soit-il. C'était quand même mieux de mon temps, non ? Le premier homme dont on tombait amoureuse était *invariablement* indésirable. Je me rappelle avoir eu un monstrueux coup de foudre pour un jeune homme qui s'appelait... allons bon ! comment s'appelait-il, déjà ? Voilà que j'ai complètement oublié son prénom ! Son nom de famille, c'était Tibbitt. Tibbitt junior, donc. Bien entendu, mon père lui avait plus ou moins interdit la maison, mais il se faisait inviter aux mêmes soirées que moi et nous dansions ensemble. Nous arrivions parfois à nous éclipser et à nous cacher dans les coins, et puis des amis organisaient des pique-niques auxquels nous allions tous les deux. Tout cela avait évidemment l'attrait du fruit défendu et était follement exaltant. Mais on n'aurait jamais imaginé aller jusqu'à... euh... jusqu'aux *extrémités* où vont les filles d'aujourd'hui. Si bien qu'au bout d'un certain temps, les Mr Tibbitt perdaient progressivement de leur intérêt. D'ailleurs quand je l'ai revu quatre ans plus tard, je me suis demandé ce que j'avais bien pu lui trouver ! Il me paraissait tellement *fadasse*. Des baudruches que l'on dégonfle, voyez-vous. Aucune conversation.

— On a toujours tendance à embellir le temps de notre jeunesse, proféra Poirot, quelque peu sentencieux.

— Oui, je sais, répondit-elle. Mais je vous lasse avec tout ça, n'est-ce pas, alors j'arrête. Seulement je ne veux *pas* que Sarah, qui est vraiment un ange, tombe dans les griffes de ce Desmond Lee-Wortley. David Welwyn, qui passe les fêtes ici, est son ami d'enfance. Ils se sont toujours si bien entendus que nous espérions, Horace et moi, qu'ils se marieraient plus tard. Mais elle le traite bien évidemment comme une vieille chaussette et n'a plus d'yeux que pour Desmond.

— Je ne saisis pas très bien, madame. Ce Desmond Lee-Wortley, il est ici, chez vous, en ce moment ?

— Ça, c'est une idée à *moi*, répondit-elle. Horace voulait absolument empêcher tout contact entre eux. Bien sûr, à son époque, le père ou le tuteur aurait débarqué chez ce garçon et réglé ça à coups de cravache ! En tout cas il était déterminé à lui interdire la maison et à défendre à Sarah de le voir. Je lui ai expliqué que c'était le contraire de la bonne méthode. « Non, lui ai-je dit, invite-le ici. Qu'il passe Noël avec nous en famille. » Bien entendu, mon mari m'a traitée de folle ! Mais je lui ai rétorqué : « Écoute, très cher, pourquoi ne pas essayer ? Elle le verra dans *notre* ambiance familiale, sous *notre* toit, soyons infiniment gentils et courtois avec lui : il lui paraîtra peut-être beaucoup moins intéressant du même coup. »

— Un bon point pour vous, comme on dit, madame. Je trouve votre attitude très intelligente. Beaucoup plus avisée que celle de votre mari.

— Espérons, fit Mrs Lacey sur un ton dubitatif. Ma tactique n'a pas l'air de donner d'excellents résultats pour l'instant — c'est vrai qu'il n'est ici que depuis quarante-huit heures.

Une légère fossette se creusa soudain sur sa joue ridée :

— Il faut que je vous avoue quelque chose, monsieur Poirot. C'est que je ne peux m'empêcher d'éprouver pour lui une certaine attirance. Pas une *véritable* attirance, bien sûr — si je réfléchis deux secondes, je sais pertinemment qu'*au fond*, je ne l'aime pas —, mais je sens le charme agir. Je comprends très bien ce que Sarah voit en lui, c'est évident ! Mais moi, j'ai suffisamment d'âge et d'expérience pour savoir qu'il ne vaut strictement rien — même si j'apprécie effectivement sa compagnie.

» Pourtant, ajouta-t-elle d'une voix songeuse, il a *quelques* bons aspects. Il a demandé s'il pourrait faire venir sa sœur ici, voyez-vous. Elle vient de se faire opérer et de sortir de l'hôpital, et il trouvait trop triste qu'elle passe Noël dans une maison de convalescence, alors il a demandé si cela ne nous dérangerait pas trop qu'elle l'accompagne, il lui monterait tous ses repas et s'occuperait de tout. Bon, je trouve ça plutôt gentil de sa part, non ?

— Cet altruisme paraît peu en rapport avec le personnage, murmura Poirot, songeur.

— Ma foi, je ne sais pas. On peut très bien aimer sa sœur et en même temps vouloir mettre le grappin sur une jeune fille riche. Sarah sera *très* riche, vous savez. Pas tellement par ce que nous lui laisserons — ça n'ira pas chercher bien loin puisque la maison et la quasi-totalité de l'argent iront à Colin, mon petit-fils. Mais sa mère avait une grosse fortune qui lui reviendra en totalité à 21 ans. Elle n'en a que 20 aujourd'hui. Non, je pense vraiment que c'est un beau geste de Desmond de se préoccuper de sa sœur. D'autant qu'il ne l'a pas présentée comme une petite merveille ou quoi que ce soit de ce genre : elle est sténodactylo et fait du secrétariat à Londres. Et il a tenu parole, c'est vrai qu'il lui monte ses plateaux. Pas tout le temps, bien sûr, mais très souvent. Tout n'est donc pas mauvais en lui.

» N'empêche, conclut Mrs Lacey, catégorique, je ne veux pas que Sarah l'épouse.

— D'après tout ce que j'ai pu me laisser dire, ce serait effectivement désastreux.

— Pensez-vous pouvoir nous aider d'une manière quelconque ? demanda Mrs Lacey.

— C'est possible, oui, répondit Hercule Poirot, seulement je ne vous promets pas de miracles. Les Desmond Lee-Wortley de ce monde ne sont pas tombés de la dernière pluie, vous savez. Mais ne désespérez pas, on pourra peut-être faire un petit quelque chose. En tout cas, je déploierai tous mes efforts, ne serait-ce que pour vous remercier de m'avoir convié à passer Noël avec vous.

Il regarda autour de lui :

— Ce n'est pas si facile, j'imagine, d'organiser une fête pareille de nos jours.

— Ah ! ça non, soupira Mrs Lacey.

Elle se pencha en avant :

— Voulez-vous que je vous dise ce que serait mon rêve, monsieur Poirot ?

— Dites, madame.

— Je meurs d'envie d'habiter un petit pavillon moderne. Peut-être pas un pavillon à proprement parler, mais une maisonnette facile à entretenir, construite par ici dans le parc, avec une cuisine ultra-moderne et sans ces interminables couloirs.

— C'est une idée très réalisable.

— Pas pour moi. Mon mari *raffole* de ce manoir. Il *adore* y vivre. Il est prêt, pour ce faire, à passer sur quelques inconvénients, à supporter un certain manque de confort. La petite maison moderne dans le parc, ce serait pour lui l'*horreur* !

— Alors vous vous sacrifiez à sa volonté ?

Mrs Lacey se redressa :

— Je ne considère pas cela comme un sacrifice, monsieur Poirot. J'ai épousé mon mari avec la ferme intention de le rendre heureux. Il a été un bon compagnon pour moi et m'a apporté le bonheur pendant toutes ces années, je tiens à le lui rendre.

— Si bien que vous allez continuer à vivre ici.

— Ce n'est quand même pas à ce point inconfortable, sourit Mrs Lacey.

— Non, bien sûr que non, s'empressa d'assurer Poirot. Au contraire. Votre chauffage central et votre système d'eau chaude sont la perfection même.

— Nous avons dépensé beaucoup d'argent pour rendre la maison vivable. Nous avons pu vendre un peu de terrain à bâtir. Des parcelles viabilisées, je crois qu'ils appellent ça, heureusement invisibles de chez nous : c'est de l'autre côté du parc. Une pièce de terre pas belle du tout, en fait, sans jolie vue, mais nous en avons tiré un bon prix. Cela nous a permis de faire toutes les améliorations possibles.

— Mais le service, madame ?

— Oh ! vous savez, ça pose moins de problèmes que vous ne pourriez croire. Bien sûr, on ne peut plus se faire aussi bien servir qu'autrefois. Mais j'ai plusieurs personnes qui viennent du village. Deux femmes le matin, deux autres qui préparent le déjeuner et font la vaisselle, d'autres encore le soir. Beaucoup de gens qui sont prêts à venir travailler quelques heures par jour. Pour Noël, il faut dire que nous avons énormément de chance : nous pouvons toujours compter sur cette brave Mrs Ross. C'est une cuisinière merveilleuse, véritablement hors pair. Elle n'est plus en activité depuis une dizaine d'années, mais elle vient nous donner un coup de main à chaque grande occasion. Et puis il y a notre fidèle Peverell.

— Votre maître majordome ?

— Oui. Nous l'avons mis à la retraite et il habite la bicoque à côté du pavillon du gardien, mais il est dévoué à l'extrême et il insiste toujours pour faire le service à Noël. En fait, je suis morte de peur, monsieur Poirot, parce qu'il est si âgé et branlant qu'à chaque fois qu'il porte quelque chose d'un peu lourd, je m'attends à ce qu'il lâche tout. Je préfère d'ailleurs ne pas regarder. En plus, il n'a plus le cœur très solide et je redoute qu'il en fasse trop. Mais il serait affreusement mortifié si je ne le laissais pas venir. Quand il voit l'état de notre argenterie, il toussote, ahane, soupire, émet toutes sortes de bougonnements désapprobateurs et nous la remet à neuf en trois jours. Oui, c'est un adorable vieillard et nous lui sommes très attachés.

Elle sourit à Poirot :

— Alors vous voyez, nous sommes parés pour passer un joyeux Noël. Un Noël blanc, ajouta-t-elle en jetant un coup d'œil par la fenêtre. Regardez, il commence à neiger. Ah ! voilà les enfants qui rentrent. Venez faire leur connaissance, monsieur Poirot.

On les lui présenta dans les règles. D'abord Colin et Michael — le petit-fils collégien et son camarade —, deux adolescents de 15 ans fort bien élevés, l'un brun, l'autre blond. Puis leur cousine Bridget, grande cavale aux cheveux noirs, à peu près du même âge et dotée d'une prodigieuse vitalité.

— Et voici ma petite-fille Sarah, fit Mrs Lacey.

Poirot la détailla avec intérêt. C'était une jolie fille à la tignasse d'un roux ardent. Elle lui sembla nerveuse et un rien rebelle, mais elle montrait une réelle affection pour sa grand-mère.

— Mr Lee-Wortley, poursuivit Mrs Lacey.

Celui-ci portait un pull de pêcheur et un jean noir serré. Il avait les cheveux assez longs et il n'était pas évident qu'il se fût rasé ce matin-là. Par contraste, le jeune homme présenté ensuite sous le nom de David Welwyn, solide gaillard calme, posé et au sourire avenant, faisait figure d'adepte forcené de l'eau et du savon. Dernier membre du groupe, une belle et ténébreuse jeune fille, Diana Middleton.

Le thé fut servi : scones, matefaims, sandwiches et trois sortes de gâteaux. Les jeunes semblèrent apprécier alors que le colonel Lacey, le dernier à entrer, lâchait d'une voix évasive :

— Ah ! c'est le thé ? Bon, allons-y.

Il reçut sa tasse des mains de sa femme, prit deux scones, jeta un regard de dégoût en direction de Desmond Lee-Wortley puis s'assit aussi loin de lui qu'il put. C'était un homme de forte stature aux cheveux en broussaille, au visage rougeaud et tanné, qui aurait davantage passé pour un fermier que pour le maître du manoir.

— Il neige, fit-il. On est bons pour un Noël blanc.

Après le thé, tout le monde se dispersa. Mrs Lacey regarda avec attendrissement son petit-fils quitter la pièce.

— Je suppose qu'ils vont monter s'amuser avec leurs magnétophones, confia-t-elle à Poirot comme si elle annonçait : « Les petits vont jouer avec leurs soldats de plomb. » Ils adorent tout ce qui est technique, bien sûr, ajouta-t-elle, et prennent ça très au sérieux.

Bridget et les garçons, pourtant, décidèrent d'aller au lac voir si la glace était assez épaisse pour patiner.

— Et moi qui pensais qu'on aurait pu patiner ce matin, soupira Colin. Mais le vieux Hodgkins a mis son veto. Il a toujours peur de tout.

— Si on allait se promener, David ? proposa doucement Diana Middleton.

David hésita une demi-seconde, le temps de porter un regard vers la chevelure rousse de Sarah. Debout à côté de Desmond Lee-Wortley, la main posée sur son bras, elle le dévorait des yeux.

— D'accord, répondit-il, bonne idée.

Diana s'empressa de passer une main sous son bras et tous deux sortirent par la porte du jardin.

— On y va aussi, Desmond ? fit Sarah. On étouffe, dans cette baraque.

— Se balader ? Tu parles ! répondit-il. Je sors la voiture et on va prendre un pot au *Cochon tacheté*.

Sarah hésita un moment, puis :

— Non, allons plutôt au *Cerf blanc* de Market Ledbury. C'est plus marrant.

Elle ne l'aurait avoué pour rien au monde, mais Sarah, d'instinct, ne se voyait pas aller au pub local avec Desmond. C'était en quelque sorte contraire à la tradition de Kings Lacey. Aucune des femmes du domaine n'avait jamais mis les pieds au *Cochon tacheté*. Elle sentait confusément qu'aller là-bas serait mal ressenti par ses grands-parents. « Qu'est-ce que ça pouvait faire ? » aurait demandé Desmond. Pensée qui, sur le moment, l'exaspéra. C'était évident, ce que ça pouvait faire. On ne scandalisait pas deux vieilles personnes aussi adorables que le grand-père et la grand-mère Em sans raison. Ils étaient choux comme tout, il faut bien dire, de la laisser vivre sa vie. Ils ne comprenaient pas ce qui pouvait la pousser à mener une existence pareille à Chelsea mais ils l'acceptaient. Cela grâce à Em, bien sûr. Grand-père, si ça n'avait tenu qu'à lui, aurait fait un foin de tous les diables.

Sarah ne se faisait aucune illusion sur l'attitude du colonel. Si Desmond avait été invité à Kings Lacey pour les fêtes, ce n'était pas à son initiative, mais à celle d'Em, cet amour de grand-mère qu'elle avait toujours été.

Quand Desmond fut parti chercher sa voiture, elle se retourna et passa la tête par la porte du salon.

— On va à Market Ledbury prendre un verre au *Cerf blanc*, annonça-t-elle.

Il y avait une pointe de provocation dans sa voix, mais Mrs Lacey sembla ne pas la remarquer :

— Alors amusez-vous bien, ma chérie. David et Diana sont partis se promener, à ce que je vois. Je suis bien contente. Je crois vraiment que j'ai eu une idée lumineuse en invitant Diana ici. Veuve si jeune, à 22 ans... j'espère qu'elle trouvera *vite* à se remarier.

Sarah leva sur elle un regard aigu :

— Qu'est-ce que vous complotez là, grand-mère ?

— J'ai mon petit plan, répondit-elle allégrement. Elle est juste ce qu'il faut pour David. Bien sûr, je sais qu'il était terriblement amoureux de *toi*, mais ça ne te faisait ni chaud ni froid et je vois bien qu'il n'est pas ton type. Seulement je ne veux pas qu'il continue à être malheureux et je crois que Diana lui conviendra parfaitement.

— Quelle marieuse vous faites, Em !

— Je sais, répondit Mrs Lacey, les vieilles dames sont toujours ainsi. Il me semble que Diana est sous le charme. Tu ne trouves pas qu'ils iraient bien ensemble ?

— Pas vraiment, fit Sarah. Diana est beaucoup trop, euh... trop sérieuse, trop extrême. À mon avis, si David l'épouse, il ne va pas s'amuser.

— C'est à voir. En tout cas *toi*, tu ne veux pas de lui, tu es sûre et certaine ?

— Absolument, se hâta de répondre Sarah — avant d'ajouter, mue par une impulsion soudaine : Et Desmond ? Vous ne le trouvez pas divin, dites ?

— Il est sûrement très gentil.

— Grand-père ne l'aime pas, lui.

— Bah ! c'était prévisible, non ? fit Mrs Lacey, philosophe. Mais il révisera sans doute son jugement quand il se sera habitué à la situation. Il ne faut pas aller plus vite que la musique, ma petite Sarah. On a du mal à se faire aux idées nouvelles quand on est âgé, et en plus, ton grand-père est têtu comme une mule.

— Il peut dire ou penser ce qu'il veut, ça m'est égal. De toute façon, j'épouserai Desmond quand j'en aurai envie !

— Bien sûr, ma chérie, bien sûr. Mais sois un peu réaliste. Ton grand-père peut te mettre des tas de bâtons dans les roues, tu sais. Tu n'es pas encore majeure. Dans un an, tu seras libre de faire ce que tu voudras. J'espère qu'il se sera amadoué d'ici là.

— Vous êtes de mon côté, n'est-ce pas, grand-mère chérie ? demanda Sarah en lui jetant les bras autour du cou et en lui déposant un baiser affectueux sur la joue.

— Je veux surtout que tu sois heureuse. Ah ! voici ton chevalier servant qui revient avec sa voiture. Tu sais, j'aime bien ces pantalons très serrés que portent les jeunes gens, de nos jours. Ils sont très élégants — sauf que ça fait ressortir les genoux cagneux.

« Tiens ! songea Sarah, c'est *vrai* que Desmond a les genoux cagneux, je n'avais jamais remarqué ça avant... »

— Allez va, ma chérie, amuse-toi bien, fit Mrs Lacey.

Elle la suivit des yeux jusqu'à la voiture, puis se souvint de son invité étranger et retourna à la bibliothèque. Elle y trouva Poirot en train de s'octroyer une sieste de bienheureux. Un sourire amusé sur les lèvres, elle traversa le hall et rejoignit la cuisine pour conférer avec Mrs Ross.

— Eh bien, beauté, lança Desmond à Sarah, tu te fais enguirlander parce que tu vas au pub ? On retarde d'un siècle, dans ta famille !

— Il ne manquerait plus que ça, qu'on me fasse des remontrances, répliqua-t-elle, piquée.

— Et cet étranger, là, qu'est-ce qu'il fabrique chez toi ? C'est un flic, hein ? Un détective ? Il y a quelque chose à détecter, ici ?

— Oh ! il n'est pas venu à titre professionnel, expliqua-t-elle. C'est Edwina Morecombe, mon autre grand-mère, qui nous a demandé de l'accueillir. Question police, ça fait des lustres qu'il s'est rangé des voitures.

— À t'entendre, on dirait un vieux cheval de fiacre, fit Desmond.

— Je crois qu'il voulait avoir un Noël anglais à l'ancienne, fit-elle avec un geste vague.

Desmond eut un ricanement de mépris.

— Rien de plus tarte que ce genre de truc. Ce que je me demande même, c'est par quel miracle tu arrives à supporter ça.

Elle rejeta en arrière sa chevelure rousse et pointa un menton agressif.

— Parce que ça me plaît, répondit-elle sur un ton de défi.

— Tu parles ! Allez, ma puce, on arrête les frais : demain, on se tire à Scarborough ou ailleurs.

— Je ne pourrais jamais faire ça.

— Non ? Et pourquoi donc ?

— Ça leur ferait trop de peine.

— Et puis quoi, encore ? Tu n'en es plus à ces mômeries à l'eau de rose !

— Non, bien sûr, mais...

Elle s'interrompit, réalisant avec un sentiment de culpabilité qu'elle attendait toujours le réveillon de Noël avec impatience. Elle adorait ça, en fait, mais avait honte de l'avouer à Desmond. C'était passé de mode, d'aimer Noël et la vie de famille. L'espace d'un instant, elle regretta que Desmond soit venu précisément à ce moment-là. Elle aurait même préféré qu'il ne vienne pas du tout. C'était bien plus amusant de le voir à Londres que chez les grands-parents.

Pendant ce temps, Bridget et les garçons, toujours en pleine discussion sur les problèmes de patinage, revenaient de leur promenade au lac. Quelques flocons avaient fait leur apparition et l'aspect du ciel laissait présager l'imminence d'une forte chute de neige.

— Ça va tomber toute la nuit, prophétisa Colin. Je parie qu'au matin de Noël, il y en aura au moins cinquante centimètres.

Difficile d'envisager plus joyeuse perspective.

— Si on faisait un bonhomme ? proposa Michael.

— Seigneur ! s'émut Colin, je n'en ai plus fait depuis, euh... depuis que j'ai eu mes 4 ans.

— Ça ne doit pas être facile, s'inquiéta Bridget. Il faut la technique.

— On pourrait lui donner la tête de M. Poirot, suggéra Colin. En lui collant une grosse moustache noire. Il y en a une dans le coffre aux déguisements.

— Moi, vous savez, fit Michael d'un air songeur, je me demande comment il peut avoir été détective privé. Ça ne peut pas se déguiser, un gars qui a cette dégaine-là.

— C'est vrai, acquiesça Bridget. Et je ne l'imagine pas non plus en train de chercher des indices avec une grosse loupe ou de mesurer des traces de pas.

— J'ai une idée, reprit Colin. Si on lui montait un bateau ?

— Comment ça, un bateau ? demanda Bridget.

— Eh bien, lui organiser un faux crime.

— Du tonnerre ! Tu veux dire avec un faux mort dans la neige, ce genre de truc ?

— Absolument. Pour qu'il se sente dans son élément.

Bridget gloussa :

— C'est peut-être charrier un peu.

— La neige fera un décor parfait, poursuivit Colin. Le cadavre, les traces de pas... il va falloir étudier tout ça de près, piquer un des poignards de grand-père, fabriquer du sang.

Ils s'arrêtèrent et, sans plus prêter attention à la neige qui s'intensifiait rapidement, se lancèrent dans une discussion animée.

— Il y a une vieille boîte de peinture dans l'ancienne salle d'étude. On pourrait s'en servir pour le sang — avec du carmin, par exemple.

— Moi, je trouve ça trop vif, le carmin, jugea Bridget. Il faut quelque chose d'un peu plus marron.

— Et qui est-ce qui fera le mort ? demanda Michael.

— Moi ! s'empressa de répondre Bridget.

— Eh ! minute, c'est moi qu'ai eu l'idée, protesta Colin.

— Non, non, il faut que ce soit une fille, insista Bridget. C'est plus poignant, une jolie fille étendue dans la neige.

— Jolie fille, ha, ha ! s'esclaffa Michael, sarcastique.

— Et puis j'ai les cheveux noirs.

— Qu'est-ce que ça peut faire ?

— Ça tranche mieux, sur la neige. Et puis je porterai mon pyjama rouge.

— Si tu portes un pyjama rouge, on ne verra même pas les taches de sang, observa Michael, esprit pratique de la bande.

— Oui, mais ça ferait de l'effet, sur la neige. D'ailleurs, il a des parements blancs, on n'aura qu'à mettre les taches dessus. Ça serait chouette, non ? Vous croyez qu'il va vraiment se faire avoir ?

— Si on se débrouille bien, oui, affirma Michael. Il faudra qu'il n'y ait rien que tes traces de pas, dans la neige, et puis celles de quelqu'un d'autre qui s'approchent et qui s'éloignent du cadavre. Des empreintes d'homme, bien sûr. Comme il ne voudra pas les brouiller avec les siennes, il ne s'apercevra même pas que tu n'es pas vraiment morte.

» Euh, dites... s'interrompit-il, frappé par une pensée soudaine tandis que les autres le regardaient, il va pas prendre ça mal, au moins ?

— Oh ! non, je crois pas, estima Bridget, résolument optimiste. Il comprendra bien qu'on a juste fait ça pour le distraire. Une sorte de jeu de Noël, quoi.

— Moi, je trouve qu'on devrait éviter le jour de Noël. Grand-père risque de ne pas tellement apprécier.

— Le lendemain, alors ?

— Va pour le lendemain, trancha Michael.

— Et puis ça nous laissera plus de temps, poursuivit Bridget. On a des tas de trucs à préparer. Rentrons voir si on trouve tous les accessoires.

Et ils se précipitèrent dans la maison.

Ce fut le soir de tous les préparatifs. Du houx et du gui avaient été rapportés en grande quantité, le sapin avait trouvé sa place à une extrémité du salon. Tout le monde donna un coup de main pour le décorer, pour fixer les branches de houx autour des tableaux et pour suspendre le gui à bonne place dans le hall.

— Je ne croyais pas que des coutumes aussi archaïques se pratiquaient encore, ricana Desmond à l'oreille de Sarah.

— On a toujours fait comme ça chez nous, se défendit-elle.

— Tu parles d'une raison !

— Allons, ne sois pas si rabat-joie, Desmond. Je trouve que c'est assez chouette, moi.

— Ma petite chatte, tu ne vas pas me dire que tu aimes *ça* !

— Non, pas vraiment, mais... un petit peu quand même.

— Qui se sent d'attaque pour braver la neige et aller à la messe de minuit ? demanda Mrs Lacey à minuit moins vingt.

— Pas moi, en tout cas, grommela Desmond. Viens par ici, Sarah.

La main posée sur son bras, il lui fit prendre la direction de la bibliothèque et s'approcha du casier à disques.

— Il y a des limites, chérie, dit-il. La messe de minuit !

— Oui, voulut bien admettre Sarah. Là, vraiment...

Avec force éclats de rire et piétinements, la plupart des autres enfilèrent leur manteau et sortirent. Les deux garçons, Bridget, David et Diana entamèrent sous la neige les dix minutes de marche qui les séparaient de l'église. Les joyeux échos de leurs plaisanteries s'estompèrent au loin.

— La messe de minuit ! grogna le colonel Lacey. Jamais mis les pieds là-dedans quand j'étais gamin. Je vous en ficherais, des *messes* ! Encore une invention de ces fichus papistes. Oh ! je vous demande bien pardon, monsieur Poirot.

— Je vous en prie, fit celui-ci avec un geste de la main. Ne vous mettez pas martel en tête pour moi.

— L'office du matin est bien suffisant pour tout un chacun à mon avis, continua de ronchonner le colonel. L'office du dimanche dans les règles. Avec « Les anges dans nos campagnes ont entonné l'hymne des cieux » et tous les bons vieux cantiques. Et puis retour à la maison pour le déjeuner de Noël. J'ai raison, pas vrai, Em ?

— Oui, mon ami, répondit Mrs Lacey. C'est ce que *nous*, nous faisons. Mais les jeunes aiment l'office de minuit. D'ailleurs je trouve ça très bien, qu'ils *veuillent* y aller.

— Sarah et ce type ne veulent pas, eux.

— Là, mon cher, je crois que tu fais erreur. Sarah en *mourait* d'envie. Mais elle n'a pas osé le lui dire.

— Qu'elle s'attache à l'opinion d'un gugusse pareil, ça me dépasse.

— Elle est très jeune, tu sais, fit posément Mrs Lacey. Vous allez au lit, monsieur Poirot ? Bonne nuit. J'espère que vous dormirez bien.

— Et vous, madame ? Vous n'allez pas encore vous coucher ?

— Pas tout de suite. J'ai encore les bas de Noël des enfants à remplir. Oh ! je sais, ils commencent à être grands, maintenant, mais ils *adorent* leurs bas de Noël. On ne leur met dedans que des babioles, des bricoles saugrenues. Mais cela amuse tout le monde.

— Vous ne ménagez vraiment pas votre peine pour faire entrer chez vous la joie de Noël, madame, salua Poirot. Honneur à vous.

Il lui prit la main et la monta avec raffinement à ses lèvres.

— Hum ! grogna le colonel Lacey alors que Poirot quittait la pièce. Quel phraseur que ce type ! Mais... j'ai quand même l'impression que tu as fait sa conquête.

Mrs Lacey leva les yeux sur lui. De petites fossettes se creusèrent dans ses joues.

— Tu n'as pas remarqué, Horace, que je suis juste sous le gui ? demanda-t-elle avec la candeur d'une ingénue enamourée.

Hercule Poirot pénétra dans sa chambre — vaste pièce amplement pourvue en radiateurs. Il se dirigeait vers le lit à colonnes lorsqu'il remarqua une enveloppe posée sur l'oreiller. Il l'ouvrit, en sortit un morceau de papier poisseux. Dessus, une main peu sûre d'elle avait tracé un message en lettres capitales :

MANGEZ PAS UNE MIETTE DU PLUM-PUDDING.
QUELQU'UN QUI VOUS VEUT DU BIEN.

Hercule Poirot considéra le message, les yeux écarquillés. Et ses sourcils se haussèrent.

— Plutôt sibyllin, murmura-t-il. Et tout à fait inattendu.

Le déjeuner de Noël, véritable festin, avait débuté à 2 heures de l'après-midi. De véritables troncs d'arbres brûlaient dans la grande cheminée et leur crépitement n'était recouvert que par le brouhaha des conversations animées. À la soupe aux huîtres avaient succédé deux énormes dindes dont il n'était reparti que les carcasses. À présent, c'était le moment suprême du pudding qu'on apportait en grande pompe. Le vieux Peverell, les mains et les genoux tremblant de la faiblesse de ses 80 ans, n'avait laissé ce soin à personne. Mrs Lacey était figée sur son siège, les mains crispées d'appréhension. Un Noël ou l'autre, c'était sûr, il tomberait raide mort. Entre deux risques, celui de le voir tomber raide mort ou celui de le vexer à mort, elle avait jusqu'à ce jour toujours choisi le premier. Sur un plat d'argent, le pudding trônait dans toute sa splendeur. Un pudding gros comme un ballon de football, un rameau de houx planté triomphalement en son sommet comme un étendard et entouré de superbes flammes bleues et rouges. Il fut accueilli par des applaudissements, des oh ! et des ah ! d'admiration.

Mrs Lacey avait demandé à Peverell de lui apporter le pudding afin qu'elle puisse le couper, plutôt que le faire présenter à chacun à tour de rôle autour de la table. Elle poussa un soupir de soulagement quand il arriva en sécurité devant elle. En un rien de temps, les assiettes circulèrent, porteuses de parts encore léchées par les flammes.

— Il faut faire un vœu, monsieur Poirot ! s'écria Bridget. Un vœu avant que ça s'éteigne. Vite, grand-mère chérie, vite.

Mrs Lacey put se détendre sur sa chaise avec un soupir de satisfaction. L'Opération Pudding était réussie. Une portion encore flambante se trouvait devant tous les convives. Un bref silence régna sur la table au moment où chacun formula son vœu.

Personne ne remarqua l'expression un peu étrange que prit M. Poirot lorsqu'il contempla le morceau qu'il avait dans son assiette. *Mangez pas une miette du plum-pudding.* Que diable signifiait ce sinistre avertissement ? Cette part ne pouvait être différente de celle des autres ! Vexé de ne pouvoir percer ce mystère — Hercule Poirot avait horreur qu'un mystère lui résiste —, il s'empara de sa cuiller et de sa fourchette.

— On l'arrose un peu, monsieur Poirot ?

Poirot se servit à satiété de l'odorante sauce alcoolisée.

— On m'a encore chapardé mon meilleur brandy, pas vrai, Em ? s'écria gaiement le colonel à l'autre bout de la table.

Mrs Lacey lui adressa un petit clin d'œil :

— Mrs Ross est intraitable sur la qualité, très cher. Elle dit que ça fait toute la différence.

— Bon, bon, se résigna le colonel, Noël ne vient qu'une fois dans l'année, et puis Mrs Ross est une femme formidable. Une femme formidable et une formidable cuisinière.

— Ah ! ça oui, renchérit Colin. Il est vachement bon, ce plum-pudding. Mmmm.

Et il s'emplit la bouche avec délices.

Doucement, presque précautionneusement, Hercule Poirot s'attaqua à sa part. Il en grignota une bouchée. Délicieux ! Puis une autre. Il allait passer à la troisième quand un tintement léger, au fond de son assiette, lui fit suspendre son geste. Il chercha avec sa fourchette. Bridget, qui était à sa gauche, vint à son aide :

— Vous avez trouvé quelque chose, monsieur Poirot ?

Ce dernier décolla un petit objet en argent des raisins secs dans lesquels il était pris.

— Oooh ! s'écria Bridget, c'est le bouton du célibataire ! M. Poirot a récolté le bouton du célibataire !

Hercule Poirot le trempa dans l'eau du rince-doigts qui se trouvait à côté de son assiette et le débarrassa de ses miettes.

— Il est très joli, observa-t-il.

— Ça veut dire que vous allez rester célibataire, monsieur Poirot, expliqua utilement Colin.

— Pour ça, il y a de grandes chances, répondit-il gravement. Je suis célibataire depuis de longues et nombreuses années, et il est peu probable que ma situation de famille change maintenant.

— Il ne faut jamais dire « fontaine, je ne boirai pas de ton eau », intervint Michael. J'ai lu l'autre jour dans le journal qu'un homme de 95 ans avait épousé une jeune fille de 22.

— Voilà qui est encourageant, admit Poirot.

Le colonel Lacey poussa soudain un cri. Il devint cramoisi et porta la main à sa bouche.

— Cré nom d'une pipe, Emmeline ! fulmina-t-il. Pourquoi diable laisses-tu la cuisinière mettre du verre dans le pudding ?

— Du verre ! répéta-t-elle, ahurie.

Le colonel extirpa de sa bouche le corps intrus.

— J'aurais pu me casser une dent, ronchonna-t-il, ou avaler cette saleté et me coller une appendicite.

Il trempa le morceau de verre dans le rince-doigts, le nettoya et le leva à hauteur de ses yeux :

— Bon Dieu de bois ! C'est une de ces pierres en toc qu'on trouve montées en broche dans les papillotes et les diablotins !

Et il la brandit pour que tous la voient.

— Vous permettez ?

Très prestement, Poirot tendit la main par-devant sa voisine, prit l'objet des doigts du colonel et l'examina attentivement. Comme l'avait dit le maître des lieux, c'était une pierre énorme de la couleur d'un rubis. La lumière scintillait sur ses facettes tandis qu'il la retournait dans sa paume. Quelque part à la table, une chaise fut bruyamment reculée puis remise en place.

— Mince alors, s'écria Colin, ça serait rudement chouette si c'était une *vraie* !

— Peut-être qu'elle l'est, fit Bridget avec espoir.

— Ah ! ne sois pas bête, Bridget. Un rubis de cette taille-là, ça vaudrait des milliers et des milliers de livres. Pas vrai, monsieur Poirot ?

— Absolument, confirma ce dernier.

— Ce que je n'arrive pas à comprendre, moi, fit Mrs Lacey, c'est comment elle a fait pour atterrir dans le pudding.

— Oooh ! s'étrangla à son tour Colin, tout à sa dernière bouchée, j'ai récolté le cochon. C'est pas juste.

— C'est Colin qu'a l'cochon ! C'est Colin qu'a l'cochon ! chantonna immédiatement Bridget. Ça lui apprendra à manger comme un cochon !

— Et moi, j'ai la bague ! claironna Diana.

— C'est toi qui te marieras la première, veinarde !

— J'ai le dé à coudre... gémit Bridget.

— Bridget restera vieille fille ! Bridget restera vieille fille ! entonnèrent les garçons.

— Qui est-ce qui a la pièce ? s'enquit David. Il y a une vraie pièce de dix shillings en or dans ce pudding. Je le sais, c'est Mrs Ross qui me l'a dit.

— Je crois avoir cette chance, constata Desmond Lee-Wortley.

— M'étonne pas, grommela le colonel Lacey qui ne fut entendu que par ses deux voisins immédiats.

— Moi aussi, j'ai une bague, annonça David en lorgnant du côté de Diana. Drôle de coïncidence, hein ?

Les rires continuèrent. Personne ne remarqua que Poirot avait négligemment, comme s'il pensait à autre chose, laissé tomber la pierre rouge dans sa poche.

Des tartelettes aux fruits secs et autres desserts traditionnels de Noël suivirent le pudding. Les plus âgés des convives s'étaient retirés pour une sieste réparatrice avant le cérémonial, à l'heure du thé, de l'illumination du sapin. Hercule Poirot ne fit pas la sieste. Au lieu de cela, il se rendit jusqu'à l'immense et antique cuisine.

— M'est-il permis, demanda-t-il en regardant à la ronde avec un large sourire, de féliciter la cuisinière pour ce merveilleux repas que je viens de faire ?

Il y eut un instant de silence, puis Mrs Ross s'avança vers lui d'un pas majestueux. C'était une grande et forte personne au port noble, digne comme une duchesse de théâtre. Deux autres femmes, maigres et grisonnantes, s'activaient à la vaisselle dans la souillarde tandis qu'une fille aux cheveux filasse faisait la navette. Mais celles-là n'étaient de toute évidence que des secondes mains. Mrs Ross régnait en maître sur les cuisines.

— Ravie que vous ayez aimé, monsieur, condescendit-elle à articuler.

— Aimé ! s'écria-t-il avec le geste extravagant et si peu anglais de porter sa main à ses lèvres, d'y déposer un baiser et de l'envoyer voleter vers le plafond. Mais vous êtes un génie, Mrs Ross, un véritable génie ! Je n'ai *jamais* rien mangé d'aussi délicieux. Cette soupe aux huîtres — il émit un petit bruit de gourmet avec sa bouche — et cette farce ! Cette farce aux marrons, dans la dinde, a été pour moi une véritable révélation.

— Ah ! c'est drôle que vous disiez cela, répondit-elle, parce qu'il s'agit justement d'une recette spéciale. Elle me vient d'un chef autrichien avec qui j'ai travaillé il y a des années. Mais tout le reste, c'est de la bonne cuisine purement anglaise.

— Existe-t-il rien de meilleur ? risqua Hercule Poirot.

— Vous êtes bien aimable, monsieur. Évidemment, étant étranger, vous auriez peut-être préféré un style de plats plus continental. Ce n'est pas que je ne sache pas les préparer, notez.

— Je suis certain que vous savez tout faire, Mrs Ross ! D'ailleurs vous n'ignorez sûrement pas que la cuisine anglaise — la *bonne*, j'entends, pas celle qu'on sert dans les hôtels ou les restaurants de second ordre — est très appréciée des gourmets du continent. Je ne pense pas me tromper en vous signalant qu'au cours d'une mission spéciale effectuée à Londres au début des années 1800, un rapport a été rédigé et envoyé en France sur l'excellence des puddings anglais. « Nous n'avons rien d'équivalent chez nous, était-il écrit. Leur variété et leur excellence valent à elles seules le déplacement. » Et le roi de tous les puddings, poursuivit Poirot à présent lancé dans une sorte de dithyrambe, c'est le plum-pudding de Noël comme celui que nous avons dégusté aujourd'hui — c'est-à-dire fait à la maison, pas acheté dans le commerce. Parce que c'est bien le cas, n'est-ce pas ?

— Ah ! ça oui, monsieur. C'est ma fabrication et ma recette à moi, la même depuis des années. Quand je suis arrivée, Mrs Lacey m'a dit qu'elle en avait commandé un dans un magasin de Londres pour m'épargner la peine de le confectionner. Pas question, madame, que j'ai répondu. C'est gentil à vous, mais les puddings qu'on achète, ça ne vaut jamais ceux qu'on fait soi-même. Remarquez, poursuivit-elle en véritable artiste passionnée par son sujet, il était un peu trop jeune. Un bon plum-pudding devrait être fait plusieurs semaines à l'avance et laissé à reposer. Plus il attend — dans les limites du raisonnable, bien sûr — meilleur il est. Je me rappelle que quand j'étais gamine, on allait à l'église tous les dimanches et on attendait la collecte qui commence par « Lève-toi ô Seigneur, nous t'en supplions » parce que c'était le signal, en quelque sorte, que les puddings devaient être faits dans la semaine. Et ils l'étaient toujours. Le dimanche où venait la fameuse oraison, on pouvait être sûrs de voir ma mère s'attaquer aux puddings de Noël. On aurait dû faire pareil ici cette année, mais celui-ci n'a été préparé qu'il y a trois jours, la veille de votre arrivée. J'ai quand même respecté la tradition : chacun dans la maison a dû passer par la cuisine, donner un tour de cuiller à la pâte et faire un vœu. C'est une vieille coutume, voyez-vous, et je l'ai toujours respectée.

— Très intéressant, fit Poirot, très intéressant. Ainsi, tout le monde est passé par la cuisine ?

— Oui. Les jeunes messieurs, Bridget, le monsieur de Londres qu'est ici en ce moment, sa sœur, Mr David, miss Diana — Mrs Middleton, je devrais dire. Tous ils ont donné leur tour de cuiller, tous.

— Combien de puddings avez-vous faits ? Celui-ci était-il le seul ?

— Non, j'en ai fait quatre. Deux grands et deux plus petits. Le second des grands était prévu pour le Jour de l'An, les deux petits pour le colonel et Mrs Lacey quand ils seront seuls, quoi, quand il y aura moins de monde dans la famille.

— Je vois, je vois, dit Poirot.

— En fait, monsieur, poursuivit Mrs Ross, ce n'est pas le bon pudding que vous avez eu au déjeuner, aujourd'hui.

— Pas le bon pudding ? répéta Poirot en fronçant le sourcil. Comment cela ?

— Voilà. Nous avons un grand moule spécial pour Noël, un moule en porcelaine décoré sur son bord d'une frise de houx et de gui et dans lequel nous mettons le pudding au bain-marie. Or, on a eu un petit malheur, ce matin. Annie a voulu le descendre de l'étagère du garde-manger, il lui a échappé, il est tombé et s'est cassé. Évidemment, je ne pouvais plus servir ce pudding, il aurait pu y avoir des éclats dedans. Il a donc fallu prendre l'autre, celui du Jour de l'An qui était dans un moule ordinaire. Il fait une jolie boule mais ne présente pas aussi bien que celui de Noël. Je me demande d'ailleurs si nous pourrons en retrouver un pareil. On n'en fabrique plus d'aussi grands de nos jours — rien que des petits trucs microscopiques. Quand on pense qu'il est déjà impossible de dégoter fût-ce un plat qui contienne huit ou dix œufs et le bacon pour le petit déjeuner, vous imaginez un moule à pudding ! Ah ! les choses ne sont plus ce qu'elles étaient.

— Non, c'est sûr. Sauf aujourd'hui. Aujourd'hui, nous avons eu un vrai Noël comme dans le bon vieux temps.

Mrs Ross poussa un soupir :

— Je suis bien aise que vous disiez ça, monsieur, seulement vous voyez, je ne suis plus secondée comme avant. Je ne parle pas des gens qualifiés. Les domestiques, de nos jours...

Elle baissa quelque peu la voix :

— Elles sont braves comme tout et pleines de bonne volonté, mais on ne les a pas *formées*, si vous voyez ce que je veux dire.

— Les temps changent, oui, convint Hercule Poirot. Moi aussi, cela me désole parfois.

— Cette maison, je vais vous dire, elle est trop grande pour Madame et le colonel. Madame le sait, d'ailleurs. En occuper juste un petit coin comme ils font, ce n'est pas une solution. La maison ne vit, en quelque sorte, qu'au moment de Noël quand toute la famille vient.

— C'est la première fois, si je ne me trompe, que Mr Lee-Wortley et sa sœur sont présents ?

— Oui, monsieur.

Une légère réserve pointa dans sa voix :

— Il est bien gentil, mais... nous, ici, on trouve que ce n'est pas vraiment quelqu'un pour miss Sarah. C'est vrai qu'à Londres, on ne voit pas les choses de la même manière. Et sa sœur, pauvrette, une si petite santé ! Une opération, qu'elle a eue. Elle paraissait bien, le jour qu'elle est arrivée, et puis l'autre fois, juste après avoir tourné les puddings, elle s'est trouvée de nouveau mal et n'a plus bougé de son lit depuis. Moi, je crois qu'on a dû la lever trop tôt, à l'hôpital. Ah ! ces docteurs de maintenant, ils vous renvoient chez vous avant même que vous puissiez mettre un pied devant l'autre. Tenez, c'est comme la femme à mon propre neveu...

Sur quoi Mrs Ross se lança dans un long récit plein de verve des traitements hospitaliers subis par des membres de sa famille, sans comparaison avec les soins attentifs qu'on prodiguait dans l'ancien temps.

Poirot lui exprima la compassion de circonstance.

— En tout cas, ajouta-t-il, il me reste à vous remercier pour ce délicieux et somptueux repas. Me permettrez-vous ce petit hommage destiné à exprimer ma reconnaissance ?

Un billet de cinq livres tout craquant de neuf passa de sa main dans celle de Mrs Ross.

— Voyons, il ne faut pas faire de telles folies, monsieur, balbutia-t-elle sans trop de conviction.

— Si, si, j'insiste.

— C'est vraiment très aimable à vous, fit-elle en acceptant la gratification comme rien d'autre que son dû. Je vous souhaite un joyeux Noël et une excellente nouvelle année.

Cette journée s'acheva comme doit s'achever tout jour de Noël qui se respecte. L'arbre fut illuminé et à l'heure du thé, on apporta un magnifique gâteau qui fut ovationné mais ne fut consommé qu'avec modération. Enfin, il y eut un dîner froid.

Poirot, tout comme son hôte et son hôtesse, alla se coucher tôt.

— Bonne nuit, monsieur Poirot, dit Mrs Lacey. J'espère que notre petite fête vous aura plu.

— Une journée merveilleuse, madame. Merveilleuse.

— Vous paraissez bien songeur, observa-t-elle.

— C'est à cause de ce pudding.

— Ah ! vous l'avez trouvé un peu lourd, peut-être ? demanda-t-elle gentiment.

— Oh ! non, rien à voir avec la gastronomie. Je réfléchissais à sa signification.

— C'est un mets traditionnel, bien sûr. Allez, dormez bien, monsieur Poirot, et ne rêvez pas trop de pudding et de tartelettes aux fruits secs.

« Pas de doute, se murmura Poirot à lui-même tandis qu'il se déshabillait, c'est un vrai mystère que ce pudding. Il y a là quelque chose à quoi je ne comprends goutte. »

Il secoua la tête, contrarié :

« Enfin, nous verrons bien. »

Après avoir réglé certains préparatifs, il se mit au lit. Mais pas pour dormir.

Ce fut au bout de deux heures environ que sa patience se trouva récompensée. La porte de sa chambre s'ouvrit très doucement. Il sourit intérieurement. Les choses se déroulaient telles qu'il les avait prévues. Il revit de façon fugace la tasse de café que Desmond Lee-Wortley lui avait si obligeamment tendue après dîner. Un peu plus tard, alors que ce même Desmond lui tournait le dos, il l'avait posée quelques instants sur un guéridon, puis avait fait mine de la reprendre sous les yeux du jeune homme afin de donner à ce dernier la satisfaction — si satisfaction il y avait — de la lui voir boire jusqu'à la dernière goutte. Un petit sourire souleva la moustache de Poirot à la pensée que ce n'était pas lui, mais quelqu'un d'autre qui dormait comme un loir en ce moment.

« Ce brave petit David, songea-t-il, il est tourmenté et malheureux. Une bonne nuit de sommeil ne lui fera pas de mal. Et maintenant, voyons ce qui va se passer. »

Il ne bougea pas d'un cil et maintint une respiration régulière entrecoupée de temps à autre d'un soupçon, à peine exhalé, de ronflement.

Quelqu'un s'approcha du lit et se pencha sur lui. Apparemment rassuré, le visiteur se dirigea vers la table de toilette puis, à la lumière d'une mini-torche, se mit à examiner les affaires de Poirot soigneusement rangées sur le plateau. Des doigts palpèrent le portefeuille, ouvrirent doucement les tiroirs du meuble, puis étendirent la fouille aux poches des vêtements de Poirot. Finalement, il s'approcha de nouveau du lit et, avec les plus grandes précautions, glissa sa main sous l'oreiller. Quand il l'eut retirée, il resta un moment figé sur place comme s'il se demandait où chercher à présent. Il fit le tour de la chambre, inspecta tous les bibelots, puis entra dans la salle de bains dont il ressortit presque aussitôt. Enfin, après une petite exclamation de dépit, il quitta la chambre.

« Tiens donc ! murmura Poirot entre ses dents, tu n'es pas content, hein ? Pas content du tout ? Non mais, t'imaginer un seul instant qu'Hercule Poirot allait cacher quelque chose là où tu pourrais le trouver ! »

Il se tourna sur l'autre côté et s'endormit paisiblement.

Il fut réveillé le lendemain matin par des coups frappés à sa porte — des coups aussi furtifs que comminatoires.

— Qui est là ? Entrez, entrez.

La porte s'ouvrit. Le souffle court, rouge comme une pivoine, Colin se tenait sur le seuil, Michael derrière lui.

— Monsieur Poirot, monsieur Poirot...

— Euh... oui ? fit ce dernier en s'asseyant sur son lit. C'est la tasse de thé du matin ? Non ? Ah ! c'est vous, Colin ? Il s'est passé quelque chose ?

Comme sous le coup d'une émotion trop forte, Colin resta un moment sans voix. En réalité, c'était la vue du bonnet de nuit de Poirot qui avait provoqué chez lui cette paralysie temporaire des cordes vocales. Il parvint bientôt à se reprendre.

— Je crois... Monsieur Poirot, aidez-nous, articula-t-il. Il est arrivé quelque chose d'affreux.

— Quelque chose d'affreux ? Quoi donc ?

— C'est... Bridget. Elle est là-bas, dans la neige. J'ai l'impression... elle ne bouge pas, ne parle pas et... oh ! je crois que vous feriez mieux de venir voir par vous-même. J'ai très peur que... je suis persuadé qu'elle est *morte*.

— Hein ? s'écria Poirot en rejetant ses couvertures de côté. Mlle Bridget ? Morte ?

— On dirait... je crois qu'elle a été tuée. Il... il y a du sang et... oh ! venez, je vous en supplie !

— Mais bien sûr, bien sûr. J'arrive tout de suite.

Esprit pratique, Poirot enfila ses bottines de marche et enfila une pèlerine fourrée par-dessus son pyjama :

— Me voilà, je suis prêt. Vous avez réveillé tout le monde dans la maison ?

— Non, non, je n'ai pour l'instant prévenu personne que vous. Grand-père et grand-mère ne sont pas encore levés. On prépare le petit déjeuner, en bas, mais je n'ai rien dit à Peverell. Elle... Bridget... se trouve de l'autre côté de la maison, près de la terrasse et de la fenêtre de la bibliothèque.

— Je vois. Ouvrez la marche, je vous suis.

Se détournant pour masquer son sourire ravi, Colin le précéda et descendit les escaliers. Ils sortirent par la porte latérale. La matinée était claire, le soleil encore bas sur l'horizon. La neige avait cessé, mais elle était tombée en abondance pendant la nuit et couvrait tout d'un épais manteau immaculé. Le monde entier ne semblait que pureté, blancheur et beauté.

— Là ! haleta Colin dans un souffle. Je... c'est... là !

Et il pointa l'index en un geste dramatique.

Dramatique, la scène l'était on ne peut plus. À quelques mètres d'eux, Bridget gisait dans la neige, vêtue d'un pyjama rouge et d'un châle de laine blanc jeté autour des épaules. Un châle blanc maculé d'une tache écarlate. Sa tête tournée de côté était cachée par la masse éparse de ses cheveux noirs. Elle avait un bras replié sous le corps, l'autre projeté sur la neige, les doigts crispés. Au milieu de la tache écarlate se dressait le manche incurvé d'un grand couteau kurde que le colonel Lacey avait justement montré à ses invités la veille au soir.

— Mon Dieu ! s'écria Poirot. On se croirait au théâtre !

Michael faillit s'étrangler de rire. Colin intervint aussitôt :

— Je sais. C'est bizarre, ça... ça n'a presque pas l'*air* vrai. Vous voyez ces traces de pas... je suppose qu'il ne faut pas les brouiller ?

— Ah ! oui, les traces. Effectivement, il ne faut pas les brouiller.

— C'est bien ce que je pensais, se rengorgea Colin. Et c'est pour ça que je n'ai laissé personne approcher jusqu'à ce qu'on vous amène sur les lieux. Je me suis dit que vous sauriez quoi faire, vous.

— Quand même, releva Poirot, la première chose, c'est de voir si elle vit encore, vous ne croyez pas ?

— Oui, euh... évidemment, balbutia Michael, pas trop sûr de lui, mais vous savez, on a pensé que... enfin, on ne voulait pas...

— Ah ! prudents, hein ? Vous avez dû lire des romans policiers ! Surtout, ne toucher à rien et laisser le cadavre dans l'état où il est. Seulement on n'est pas encore *sûrs* que ce soit un cadavre, n'est-ce pas ? Alors la prudence, c'est bien beau, mais le simple devoir d'assistance à personne en danger passe avant. Il faut penser médecin avant de penser police, vous n'êtes pas de mon avis ?

— Oh ! si, bien sûr, admit Colin, un peu désarçonné.

— On s'est juste dit... enfin, on a cru qu'il valait mieux aller vous chercher avant de faire quoi que ce soit, s'empressa d'expliquer Michael.

— Bon, restez ici tous les deux, ordonna Poirot. Je vais m'approcher par l'autre côté afin de ne pas effacer les traces. Superbes, ces traces, n'est-ce pas ? Si nettes ! Les pas d'un homme et d'une femme qui sortent côte à côte jusqu'à l'endroit où se trouve le corps, puis celles de l'homme font demi-tour et pas celles de la fille.

— Ça doit être les empreintes de pieds de l'assassin, chuchota presque Colin.

— Absolument, fit Poirot. Les empreintes de l'assassin. Un pied long et étroit avec des chaussures d'un genre bien particulier. Très intéressant. Faciles à reconnaître, je crois. Oui, ces empreintes vont avoir une grande importance.

À ce moment, Desmond Lee-Wortley sortit de la maison en compagnie de Sarah et vint les rejoindre.

— Qu'est-ce que vous fabriquez tous les trois ici ? demanda-t-il d'une voix un peu forcée. Je vous ai vus depuis la fenêtre de ma chambre. Il se passe quelque chose ? Bon Dieu, qu'est-ce que c'est que ça ? On... on dirait...

— Exactement, fit Poirot. On dirait un meurtre, n'est-ce pas ?

Sarah eut un haut-le-corps, puis lança un bref regard soupçonneux en direction des deux garçons.

— Vous voulez dire que quelqu'un a tué cette petite — comment s'appelle-t-elle, déjà — Bridget ? fit Desmond, ébahi. Qui donc aurait pu faire ça ? C'est incroyable !

— Il y a beaucoup de choses incroyables, dit Poirot. Surtout avant le petit déjeuner, n'est-ce pas ? C'est ce que prétend l'un de vos classiques, Lewis Carroll, si je ne m'abuse : « Il m'est arrivé, avant d'avoir pris mon petit déjeuner, de croire jusqu'à six choses impossibles. » Attendez ici, vous tous, ajouta-t-il.

Par un détour précautionneux, il s'approcha de Bridget et se pencha un instant sur le corps. Colin et Michael étaient à présent secoués d'un fou rire mal réprimé. Sarah les rejoignit.

— Qu'est-ce que vous avez encore manigancé, vous deux ? murmura-t-elle.

— Cette vieille Bridget, chuchota Colin, elle est sensas, non ? Elle ne bouge pas d'un poil !

— Je n'ai jamais vu quelqu'un faire aussi bien le mort, chuchota à son tour Michael.

Hercule Poirot se redressa.

— C'est horrible, fit-il d'une voix chargée d'une émotion qu'elle n'avait pas auparavant.

Incapables de contenir leur hilarité, Colin et Michael se détournèrent.

— Bon... qu'est-ce qu'il faut faire ? parvint néanmoins à s'enquérir ce dernier d'une voix étranglée.

— Il n'y a pas le choix, répondit Poirot. Il faut appeler la police. L'un d'entre vous veut-il s'en charger ou préférez-vous que ce soit moi ?

— Ben, je crois... commença Colin. Qu'est-ce que t'en penses, Michael ?

— Oui, répondit l'adolescent. Je crois moi aussi qu'il vaudrait mieux ne pas pousser le bouchon trop loin.

Il se dirigea vers Poirot, son assurance apparemment un peu prise en défaut :

— Nous sommes désolés, j'espère que vous n'allez pas vous fâcher. C'était... euh... juste une de ces farces qu'on fait à Noël, vous savez. On voulait vous... vous faire le coup du meurtre pour rire.

— Du meurtre pour rire ? Mais... mais alors... ceci ?

— Rien qu'une mise en scène, expliqua Colin. Pour... pour que vous vous sentiez dans votre élément, quoi !

— Ah ! fit Poirot, je comprends. Vous vouliez me faire un poisson d'avril ? Mais on n'est pas le 1er du mois des fous, on est le 26 décembre.

— Bon, d'accord, on n'aurait pas dû, reconnut Colin. Mais vous n'êtes pas trop fâché, hein, monsieur Poirot ? Allons, relève-toi, Bridget, cria-t-il. Tu dois être aux trois quarts morte de froid, maintenant.

Dans la neige, cependant, la silhouette allongée n'esquissa pas le moindre geste.

— C'est curieux, observa Poirot, elle n'a pas l'air de vous entendre.

Il fronça le sourcil :

— C'était une farce, disiez-vous ? Vous en êtes sûrs ?

— Ben, évidemment ! articula Colin, mal à l'aise. Ce n'était pas pour de vrai.

— Alors pourquoi Mlle Bridget ne se relève-t-elle pas ?

— Je comprends pas, fit Colin.

— Allez, Bridget, s'impatienta Sarah, arrête de faire l'andouille là par terre !

— On est désolés, monsieur Poirot, balbutia Colin, plein d'appréhension. On s'excuse vraiment.

— Vous n'avez plus besoin de vous excuser, répondit Poirot sur un ton étrange.

— Comment ça, plus besoin ?

Colin écarquilla les yeux, puis se tourna de nouveau :

— Bridget ! Bridget ! Mais qu'est-ce qu'elle a ? Pourquoi est-ce qu'elle ne se lève pas ? Pourquoi est-ce qu'elle reste allongée comme ça ?

Poirot fit un signe à Desmond :

— *Vous*, Mr Lee-Wortley, venez ici...

Desmond s'approcha.

— Prenez son pouls, intima Poirot.

Desmond Lee-Wortley se pencha, saisit le bras, puis le poignet.

— Pas de pouls, répondit-il, les yeux hagards. Le bras est inerte. Mon Dieu, elle est *vraiment* morte !

Poirot hocha la tête :

— Eh oui, vraiment morte. Quelqu'un a transformé la comédie en tragédie.

— Quelqu'un... qui ça ?

— Il y a deux traces de pas parallèles qui font l'aller et le retour. Des traces qui ressemblent diablement à celles que *vous* venez de laisser en venant de l'allée jusqu'ici, Mr Lee-Wortley.

Lequel pivota sur lui-même.

— Eh là... vous m'accusez ? *MOI ?* Vous êtes tombé sur la tête ! Pourquoi diable aurais-je voulu tuer cette gamine ?

— Ah ! pourquoi ? Je me demande... Voyons un peu...

Il s'accroupit et, tout doucement, desserra les doigts crispés de la fille.

Desmond eut une brève inspiration. Il baissa un regard incrédule. Dans la paume de la main de la morte se trouvait ce qui ressemblait à un gros rubis.

— C'est ce truc qu'il y avait dans le pudding ! s'écria-t-il.

— Ah bon ? fit Poirot. Vous êtes sûr ?

— Absolument.

D'un geste vif, Desmond se baissa et saisit la pierre de la main de Bridget.

— Vous n'auriez pas dû faire cela, dit Poirot sur un ton de reproche. Rien n'aurait dû être dérangé.

— Je n'ai pas dérangé le cadavre, pas vrai ? Alors que ce machin pourrait... pourrait se perdre, et c'est une pièce à conviction. Ce qu'il faut, c'est faire venir la police le plus vite possible. Je vais téléphoner tout de suite.

Il pirouetta sur lui-même et partit au pas de course vers la maison. Sarah s'approcha immédiatement de Poirot.

— Je ne comprends pas, fit-elle, le visage livide. Je ne *comprends* pas.

Elle agrippa le bras de Poirot :

— Ces traces de pas... que voulez-vous dire ?

— Voyez par vous-même, mademoiselle.

Le premier aller et retour d'empreintes jusqu'au corps était identique à celui que venait de laisser Lee-Wortley après avoir accompagné Poirot.

— Mais alors vous... Desmond ? C'est ridicule !

Un bruit de moteur déchira l'air cristallin. Tous se retournèrent. Ils virent distinctement une voiture descendre l'allée à fond de train, et Sarah la reconnut.

— C'est lui, fit-elle. C'est sa voiture. Il... il doit être allé chercher la police au lieu de téléphoner.

Diana se précipita à ce moment hors de la maison et vint les rejoindre.

— Qu'est-ce qui se passe ? haleta-t-elle, tout essoufflée. Je viens de voir Desmond rentrer en trombe à la maison. Il a bafouillé quelque chose au sujet de Bridget qui se serait fait tuer et il s'est énervé sur le téléphone qui ne marchait pas. Il a dit que les fils avaient dû être coupés et que la seule chose à faire, c'était d'aller chercher la police en voiture. Pourquoi la police ?

Poirot lui montra le corps dans la neige.

— Bridget ? fit Diana en le regardant fixement. C'est sûrement une blague, voyons. Hier soir, j'ai entendu quelque chose, et j'ai cru comprendre qu'ils voulaient vous faire une farce, monsieur Poirot.

— Oui, au départ, c'était une farce. Mais rentrons tous à la maison. Nous allons attraper la mort, ici, et nous ne pouvons rien faire avant le retour de Mr Lee-Wortley avec la police.

— Dites, fit Colin, on ne peut pas... laisser Bridget comme ça toute seule.

— Le fait que nous restions là ne l'aidera pas non plus, fit doucement Poirot. Venez. C'est triste, c'est une tragédie, mais il n'y a plus rien à faire pour Mlle Bridget. Rentrons donc au chaud et prenons peut-être une tasse de thé ou de café.

Tous le suivirent docilement jusqu'à la maison. Et ils s'engouffrèrent dans le hall au moment précis où Peverell allait sonner le gong pour le petit déjeuner. Si ce dernier trouva extraordinaire que presque toute la maisonnée vienne du dehors et que Poirot apparaisse en pyjama sous son manteau, il n'en laissa rien paraître. Malgré son grand âge, Peverell était toujours un majordome stylé. Il ne remarquait jamais ce qu'il n'était pas censé remarquer. Ils entrèrent dans la salle à manger et s'installèrent. Quand chacun eut devant soi une tasse de café à siroter, Poirot prit la parole :

— J'ai une petite histoire à vous raconter. Je ne pourrai pas vous la narrer en détail, mais je vous la donnerai à tout le moins dans ses grandes lignes. C'est celle d'un jeune prince qui est venu dans ce pays. Il a apporté avec lui un joyau très connu qu'il devait faire remonter pour la dame qu'il allait épouser. Entre-temps, hélas ! il a fait la connaissance d'une très jolie jeune personne. Laquelle jeune personne s'intéressait bien davantage à la pierre qu'à l'homme — à tel point qu'un beau jour, elle a filé avec ce bijou chargé d'histoire qui appartenait à la famille depuis des générations. Voilà donc notre jeune homme dans un bel embarras. Avant tout, il ne peut pas se permettre un scandale. Impossible de s'en remettre à la police. Alors il vient me trouver moi, Hercule Poirot. « Récupérez-moi mon rubis, joyau historique », me demanda-t-il. Or, la jeune femme en question a un ami, et l'ami a monté plusieurs opérations fort douteuses. Il s'est livré à des affaires de chantage et de trafic de pierres précieuses. Toujours avec beaucoup d'habileté : suspect, oui, mais jamais pris. Et voilà que j'apprends que ce jeune gentleman si malin vient passer Noël dans cette maison. Car il est important que la jolie dame, une fois le joyau en sa possession, disparaisse quelque temps de la circulation afin de se faire oublier et d'éviter les questions. On s'arrange donc pour la cacher à Kings Lacey, en la faisant passer pour la sœur du jeune gentleman si malin...

Sarah prit une brève inspiration.

— Oh ! non, non, protesta-t-elle. Pas *ici* ! Pas ici avec moi !

— Il en est pourtant allé ainsi, poursuivit Poirot. Sur quoi, grâce à une petite manœuvre, me voilà à mon tour invité ici à Noël. La jeune dame est censée sortir tout juste de l'hôpital. Elle se sent beaucoup mieux quand elle arrive, mais survient la nouvelle que moi aussi, un détective — un détective réputé —, j'arrive. Alors elle a ce que vous appelez la frousse. Elle cache le rubis dans le premier endroit qui lui passe par l'esprit, prétexte immédiatement une rechute et se remet au lit. Elle ne veut pas que je la voie, car elle est sûre que j'ai une photo d'elle et que je vais la reconnaître. Elle s'ennuie ferme, mais elle est bloquée dans sa chambre et son frère lui monte ses plateaux.

— Et le rubis ? demanda Michael.

— Je crois, répondit Poirot, qu'au moment où elle a appris mon arrivée, la jeune femme se trouvait dans la cuisine avec vous, tous réunis à rire et plaisanter pour tourner la pâte des puddings. Les puddings sont dans des moules et c'est là que la jeune femme cache le rubis : elle l'enfonce dans un des récipients. Pas celui qui est destiné à la soirée de Noël, oh ! non, elle sait que celui-là se trouve dans un moule spécial. Elle le met dans l'autre, celui qui doit être mangé au Jour de l'An. D'ici là, elle sera prête à partir, et nul doute que le pudding partira avec elle. Mais voilà, la fatalité s'en mêle. Au matin de Noël, un petit malheur se produit : le pudding tombe par terre dans son moule fantaisie, lequel se brise en mille morceaux. La brave Mrs Ross ne fait ni une ni deux, elle prend l'autre pudding et le sert.

— Bon sang ! s'étrangla Colin, vous voulez dire qu'à Noël, quand grand-père mangeait son pudding, c'est sur un *vrai* rubis qu'il a failli se casser une dent ?

— Exactement, sourit Poirot, et vous pouvez imaginer l'effroi de Mr Desmond Lee-Wortley à cette vue. Alors ensuite ? Eh bien le rubis passe de main en main. Je l'examine et parviens mine de rien à le glisser dans ma poche. Négligemment, comme si je ne lui accordais aucun intérêt. Une personne pourtant observe mon manège. Et quand je m'endors, le soir, cette personne vient fouiller ma chambre et me fouiller moi-même. Elle ne trouve pas le rubis. Pourquoi ?

— Parce que, murmura Michael en retenant son souffle, vous l'aviez entre-temps donné à Bridget. C'est ça, hein ? Et c'est pour ça que... mais je ne comprends pas très bien... Allez, dites-nous vite ce qui s'est passé ensuite.

Poirot lui sourit :

— Venez avec moi dans la bibliothèque, et je vous montrerai quelque chose qui expliquera peut-être le mystère.

Il passa devant et tous le suivirent.

— Observez une nouvelle fois les lieux du crime, fit Poirot en montrant la fenêtre.

Il y eut un halètement de stupéfaction général. Il n'y avait plus de cadavre dans la neige, plus trace de la tragédie à l'exception d'une surface de neige piétinée.

— On n'a quand même pas rêvé ? fit Colin d'une voix anéantie. Quelqu'un a enlevé le corps ?

— Ah ! vous voyez ? Le Mystère du Cadavre Envolé, fit Poirot avec un hochement de tête et une petite étincelle de malice dans les yeux.

— Mais nom d'une pipe, monsieur Poirot, s'écria Michael, vous êtes... vous n'allez pas... dites, il nous a tous menés en bateau depuis le début !

Les yeux de Poirot pétillèrent plus que jamais :

— C'est vrai, mes enfants, moi aussi je vous ai joué un tour. J'étais au courant de votre petite conspiration, voyez-vous, alors j'ai monté un plan de contre-attaque. Ah ! voici Mlle Bridget. Bien remise de votre séjour prolongé dans la neige, j'espère ? Je ne me pardonnerais jamais que vous attrapiez une fluxion de poitrine.

Bridget venait d'entrer dans la pièce, chaudement vêtue d'une chemise épaisse et d'un pull de laine. Elle riait.

— J'ai fait monter une tisane dans votre chambre, dit Poirot en fronçant le sourcil. Vous l'avez bien bue, au moins ?

— Oh ! une seule gorgée a suffi ! Je suis en pleine forme, moi ! Est-ce que j'ai bien joué mon rôle, monsieur Poirot ? Bon sang ! j'ai encore mal au bras avec ce garrot que vous m'avez fait mettre !

— Vous avez été magnifique, mon enfant, la félicita Poirot. Magnifique. Mais vous voyez, tous les autres sont dans le brouillard complet. Hier soir donc, j'ai approché Mlle Bridget. Je lui ai expliqué que j'étais au courant de votre petit complot et lui ai demandé si elle accepterait de jouer un rôle pour moi. Elle s'est débrouillée à merveille. Elle a fait les empreintes avec une paire de chaussures de Mr Lee-Wortley.

— Mais à quoi rime tout cela, monsieur Poirot ? demanda Sarah d'une voix aigre. Quel est l'intérêt d'envoyer Desmond chercher la police ? Ils seront hors d'eux quand ils s'apercevront que ce n'était qu'un coup monté !

Poirot secoua doucement la tête :

— Ma foi, je ne crois pas un seul instant que Mr Lee-Wortley soit allé chercher la police, mademoiselle. Il ne veut surtout pas être mêlé à une histoire de meurtre. Ses nerfs l'ont trahi. Tout ce qu'il a vu, c'est la possibilité de récupérer le rubis. Il s'est jeté dessus, a prétendu que le téléphone était détraqué et s'est précipité dans sa voiture sous prétexte d'aller chercher la police. Je pense pour ma part que vous ne le reverrez pas de sitôt. Il peut, à ce que je sais, quitter l'Angleterre par ses propres moyens. Il a son avion personnel, n'est-ce pas, mademoiselle ?

Elle acquiesça de la tête :

— Oui. Nous avions l'intention de...

Elle s'interrompit.

— Il voulait que vous vous enfuyiez avec lui de cette façon, n'est-ce pas ? Pardi ! C'est un merveilleux stratagème pour passer en douce un joyau hors du pays. Quand vous enlevez une jeune fille de bonne famille, avec tout ce que cela comporte de battage dans les journaux, on ne va pas vous soupçonner une seconde d'en avoir profité pour sortir en fraude un joyau historique. Ah ! oui, vous auriez constitué une couverture de premier ordre, mademoiselle !

— Ce n'est pas possible, balbutia Sarah. Je ne crois pas un mot de tout ça.

— Pour en avoir le cœur net, interrogez donc sa sœur, fit Poirot en désignant du menton, par-dessus son épaule, quelqu'un derrière elle.

La tête de Sarah pivota instantanément.

Drapée dans un manteau de fourrure, une blonde platinée se tenait immobile sur le seuil. Elle semblait d'humeur exécrable.

— Sa sœur, mes fesses ! jeta-t-elle avec un ricanement mauvais. Il n'a jamais été mon frère, ce salopard ! Si je comprends bien, il s'est fait la malle, et il me laisse dans le pétrin ? Alors que c'est *lui* qui a monté la combine et qui m'a mouillée jusqu'au cou ! Du tout cuit, d'après lui, ça devait être ! Ils ne nous poursuivraient pas, par frousse du scandale : j'aurais toujours pu menacer de dire qu'Ali m'en avait bel et bien fait cadeau, du fameux rubis. Desmond et moi, on devait se partager le gros lot à Paris et voilà qu'il se tire sans moi, ce fumier ! Ah ! ce que j'aimerais le retrouver histoire de lui faire la peau ! Plus vite je filerai d'ici...

Elle changea brusquement de ton :

— Est-ce que quelqu'un pourrait avoir la gentillesse de m'appeler un taxi ?

— Une voiture vous attend devant la grande porte pour vous conduire à la gare, mademoiselle, dit Poirot.

— Vous pensez à tout, pas vrai ?

— La plupart du temps, répondit-il non sans quelque suffisance.

Mais Poirot ne devait pas s'en tirer aussi facilement. Quand il revint au salon après avoir accompagné la fausse miss Lee-Wortley à la voiture, Colin l'attendait de pied ferme, visage renfrogné :

— Dites donc, monsieur Poirot, *et le rubis* ? Vous avez laissé ce type filer avec ?

Le visage de Poirot s'allongea. Il tortilla sa moustache d'un air embarrassé.

— Je peux encore le récupérer, dit-il faiblement. Il y a d'autres moyens. Je vais essayer de...

— C'est inimaginable ! fulmina Michael. Laisser ce saligaud partir avec le rubis !

Bridget fut plus finaude.

— Il nous fait encore marcher ! s'écria-t-elle. Hein que vous nous faites marcher, monsieur Poirot ?

— Je vous propose un dernier tour de passe-passe, mademoiselle. Cherchez dans ma poche gauche.

Bridget plongea la main. Elle la ressortit avec un cri de triomphe et brandit un énorme rubis qui brillait de tous ses feux incarnats.

— Vous comprenez ? expliqua Poirot. Celui que vous teniez dans vos doigts crispés n'était qu'un faux en verre coloré. Je l'ai apporté de Londres pour le cas où il serait possible d'opérer une substitution. Nous ne voulons pas de scandale. M. Desmond va essayer de se débarrasser du rubis à Paris, en Belgique ou en quelque autre endroit où il possède des contacts, et là, on s'apercevra que la pierre est fausse ! C'est l'idéal, pour nous, non ? La fin rêvée. Le scandale est évité, mon jeune prince retrouve son rubis, il rentre dans son pays et fait un mariage raisonnable, et, nous l'espérons, heureux. Tout est bien qui finit bien.

— Sauf pour moi, murmura Sarah entre ses dents.

Elle avait parlé si bas que Poirot fut le seul à l'entendre.

— Vous faites erreur, mademoiselle Sarah, en disant cela. Vous avez acquis de l'expérience. Toute expérience est bonne à prendre. Je peux prédire que devant vous se profile le bonheur.

— C'est vous qui le dites.

— Mais au fait, monsieur Poirot, intervint Colin en fronçant le sourcil, comment avez-vous su que nous vous montions un coup ?

— C'est mon métier que de tout savoir, répondit Hercule Poirot en frisant sa moustache.

— Peut-être bien, mais je ne vois pas ce qui vous a mis la puce à l'oreille. Quelqu'un est venu cafarder... vous trouver pour vous prévenir ?

— Non, non, ce n'est pas ça.

— Quoi, alors ? Dites-nous.

— Oui, dites-nous ! firent-ils tous en chœur.

— Ah ! non, protesta Poirot. Si je vous avoue comment j'ai fait pour y arriver, ça perdra tout son charme. C'est comme un prestidigitateur qui montrerait ses tours ?

— Dites-nous la vérité, monsieur Poirot, allez ! Dites-la-nous, dites-la-nous !

— Je ne peux pas. Vous seriez trop déçus.

— S'il vous plaît, monsieur Poirot, expliquez-nous. *Comment avez-vous su ?*

— Bon, alors voilà. Je me reposais dans un fauteuil à côté de la fenêtre de la bibliothèque, l'autre jour après le thé. Le sommeil m'a pris, et quand je me suis réveillé, vous étiez en train de discuter vos petits plans juste sous la fenêtre près de laquelle je me trouvais — et le vantail du haut était ouvert.

— C'est tout ? lâcha Colin d'un air dépité. C'est bête comme chou !

— N'est-ce pas ? fit Poirot tout sourires. Vous voyez que vous êtes déçus !

— Peut-être, fit Michael, n'empêche qu'on sait rigoureusement tout, maintenant.

« Voire, murmura la petite voix intérieure de Poirot. *Moi*, je ne sais pas tout. *Moi*, dont c'est le métier de tout savoir... »

Il sortit dans le hall en dodelinant de la tête. Pour la vingtième fois peut-être, il tira de sa poche un morceau de papier tout poisseux : MANGEZ PAS UNE MIETTE DU PLUM-PUDDING. QUELQU'UN QUI VOUS VEUT DU BIEN.

Hercule Poirot continua à secouer la tête d'un air songeur. Être tenu en échec par ça ! Lui qui pouvait toujours tout expliquer ! Humiliant ! Qui avait écrit ce message ? Et *pourquoi* ? Il ne connaîtrait pas de repos tant qu'il n'arriverait pas à donner la réponse. Il fut soudain tiré de sa rêverie par une sorte de halètement singulier. Intrigué, il baissa les yeux. À quatre pattes au beau milieu du parquet, une jeune créature aux cheveux d'étoupe et vêtue d'une robe-tablier à fleurs s'activait avec une balayette et un ramasse-poussière. Elle regardait fixement, de ses yeux ronds comme des billes, le papier qu'il tenait à la main.

— Oh ! m'sieur, fit cette apparition, *m'sieur, s'il vous plaît.*

— Qui êtes-vous donc, mon enfant ? demanda Poirot avec affabilité.

— Annie Bates, m'sieur, pour vous servir. J'viens ici aider Mrs Ross. J'voulais pas... faire quéqu'chose de défendu, vous savez. C'était dans une bonne intention. Pour vot'bien à vous, j'veux dire.

— C'est vous qui avez écrit ça, Annie ?

— J'pensais pas à mal, m'sieur. J'vous assure.

— J'en suis convaincu.

Il lui sourit :

— Mais expliquez-moi. Pourquoi l'avez-vous écrit ?

— À cause de ces gens, Mr Lee-Wortley et sa sœur. Sa sœur moi, ça m'ferait mal ! Personne y croyait, aux cuisines. Et puis elle était pas plus malade que moi, c'était clair. Toutes, on se disait qu'il se passait quéqu' chose de bizarroïde. J'vais vous expliquer franchement, m'sieur. Un moment que j'étais dans la salle de bains à changer les serviettes, j'ai écouté à la porte. Il était dans sa chambre à elle et ils causaient. J'ai entendu c'qu'ils se racontaient aussi clair que j'vous entends. « Ce privé, qu'il disait, ce Hercule Poirot qu'arrive ici, va falloir utiliser les grands moyens. En débarrasser le plancher le plus vite possible. » Et puis un peu plus tard, il lui a demandé comme ça d'un ton sinistre : « Dans quoi tu l'as mis ? — *Dans le pudding* », qu'elle lui a répondu. Oh ! m'sieur, ça a été un tel choc que j'ai cru qu'mon cœur y s'arrêtait d'battre dans ma poitrine. J'me suis dit comme ça qu'ils voulaient vous empoisonner, moi. J'savais pas quoi faire ! Mrs Ross, elle aurait pas écouté une souillon comme moi. Alors il m'est venu à l'idée d'vous écrire un mot d'avertissement. J'l'ai fait et j'l'ai mis sur vot'oreiller pour que vous l'trouviez en allant au lit.

Annie s'interrompit pour reprendre son souffle. Poirot la considéra gravement pendant quelques minutes.

— Vous regardez trop de films à sensation, Annie, dit-il enfin. À moins qu'il ne s'agisse de la télévision ? Mais ce que je retiens, c'est que vous avez bon cœur et une certaine dose d'ingéniosité. Quand je serai rentré à Londres, je vous enverrai un cadeau.

— Oh ! merci, m'sieur, merci beaucoup.

— Voyons, qu'est-ce qui vous ferait plaisir ?

— Vrai ? J'peux demander c'que je veux ?

— Dans les limites du raisonnable, corrigea Poirot, prudent.

— Dites, j'pourrais avoir une trousse de maquillage ? Une chouette trousse de maquillage ultra-chic comme celle qu'avait la sœur à Mr Lee-Wortley qu'était pas sa sœur ?

— D'accord, acquiesça Poirot, grand seigneur. Je crois que cela devrait pouvoir se faire.

» C'est intéressant, poursuivit-il en un murmure songeur. Dans un musée, l'autre jour, je contemplais des antiquités de Babylone, ou de je ne sais plus quel site plusieurs fois millénaire de ce genre. Parmi elles, se trouvaient des coffrets à cosmétiques. Le cœur de la femme ne change donc jamais.

— J'vous demande pardon ? fit Annie.

— Rien, répondit Poirot, je réfléchissais tout haut. Vous aurez votre trousse de maquillage, mon enfant.

— Oh ! merci beaucoup, m'sieur. Oh ! merci infiniment.

Elle s'en fut comme sur un nuage, extasiée. Poirot la regarda s'éloigner et afficha une mine d'absolue satisfaction.

« Bon, se dit-il. Partons, maintenant. Je n'ai plus rien à faire ici. »

Au moment où il s'y attendait le moins, deux bras lui entourèrent les épaules.

— Vous voulez bien rester sous le gui un instant ? demanda Bridget.

Et elle lui déposa un baiser sur la joue.

Hercule Poirot ne le regretta pas. Pas du tout. Et se dit qu'il avait réellement passé un bon, un très bon Noël.

The Adventure of the Christmas Pudding.
Traduit de l'anglais par Jean-Michel Alamagny.

UNE ÉPROUVANTE NUIT DE NOËL

Arthur Conan Doyle

1

Il m'a toujours semblé aussi curieux qu'étrange de constater combien le danger et les ennuis sont attachés aux pas de ceux qui, pourtant, veulent, par-dessus tout, mener une existence tranquille. Ce fut mon cas et, lorsque je regarde en arrière, il m'apparaît que c'est justement au cours des périodes de ma vie qui auraient dû être les plus paisibles qu'à chaque fois une aventure m'est advenue, tel le coup de tonnerre, surgi d'un ciel bleu, qui malmena les nerfs du vieil Horace. Il est possible que mon existence diffère en cela de celle des autres hommes et donc que je sois victime d'une exceptionnelle infortune. Si tel est le cas, raison de plus pour moi de me plaindre de mon sort et de faire profiter du récit de mes mésaventures ceux qui ont été mieux lotis que moi.

Il suffit de comparer ma vie à celle de Léopold Walderich pour comprendre ce à quoi je fais allusion. Nous étions tous deux originaires de Mulhouse, dans le Grand Duché de Bade. C'est la raison pour laquelle je le prends, lui, pour exemple alors que nombre d'autres personnes auraient tout aussi bien fait l'affaire. Et dire que c'était lui qui affirmait aimer l'aventure ! Bon... Nous entrâmes ensemble à l'Université d'Heidelberg. J'étais un garçon tranquille, studieux et sans prétention ; lui était impétueux, téméraire et paresseux. Durant trois ans, pendant qu'il évitait soigneusement de manquer la moindre échauffourée, moi, je passais tout mon temps dans les laboratoires, n'abandonnant mes livres que pour une rapide promenade au grand air lorsque des maux de tête et des sifflements d'oreille m'avertissaient que j'étais en train de jouer un peu trop avec ma santé.

Et pourtant, au cours de cette période, sa vie resta relativement paisible alors que la mienne se transforma en une succession de périls auxquels je n'échappai que par miracle. Je m'abîmai la vue et manquai d'étouffer par la faute d'un gaz empoisonné. J'avalai par mégarde une trichine avec une tranche de jambon et dus rester couché durant des semaines. Je fus jeté d'une fenêtre du deuxième étage par un fou d'Anglais, simplement parce que j'avais pris le risque de lui citer un passage argumenté du *Weltgeschichte* de Schoppheim prouvant que Waterloo avait été en réalité une victoire purement prussienne et exprimant de sérieux doutes sur la présence de toute l'armée britannique entre le champ de bataille et Bruxelles ! Par deux fois je fus presque noyé et, sans l'assistance de ce même Anglais, j'aurais été, en une autre occasion, précipité par-dessus le garde-corps du *schloss*. Et cela ne représente qu'une partie des incidents dont je fus la victime, alors que ma seule préoccupation était d'étudier en paix pour passer mes examens.

La même infortune me poursuivait partout, y compris dans des circonstances de moindre importance. Je me souviens parfaitement, par exemple, qu'un jour, les plus excités des étudiants de Bade se lancèrent dans une frasque plus insensée que d'ordinaire. À deux miles de la ville habitait un fermier du nom de Nicholas Bodeck. Cet homme avait fait en sorte d'être détesté par les étudiants et ceux-ci se mirent en tête de lui jouer un mauvais tour. Ils confectionnèrent un très grand nombre de petits chapeaux aux couleurs du Corps des Badischers et envahirent ses bâtiments, au milieu de la nuit, pour les coller sur la tête de toutes ses volailles.

L'effet fut à coup sûr des plus comiques, comme je pus d'ailleurs m'en rendre compte en passant par là, par hasard, le lendemain matin. Je présume que Walderich et ses amis, sachant que le fermier était un homme particulièrement déterminé, avaient imaginé leur petite plaisanterie pour se procurer des sensations fortes.

Malheureusement, ce fut moi, et non eux, qui en profitai. L'activité physique n'était pas mon fort, mais je crois que, ce matin-là, je courus les deux miles à une vitesse proprement incroyable — tout comme les cinq hommes armés de fourches qui s'étaient lancés à mes trousses !

Tout cela peut vous paraître banal mais, comme on dit chez vous, en Angleterre, un brin de paille montre toujours la direction dans laquelle souffle le vent, et j'aurais dû me douter que ces péripéties constituaient, en fait, une bonne indication sur ce qui allait survenir plus tard.

Je décrochai mes diplômes de médecine et devins Herr Doktor Otto von Spee. Puis je passai d'autres diplômes scientifiques et fus abondamment félicité pour ma thèse sur « Les composants explosifs de la chaîne triméthylique ». Je fus cité comme une autorité dans certains écrits scientifiques et mes maîtres me prédisaient une grande carrière. Mais mes études furent brusquement interrompues par le début de la Grande Guerre avec la France.

Walderich se porta volontaire pour un régiment d'élite, participa à presque tous les combats, se couvrit de gloire et revint indemne pour se voir décoré de la Croix de la Valeur militaire. Quant à moi, je fus affecté à une ambulance qui ne traversa même pas la frontière. Je trouvai pourtant le moyen de me casser un bras en me prenant les pieds dans un brancard et d'attraper ensuite un érysipèle par la faute de l'une des rares blessures qu'il me fut donné de soigner. Je n'eus ni médaille ni croix, et retournai à Berlin une fois le conflit terminé. Là, je m'installai comme *privat docent* de chimie et de physique.

Vous allez naturellement vous demander quel rapport tout cela peut bien avoir avec mon histoire de Noël. Vous verrez pourtant, le moment venu, que vous conter toutes mes mésaventures était nécessaire pour que vous puissiez apprécier à sa juste valeur l'événement qui constitua le couronnement de cette longue liste de déboires. Il vous faut aussi garder à l'esprit que je suis un Allemand et donc quelqu'un d'un peu verbeux, ce que mes compatriotes ont d'ailleurs la réputation d'être. J'ai souvent admiré le style brillant et vif des auteurs anglais, mais j'ai bien peur que, de ma part, toute tentative de les imiter équivaudrait à ce qui se passerait si une de nos bonnes grosses vieilles cigognes de Mulhouse se mettait dans la tête de vouloir adopter les airs gracieux d'un rouge-gorge anglais. Ce sera donc en temps voulu que vous saurez tout sur cette fameuse nuit de Noël.

2

Une fois installé à Berlin, je décidai de mener de front le métier de médecin indépendant et de *privat docent*, ce que vous appelez chez vous un « répétiteur ». Je poursuivis cette double activité durant quelques années, mais lorsque j'eus compris que ma fonction médicale, qui avait pour principal terrain d'action les basses classes de la société, favorisait particulièrement ma propension naturelle aux ennuis, je finis par me résoudre à l'abandonner.

Je m'installai donc dans une maison retirée d'un quartier tranquille de la ville et, là, me plongeai dans des recherches scientifiques, principalement dans le domaine qui m'avait attiré à l'origine, je veux parler de la chimie des composés explosifs.

Je dépensais peu et tout l'argent que j'économisais passa dans l'achat d'instruments scientifiques et d'appareillages divers. Aussi ne tardai-je pas à me retrouver à la tête d'un confortable petit laboratoire qui, s'il n'avait pas la prétention d'égaler celui de Heidelberg, suffisait amplement à mes besoins. Certes, il arriva que mes voisins se plaignissent et je dus calmer Gretchen, ma femme de ménage, avec une pièce de cinq marks après qu'elle eut été victime de trois explosions, ainsi que d'une chute, alors qu'elle était en train de fixer un fil électrique en haut d'une dépendance de la maison. Toutefois, ces petits incidents n'eurent pas de suite et ma vie prit rapidement un tour plus paisible, ce que j'attendais depuis bien longtemps.

J'étais heureux — et, mieux encore, je devenais célèbre. Mes « Remarques sur le Cacodyle » dans *Les Archives mensuelles de la Science* firent sensation, et Herr Raubenthal, de Bonn, les qualifia de *meisterlich*, même s'il n'adhérait pas à certaines de mes déductions. Cependant, je fus en mesure, dans d'autres contributions à cette publication, de relater certaines autres expériences dont la teneur se révéla suffisante pour convaincre cet éminent savant que mon point de vue était le bon.

Après cette victoire, je fus universellement reconnu comme une autorité dans ma partie et comme l'un des plus éminents spécialistes des explosifs. Le gouvernement me nomma membre de la commission sur les torpilles à Kiel, et je ne parle pas des nombreux autres honneurs qui m'échurent. Une des conséquences de cette subite accession à la célébrité fut que je devins un conférencier extrêmement demandé, aussi bien pour des congrès scientifiques que pour ces rencontres populaires éducatives qui sont devenues si courantes dans la métropole. Je fus présenté par les journaux comme quelqu'un de particulièrement savant dans mon domaine et c'est à cela que j'attribue l'origine des événements que je m'apprête à relater.

C'était un Noël froid et venteux. La neige fondue crépitait contre les vitres et le vent hurlait dans les branches squelettiques des peupliers étriqués de mon jardin. Les rues étaient pratiquement désertes et les rares personnes qui s'y risquaient, bien qu'emmitouflées jusqu'aux yeux, luttaient avec difficulté contre le vent violent pour rentrer chez elles. Le gros policier du quartier lui-même avait renoncé à faire sa ronde pour se blottir sous une porte cochère afin de se protéger du froid.

Plus d'un homme solitaire se serait senti mal à l'aise durant une telle nuit, mais j'étais beaucoup trop passionné par ce que je faisais pour m'inquiéter, ne serait-ce qu'une seconde, du temps. Un projet de mine sous-marine retenait toute mon attention et j'avais déposé au fond d'une cuve en plomb une petite boulette d'un nouvel explosif de mon invention. Je voulais savoir jusqu'à quel point ses capacités destructrices seraient atténuées par l'action de l'eau. L'affaire était bien trop importante pour que je me laisse aller à des états d'âme. De plus, un des amoureux de Gretchen se trouvait dans la cuisine et ses grognements de satisfaction — dus soit aux charmes de la dame, soit à ma bière, soit aux deux — étaient suffisamment perceptibles pour dissiper en moi toute sensation de solitude.

J'étais en train de connecter des fils à une batterie que je venais de poser sur ma table pour faire exploser la charge, quand j'entendis, de l'autre côté de la vitre, un bruit de pas rapides qui fut suivi d'un coup sourd contre la porte d'entrée.

Je ne recevais que rarement de la visite, et moins encore au cours de soirées comme celle-ci. Je restai un instant intrigué, puis conclus que ce devait être pour Gretchen et me remis au montage de mon dispositif.

Mais, à ma très grande surprise, j'entendis un conciliabule à voix basse une fois que Gretchen eut ouvert, puis un petit coup frappé contre la porte de mon sanctuaire. Apparut alors une dame de haute taille que, je le jure, je n'avais jamais rencontrée auparavant.

Son visage était dissimulé derrière un épais voile, aussi noir que le reste de ses vêtements, j'en déduisis que ce devait être une veuve. Elle entra d'un pas décidé et, après avoir jeté un regard autour d'elle, alla posément s'asseoir sur le sofa installé entre ma pile voltaïque et mon râtelier de réactifs — tout cela sans prononcer le moindre mot et même, apparemment, sans se préoccuper de ma présence.

— Bonsoir, madame, dis-je, une fois que j'eus recouvré mon calme.

— Docteur, pourriez-vous me faire une faveur ? répondit-elle brusquement, d'une voix rauque qui seyait fort bien à sa silhouette maigre et anguleuse.

— Certainement, fis-je de ma plus élégante manière, me souvenant d'une jeune fille d'Heidelberg qui avait l'habitude de dire que je pouvais être tout à fait séduisant à l'occasion. (Bien sûr, ce n'était qu'une plaisanterie, mais quelque chose avait quand même dû la frapper, sans quoi elle n'aurait jamais dit cela.) Et que puis-je faire pour vous ? demandai-je.

— Vous pourriez déjà renvoyer votre domestique qui est en train d'écouter à la porte.

À cet instant précis, et avant même que j'aie eu le temps de bouger le petit doigt, il y eut une succession de chocs violents, suivis par un terrible bruit de chute et un hurlement. De toute évidence, ma malheureuse bonne avait manqué une marche en essayant de disparaître à temps. J'allais me lever, lorsque l'étrangère m'arrêta.

— Ne vous en préoccupez plus, dit-elle, nous allons maintenant pouvoir parler affaires.

J'inclinai la tête pour lui indiquer qu'elle avait toute mon attention.

— Le fait est, docteur, poursuivit-elle, que je souhaiterais que vous veniez avec moi pour me donner votre opinion sur un cas.

— Mais, chère madame, répliquai-je, il se trouve que je ne pratique plus. Descendez la rue et, un peu plus bas, vous trouverez le cabinet du Dr Benger, qui est un homme des plus compétents. Il se fera un plaisir de vous accompagner.

— Non, non ! s'exclama-t-elle avec désespoir. C'est vous et personne d'autre ! Personne d'autre ! Mon pauvre mari m'a crié quand je suis partie qu'Otto von Spee était le seul homme qui pût l'arracher à la tombe. Ce sera terrible si je reviens sans vous. Et les professeurs, à l'hôpital, m'ont affirmé qu'en Europe vous étiez le seul à être capable de vous mesurer à ce cas.

Aussi dévoué que je fusse à la Science, j'avais toujours eu l'intime conviction que j'avais en moi les qualités d'un praticien de première classe. Et, certes, c'était un immense réconfort pour moi d'apprendre que des sommités de la profession avaient souscrit à cette opinion en soumettant ce cas à mon jugement. Mais, plus j'y songeais, plus je trouvais cela extraordinaire.

— En êtes-vous certaine ? demandai-je.

— Oh oui, tout à fait certaine.

— Mais je suis un spécialiste... des explosifs. Je n'ai pas une grande expérience de la pratique médicale. Qu'est-ce qui est arrivé à votre mari ?

— Il a une tumeur.

— Une tumeur ? Mais je suis totalement incompétent en matière de tumeurs...

— Oh, venez, cher docteur von Spee, venez voir ce que c'est ! implora la femme en sortant un mouchoir de sa poche et en se mettant à sangloter avec des hoquets.

C'en fut trop pour moi. J'avais eu jusque-là une existence solitaire et n'avais jamais vu de dame en détresse.

— Madame, dis-je, je serai heureux de vous accompagner.

À peine eus-je fait cette promesse que je la regrettai. En effet un long ululement du vent dans la cheminée me remit en mémoire la rigueur de la nuit. Malheureusement, j'avais donné ma parole et ne pouvais plus reculer. Je quittai donc la pièce, de l'air le plus décontracté possible, le temps que Gretchen me mît un châle autour du cou et m'emmitouflât au mieux de ses moyens.

Qu'est-ce qu'il pouvait bien y avoir dans cette tumeur, me demandais-je, qui ait pu pousser de savants chirurgiens à faire appel à moi ? Moi, qui étais plus un artificier qu'un médecin... Se pouvait-il, par exemple, que la grosseur soit devenue si dure qu'aucun scalpel ne soit capable de l'ouvrir et que des explosifs soient nécessaires pour l'opération ? Cette idée m'apparut si comique que je pus difficilement m'empêcher d'en rire.

— Voilà, madame, dis-je en revenant dans mon bureau, je suis à votre disposition.

Tout en parlant, je donnai involontairement un coup contre le mécanisme électrique, provoquant une brève transmission de courant dans les fils. La mine sous-marine miniature explosa avec une déflagration qui projeta une petite colonne d'eau en l'air. Malgré mon habitude de ce genre d'accidents, je dois avouer que je fus passablement secoué par la soudaineté de l'événement. Ma compagne, en revanche, resta parfaitement impassible sur le sofa, puis se leva sans donner le moindre signe de surprise ou d'émotion et quitta les lieux.

— Elle a des nerfs de grenadier ! me dis-je tout en la suivant dans la rue.

— Est-ce loin ? demandai-je alors que nous commencions à affronter la tempête.

— Non ! me répondit-elle. D'ailleurs j'ai pris la liberté de faire appeler un fiacre pour vous, de peur que Herr Doktor ne prenne froid. Ah, le voilà.

Au même moment, une voiture fermée arriva à toute vitesse et freina à notre hauteur.

3

— Tu as eu Otto von Spee ? questionna un homme à la face jaunâtre après avoir baissé la vitre et passé la tête à l'extérieur.

— Oui, il est là.

— Alors, fourre-le là-dedans.

Un instant, je crus que c'était là une plaisante figure de style, mais ma compagne balaya cette illusion en me saisissant par le col et en me jetant, avec une force presque surhumaine, à l'intérieur du véhicule. Je m'étalai sur le plancher et fus tiré ensuite sur le siège par l'homme. La femme sauta dans le fiacre, claqua la porte et les chevaux s'emballèrent en un furieux galop.

Je restai médusé, incapable de réaliser ce qui venait de m'arriver. Il faisait noir comme dans un four à l'intérieur de la voiture et j'entendais mes ravisseurs converser à voix basse. J'essayai de leur demander quelques explications, mais un grognement menaçant, puis une main violemment plaquée contre ma bouche m'invitèrent au silence. Je n'étais pas riche, n'avais pas de relations haut placées et ne faisais pas de politique. Alors, pourquoi donc m'avaient-ils enlevé et avec une telle mise en scène ? Plus j'y réfléchissais, plus je trouvais cela mystérieux.

Nous stoppâmes un instant et une troisième personne — un homme — grimpa dans la voiture. Lui aussi s'enquit anxieusement de savoir si l'on s'était bien assuré de la personne d'Otto von Spee et il exprima sa satisfaction lorsqu'il lui fut répondu par l'affirmative. Notre course reprit de plus belle après cet arrêt. La vitesse faisait se balancer la voiture et le bruit des sabots des chevaux recouvrait les hurlements du vent. Il me semblait que nous avions systématiquement parcouru toutes les rues de Berlin quand, poussant un juron, le cocher stoppa brusquement. Mes ravisseurs m'intimèrent alors l'ordre de descendre.

J'eus à peine le temps de jeter un coup d'œil autour de moi et de réaliser que je me trouvais dans une rue étroite de quelque bas quartier de la ville. Une porte s'ouvrit devant nous et les deux hommes m'y poussèrent pendant que la femme à la force herculéenne restait en arrière, m'interdisant toute tentative de fuite.

Nous nous retrouvâmes dans une sorte de long corridor, faiblement éclairé par une paire de lampes vacillantes dont la lueur jaune semblait encore intensifier l'épaisseur des ténèbres qui nous entouraient. Au bout d'une vingtaine de mètres, nous parvînmes à une porte massive qui nous coupait la route. Un de mes gardiens donna un coup de sa canne. La porte renvoya un son métallique et s'ouvrit, juste le temps de nous laisser entrer.

Je m'arrêtai alors et tentai à nouveau de protester. La seule réponse que je récoltai fut, de la part de l'individu qui se trouvait derrière moi, une bourrade qui me propulsa, par une autre porte à demi ouverte, dans une petite chambre confortable. Mes ravisseurs m'y suivirent, d'une manière moins expéditive, et, après avoir refermé la porte à clé, allèrent tous s'asseoir, en me faisant signe de les imiter.

La pièce dans laquelle je me trouvais était petite, mais meublée avec élégance. Un feu crépitait dans l'âtre, et les couleurs chatoyantes des meubles et des tapis bigarrés contribuaient à donner à l'endroit une atmosphère de gaieté. En revanche, les tableaux accrochés aux murs neutralisaient totalement cet effet dès qu'on les regardait. Ils étaient fort nombreux et représentaient tous un événement historique sanglant ou déplaisant. La plupart se trouvaient trop loin de moi pour que je pusse en déchiffrer les légendes mais, pour quelqu'un de mon érudition, la majorité de ces toiles étaient suffisamment évocatrices. Il y avait, par exemple, ce fou de Schtaps en train d'essayer d'assassiner Napoléon Ier. Au-dessus, on pouvait voir une scène représentant Orsini attendant en silence, parmi les flâneurs de l'Opéra, avec sa bombe traîtresse. Une statuette de Ravaillac était posée sur un piédestal dans un coin et une grande huile dépeignant la strangulation du malheureux empereur Paul dans sa chambre couvrait, à elle seule, la totalité de l'un des murs de la pièce.

Tout cela ne contribuait pas à me remonter le moral, et l'apparence de mes trois compagnons de voyage n'était pas plus faite pour y contribuer. J'avais, à plusieurs reprises, douté du sexe de la personne qui était venue me tirer de ma confortable demeure. Or, maintenant qu'elle avait relevé son voile, je pouvais voir sa moustache sombre, son teint bronzé, ses yeux sinistres et perçants qui paraissaient capables de sonder jusqu'au tréfonds de mon âme. Quant aux deux autres, l'un était maigre et cadavérique, et le second, d'apparence insignifiante, avait une barbe clairsemée et un air maladif.

— Sachez que nous regrettons vivement, docteur von Spee, d'avoir été contraints d'utiliser de telles méthodes, fit ce dernier, mais il se trouve malheureusement que nous n'en avions pas d'autre pour nous assurer de votre plaisante compagnie.

Je m'inclinai, d'un air maussade, je le crains.

— Je dois m'excuser auprès de vous de toutes les petites libertés que j'ai dû prendre, à commencer par celle de vous priver de la satisfaction d'observer la remarquable tumeur de mon mari, fit alors l'homme déguisé en femme.

Je repensai à sa façon de me jeter comme une valise vide, et ma nouvelle révérence fut encore un peu plus maussade.

— J'espère, messieurs, avançai-je, que, votre plaisanterie ayant été admirablement menée à bien, vous allez maintenant me permettre de retourner à mes recherches... que vous avez interrompues tout à l'heure.

— Pas si vite, Herr Doktor... pas si vite, répondit l'homme de haute taille en se levant. Nous avons besoin que vous fassiez, pour nous, un petit travail avant de nous quitter. En fait, rien de plus que donner, sur votre sujet de prédilection, un cours à quelques chercheurs. Puis-je vous demander de me suivre ?

Il se dirigea vers une porte latérale, dont la couleur se fondait dans celle du mur et la tint ostensiblement ouverte. Il était inutile de résister, les autres s'étant également levés pour m'encadrer. Étant donné les circonstances, je cédai, et pris la direction indiquée.

Nous traversâmes un deuxième couloir, plus court et mieux éclairé que le précédent, au bout duquel était tendu un lourd rideau de velours dissimulant une porte matelassée. Celle-ci s'ouvrit à la volée et, à ma vive surprise, je me retrouvai dans une grande salle où étaient rassemblés un nombre considérable de gens. Ils étaient assis en rangs, faisant face à une estrade, dressée au fond de la salle, sur laquelle se trouvaient une chaise et une petite table ronde couverte d'objets divers.

Mes compagnons me poussèrent en avant et notre entrée fut accueillie par des applaudissements nourris. Il était évident que j'étais attendu. L'expression des visages de tous ceux qui se trouvaient là le prouvait. Jetant un coup d'œil autour de moi, je pus constater que la majorité des assistants étaient vêtus comme des paysans ou des ouvriers. Quelques personnes, cependant, étaient habillées de façon correcte et même élégante, et les manteaux bleus et les galons dorés de certaines autres indiquaient qu'il s'agissait d'officiers de l'armée. Leurs nationalités paraissaient aussi variées que leurs professions. Je pouvais reconnaître des Teutons à leur tête dolichocéphale, des Celtes à leur crâne rond et à leur chevelure bouclée et des Slaves à leurs mâchoires prognathes et à leurs traits brutaux. J'avais presque l'impression d'être en train de contempler les figures de plâtre d'un des cabinets du musée anthropologique de mon ami Landerstein.

Cependant, je n'eus guère de temps pour m'étonner ou pour réfléchir. Un de mes gardiens me propulsa à travers la salle, et je me retrouvai à la table dont j'ai parlé plus haut, sur l'estrade. Un nouveau tonnerre d'applaudissements et de coups de canne sur le sol salua mon apparition dans cette situation et se prolongea fort longtemps.

Une fois le silence revenu, l'homme maigre qui m'avait accompagné dans la voiture monta sur l'estrade et s'adressa brièvement à l'assistance.

— Messieurs, dit-il, vous pouvez constater que le comité a su tenir sa promesse de vous amener le célèbre — (*beruhmte* fut le mot exact qu'il utilisa) — docteur Otto von Spee pour qu'il s'adresse à vous.

Une nouvelle vague d'applaudissements accueillit cette déclaration.

— Docteur, poursuivit-il en se tournant vers moi, je crois que quelques mots d'explication en public ne seront pas de trop. Vous avez la réputation d'être une autorité en matière d'explosifs. Or, il se trouve que tous ces messieurs, ainsi que moi-même, nous intéressons justement à ce même sujet. Nous aimerions donc vous entendre nous exposer vos idées sur cette question. Nous serions particulièrement désireux de recevoir de vous des conseils clairs et précis sur la manière de préparer de la dynamite, du fulmicoton et autres substances du même genre car il se trouve que nous rencontrons quelquefois des difficultés pour nous procurer ce type de produits pour nos expériences. Il faudra également que vous nous parliez des effets de la température, de l'eau et d'autres facteurs sur ces substances, ainsi que de la meilleure façon de les entreposer et de s'en servir. De notre côté, nous nous engageons à vous écouter attentivement et à bien vous traiter, à la seule condition que vous ne tentiez ni de demander de l'aide à l'extérieur, ni de vous échapper. Car, si une aussi mauvaise idée vous traversait l'esprit — et là, il tapa contre sa poche — vous deviendriez alors immédiatement aussi connaisseur en matière de projectiles que vous l'êtes déjà en matière d'explosifs.

Je ne peux pas dire que je pris personnellement cela pour une bonne plaisanterie, mais il me sembla que l'assistance, elle, la trouvait excellente.

— Je voudrais ajouter quelques mots aux remarques de notre président, dit ensuite un petit homme en se levant, au premier rang de l'assemblée. J'ai déposé sur la table divers matériaux, sur lesquels j'ai pu mettre la main, afin que notre savant invité puisse illustrer sa conférence par telle ou telle expérience qu'il pensera être appropriée. Enfin, et pour conclure, je lui demanderai d'avoir l'amabilité de parler lentement et clairement dans la mesure où certains de ses auditeurs ne sont qu'imparfaitement familiarisés avec la langue allemande.

Ma bonne vieille malchance légendaire s'était donc manifestée à nouveau. À une heure où Walderich et tous les autres noceurs de Berlin devaient ronfler paisiblement dans leur lit, moi... moi, le docteur Otto von Spee, un modeste savant, je me retrouvais devoir faire une conférence devant les membres d'une organisation secrète de tueurs professionnels — car cette assemblée ne pouvait pas être autre chose — pour leur apprendre à fabriquer les armes avec lesquelles ils s'en prendraient à la société et à tout ce qui doit être préservé et vénéré. Et, en plus, il fallait que ce fût par une nuit telle que celle-ci ! Devais-je, dès lors, leur donner le pouvoir de transformer cette maison en arsenal, de détruire la stabilité du Vaterland et peut-être même d'attenter à la vie de mon Kaiser bien-aimé ? Jamais ! Je le jurai : jamais !

La plupart des hommes de petite taille et qui portent des lunettes sont du genre obstiné. Je suis petit, porte des lunettes et ne fais point exception à cette règle. Je serrai les dents et décidai que pas un seul mot ne franchirait mes lèvres pour les aider. Il m'était impossible d'échapper à cette conférence, mais j'étais déterminé à éviter systématiquement d'aborder chacun des points sur lesquels ils voulaient en savoir plus.

On ne m'accorda guère de temps pour réfléchir. Un murmure inquiétant parcourut l'assistance et des frottements de pieds sur le sol marquèrent son impatience grandissante. Je dois dire, cependant, que nombre de ses membres semblaient éprouver de la sympathie pour moi et, plus particulièrement, un individu costaud, d'un type celtique prononcé, qui, non content d'illuminer son visage rubicond d'une série de sourires, me faisait des signes de la main pour me mettre en confiance.

Je me plaçai près de la table recouverte d'objets supposés avoir un rapport avec le sujet que je devais aborder. Mais je dois avouer que la présence de certains d'entre eux m'étonnait : un bloc de sel, une théière en fer, un morceau d'essieu de roue et un gros soufflet de cuisine. D'autres étaient plus appropriés. Il y avait un morceau de fulmicoton pesant au moins deux livres, du coton brut, de l'amidon, des acides variés, un bec Bunsen, des éprouvettes remplies de fulminate de mercure, un peu de poudre de dynamite et un grand broc d'eau. À cela s'ajoutaient une carafe et un verre pour mon usage personnel.

— Meine Herren, commençai-je avec un léger chevrotement dans la voix, nous sommes réunis ici cette nuit pour étudier la dynamite et autres explosifs.

Ces paroles coulèrent naturellement de ma bouche car c'était la formule que j'utilisais habituellement pour attaquer mes interventions à l'Educationische Institut. L'assemblée sembla toutefois s'en amuser grandement et le Celte rubicond sembla sur le point de mourir de rire. Le président au visage sinistre condescendit lui-même à sourire pour marquer son approbation de me voir m'adapter volontiers aux circonstances.

— Ces substances, poursuivis-je, constituent de puissants agents, que ce soit pour une bonne ou une mauvaise cause. Pour une bonne cause lorsqu'ils sont utilisés dans des carrières, lorsqu'ils servent à détruire les obstacles pour la navigation ou des maisons en proie à un incendie. Pour une mauvaise cause...

— Je pense qu'il serait temps que vous passiez à un aspect plus pratique des choses, fit alors le président sur un ton sec.

— Si l'on plonge de l'amidon dans certains liquides, repris-je, il acquiert une propriété explosive. Ce fait attira l'attention d'un de nos savants compatriotes, le chimiste Schönbein, et celui-ci découvrit qu'en traitant le coton suivant le même procédé, cet effet se trouvait incroyablement amplifié. Schönbein était un homme respecté par ses contemporains, dévoué à sa patrie et loyal à...

— Passons ! jeta le président.

— Après avoir subi ce traitement, poursuivis-je, le coton voit son poids accru de quatre-vingts pour cent. Cette nouvelle substance réagit plus vite que la poudre à canon à une élévation de la température, s'enflammant à 300° Fahrenheit alors que la poudre, elle, a besoin d'atteindre 560° Fahrenheit pour exploser. Le fulmicoton peut aussi exploser à la suite d'un choc violent, ce qui n'est pas le cas d'un mélange de carbone, de soufre et de salpêtre.

Des murmures d'énervement parcoururent l'assemblée et le président m'interrompit pour la troisième fois.

— Ces messieurs se plaignent, dit-il, de ce que vous ne leur ayez pas encore vraiment donné l'impression de leur apprendre comment se fabrique cette substance. Peut-être pourriez-vous, en conséquence, insister plus à fond sur ce point précis.

— Je n'ai pas d'autre commentaire à faire, répliquai-je.

Il y eut un autre murmure général, plus menaçant cette fois, et le président tirant un objet de sa poche se mit à jouer négligemment avec.

— Je crois qu'il vaudrait mieux pour vous de reconsidérer votre décision, dit-il.

La plupart des petits hommes portant des lunettes sont de nature timide. Et je ne faisais pas exception à cette règle non plus. J'ai honte de devoir avouer que l'idée du péril qui planait sur la terre de mes pères et peut-être même sur mon Kaiser disparut de mon esprit. La seule chose qui me sauta aux yeux fut que moi, Otto von Spee, je me retrouvais soudain au bord de l'éternité. Après tout, songeai-je, ils pourraient très bien trouver tous ces détails dans le premier ouvrage de chimie venu. Alors, pourquoi vouloir sacrifier une existence aussi importante que la mienne pour un tel détail. Je repris donc ma conférence avec une hâte quelque peu indigne de moi.

— On fabrique le fulmicoton en trempant de la bourre de coton dans de l'acide nitrique. L'explosion est causée par le mélange de l'oxygène de l'acide avec le carbone de l'ouate. Il faut bien nettoyer l'ensemble à l'eau après la fabrication pour éviter que l'acide nitrique superflu n'agisse directement sur l'ouate et ne la réduise en une masse visqueuse. Au cours de ce processus, la chaleur dégagée est souvent suffisante pour provoquer l'explosion, ce qui explique qu'il est dangereux de négliger ce nettoyage. Après, on peut utiliser un peu d'acide sulfurique pour supprimer toute humidité. Dès lors, la substance est prête à être utilisée.

Un concert d'applaudissements éclata à ce moment de mon exposé et plusieurs membres de l'assemblée prirent des notes sur ce que je venais de dire.

Tout en parlant, j'avais scruté attentivement la salle dans l'espoir de découvrir un moyen de m'en évader. L'estrade sur laquelle je me trouvais touchait le mur proche, dans lequel s'ouvrait une fenêtre. Cette fenêtre était entrouverte et, si je parvenais à l'atteindre, je pourrais, avec un peu de chance, sauter dans le jardin que l'on voyait au-delà et qui communiquait peut-être avec la rue. Personne ne serait en mesure de m'intercepter avant que j'aie atteint la fenêtre. Restait pourtant le problème posé par l'arme mortelle avec laquelle mon cadavérique gardien était toujours en train de jouer. Celui-ci était assis de l'autre côté et la table pourrait peut-être me protéger en partie si je fonçais. Le tout était de savoir si j'aurais assez de courage pour me lancer dans une telle tentative désespérée. Pas encore, en tout cas...

— Le général von Link, repris-je, l'artilleur autrichien, est l'une des plus hautes autorités en matière de fulmicoton. Il l'expérimenta dans des pièces de campagne, mais...

— Sans intérêt ! me coupa le président.

— Une fois fabriqué, le fulmicoton doit être comprimé sous l'eau. Une fois comprimé, il devient parfaitement inoffensif et ne peut plus exploser. L'échantillon qui se trouve sur cette table n'a pas été comprimé. La chaleur, quelle qu'elle soit, n'a aucun effet sur le coton humide. Au cours d'une expérience réalisée en Angleterre, un entrepôt abritant du fulmicoton fut brûlé jusqu'au sol sans qu'il se produisît la moindre explosion. En revanche, il suffit de mettre le feu à une charge de fulminate de mercure ou à un bout de coton sec relié à un pain de fulmicoton humide pour le faire sauter. Je vais d'ailleurs vous en faire la démonstration.

Je venais d'avoir une idée. Sur la table se trouvait un mélange de sucre et de chlorate de potasse dont on se servait, avec de l'acide sulfurique, comme détonateur dans les mines. J'avais aussi une bouteille d'acide sous la main et je savais le genre de fumée dense et blanche qui résulterait de la combustion imparfaite de ces divers corps. Restait à savoir si elle pourrait constituer un écran suffisant pour me protéger de l'arme du président.

L'espace d'un instant, ce plan m'apparut à la fois dément et irréalisable. Mais c'était ma seule chance de m'enfuir et plus j'y songeais, plus je le trouvais finalement intéressant. Bien sûr, il restait toujours la possibilité que, une fois dans le jardin, je me retrouve dans un *cul-de-sac*[1] et que mes poursuivants me remettent la main dessus. Mais, d'un autre côté, rien ne prouvait que je n'allais pas être purement et simplement assassiné, une fois ma conférence terminée. Cela m'apparaissait plus que probable, étant donné ce que je savais des habitudes d'hommes tels que ceux-ci. Il valait mieux prendre ce risque... mais non, inutile de penser à ce que je risquais.

— Je vais vous montrer maintenant les effets du fulminate de mercure sur un petit bout de coton humide, dis-je en mettant le sucre et le chlorate de potasse sur le bord de la table et en poussant le bout de coton à l'autre extrémité pour me prémunir des dangers de l'explosion.

---

1. En français dans le texte.

— Vous allez pouvoir constater que le fait que cette substance ait été imprégnée d'eau n'entravera aucunement son action.

Puis je versai de l'acide sulfurique sur le mélange, jetai la bouteille et courus vers la fenêtre au milieu d'un véritable nuage de fumée.

La plupart des petits hommes portant lunettes ne sont pas gens d'action. Mais c'est alors que je démontrai enfin que je constituais une exception à la règle. J'eus l'impression que mes pieds n'avaient pas touché le sol entre la table et la fenêtre au travers de laquelle je sautai comme un cavalier de cirque dans un cerceau. J'étais déjà à l'extérieur lorsque éclata dans la salle l'explosion que j'attendais. Et...

Ah, et quoi donc ? Jamais je ne pourrai décrire ce qu'il advint ensuite. Il y eut un profond grondement, un peu comme un tremblement de terre. Il s'amplifia jusqu'à se transformer en un rugissement qui parut partager les cieux en deux. Des flammes dansèrent devant mes yeux, des morceaux de bois incandescents, des pierres et des *débris*[1] divers se mirent à pleuvoir et, alors que je jetais un regard stupéfait autour de moi, je reçus un formidable coup sur la tête et m'écroulai.

Il m'est difficile de dire combien de temps je restai inconscient. Un bon moment, en tout cas, car lorsque je revins à moi, je découvris que j'étais étendu dans ma petite chambre, pendant que la dévouée Gretchen me bassinait les tempes avec de l'eau et du vinaigre. Dans l'encadrement de la porte attendaient deux robustes *polizei diener* qui touchèrent leurs casques et sourirent de satisfaction en constatant que je venais de reprendre conscience.

Je ne parvins pas tout de suite à me remémorer ce qui m'était arrivé. Puis, peu à peu, je me souvins de mon mystérieux visiteur, de la course folle à travers la

---

1. En français dans le texte.

tempête, de ma conférence impromptue sur la dynamite, et enfin d'un accident bizarre et inexplicable. Je n'ai toujours pas compris ce qui s'était réellement passé, mais il me semble que, si nous réfléchissons au fait que la table se trouvait entre la balle et moi et que, sur cette même table, il y avait deux livres de fulmicoton prêtes à exploser au moindre choc, nous ne sommes pas loin de trouver une explication. Depuis cette aventure, j'ai d'ailleurs tiré un coup de feu à distance dans une petite pièce sur un morceau de la même substance et j'ai obtenu des effets similaires...

Et où se trouvait cette fameuse maison ? allez-vous me demander. Et quel fut le destin de ses occupants ? Ah, je suis au regret d'être dans l'obligation de me taire. La police de Vaterland s'active à ce sujet et m'a ordonné de n'en parler à personne, pas même à mon plus proche ami. Il ne fait aucun doute qu'elle a de bonnes raisons pour cela et qu'il me faut obtempérer. Peut-être veut-elle faire croire aux autres conspirateurs qu'elle est beaucoup mieux renseignée qu'elle ne l'est en réalité. La seule chose que je dirai, cependant, est que ce genre d'aventure n'est pas ce que l'on a inventé de mieux pour mener une existence tranquille ou conserver la meilleure santé du monde. Cela, au moins, personne ne le contestera.

Je suis presque remis maintenant. Que Gretchen et le Dr Benger (qui a son cabinet en bas de la rue) en soient remerciés. Je peux clopiner dans les environs et mes voisins recommencent déjà à se plaindre des vapeurs nocives que je répands. J'ai bien peur, cependant, de ne plus éprouver autant d'enthousiasme pour les explosifs depuis cette fameuse conférence nocturne sur la dynamite. Le sujet a perdu beaucoup de ses charmes pour moi. Il se peut que, le temps passant, je revienne à mes premières amours mais, pour le moment, je me suis résolu à rester un tranquille *privat docent* spécialisé dans les secteurs les plus élémentaires de la chimie. Et c'est justement cette tranquillité qui commence à m'inquiéter. J'ai peur d'être, en réalité, à la veille d'une nouvelle aventure inattendue. Il y a toutefois un point précis à propos duquel, désormais, je serai farouchement inébranlable : même si tous les parents que j'ai dans le monde, accompagnés de la famille impériale et de la moitié de la population de Berlin, hurlent devant ma porte pour une consultation médicale, je jure que plus jamais je ne mettrai le nez dehors après la tombée de la nuit... Je me satisfais parfaitement de ma petite routine et j'ai définitivement renoncé à toutes les prétentions d'être reconnu en tant que médecin que je caressais avant cette nuit de Noël pour le moins agitée.

An Exciting Christmas Eve.
Traduit de l'anglais par Richard D. Nolane.

FANTÔME

Peter Lovesey

Un fantôme a été vu Noël dernier dans une maison de Royal Crescent, à Bath. Croyez-moi, ceci est vrai. Je parle par expérience directe, moi qui habite cette ville et qui fais quelque peu autorité en matière de phénomènes parapsychiques. J'admets volontiers que quatre-vingt-dix-neuf pour cent des soi-disant fantômes s'avèrent n'avoir été que des hallucinations d'une sorte ou d'une autre. Mais là, c'est l'exception, une authentique maison hantée. Par respect envers les propriétaires actuels — qui pour des raisons évidentes désirent préserver leur intimité — je n'en révélerai pas l'adresse exacte, mais si vous doutez, lisez plutôt ce qui m'est arrivé la veille de Noël, l'année suivante.

Le couple à qui appartient la maison était parti à Norfolk, pour les fêtes, le vendredi 23 décembre. Bonne organisation. Le fantôme était réputé se montrer la veille de Noël. Connaissant mon intérêt pour ce sujet, ils avaient généreusement mis leur demeure à ma disposition. Je suis un ancien policier, au fait, et pour m'impressionner, il en faut.

Ceux qui aiment les histoires de fantômes avec tous les enjolivements — épaisse couche de neige, vent hurlant au-dehors — seront déçus, je suis navré. Mais ce

Noël-là était loin d'être blanc, à Bath. Il faisait une température hors de saison. Même pas de brouillard. Tout ce que je puis vous offrir en termes d'effets atmosphériques, c'est un soir de pleine lune, et le ululement périodique d'une chouette dans les arbres, au fond de la pelouse qui borde Royal Crescent. Et disons-le, il ne s'agissait pas d'une de ces lugubres effraies, mais d'une brave petite hulotte qui, en fait de ululement, émettait plutôt un « kiwik » tout pimpant de sa voix aiguë. Ne désespérez pas, pourtant. Les choses qui se passèrent cette nuit-là dans la maison firent mieux que compenser l'absence de loups-garous et d'âmes éplorées au-dehors.

Il est essentiel, pour cette histoire, que vous soyez suffisamment familiarisé avec l'intérieur du bâtiment dans lequel les événements se produisirent. Sans le savoir, même si vous n'habitez pas la ville et n'y êtes jamais venu comme touriste, vous avez probablement vu le Royal Crescent dans de nombreux films où on le voit en arrière-plan de l'action. Il se situe dans un quartier calme du nord-ouest de la ville et comprend une trentaine de maisons disposées en demi-cercle et achevées en 1774 selon les directives de John Wood le Jeune. Il soutient la comparaison avec n'importe quel quartier d'Europe. Je défie quiconque de rester insensible à sa grandeur classique, au spectacle majestueux des cent quatorze colonnes ioniennes surmontées d'un portique à balustres, et de la chaussée qui le borde dont Jane Austen et Charles Dickens ont foulé les pavés. Mais j'en viens au fantôme.

La sensation qu'il se passait quelque chose d'inexplicable me vint pour la première fois à 23 heures 20, en cette veille de Noël. Je me trouvais dans le salon du premier étage où je m'étais posté deux heures auparavant. La porte était entrouverte, la maison plongée dans l'obscurité. Non, pas tout à fait. Disons plutôt qu'aucune lumière n'était allumée, car en fait le clair de lune procurait une certaine luminosité en projetant sur le tapis et sur la base du sapin des rectangles bleu argent d'un effet infiniment plus réussi que des guirlandes électriques. Le mobilier était bien visible, fauteuils, tables et piano à queue. L'œil s'accommode. Me trouver seul dans cette maison non éclairée ne m'impressionnait pas. Chacun sait que l'esprit des morts a peu de chance de se manifester à la lumière des lampes.

Aucune maison n'est totalement silencieuse, surtout avec le chauffage central. Les bruits provoqués par la dilatation des planchers, dans de soi-disant maisons hantées partout dans le pays, ont mystifié des centaines de chasseurs de fantômes. Dans ce cas précis, par précaution contre le gel, les propriétaires avaient laissé le chauffage branché. Il était programmé pour se couper à 23 heures, si bien que les craquements et frappements que j'entendais alors auraient dû être les derniers de la nuit.

En l'occurrence, ce ne fut pas un bruit qui m'alerta en premier, mais un courant d'air soudain sur mon visage, accompagné d'un volettement blanc. Je me tendis. La maison était devenue silencieuse. Je traversai la pièce pour me rendre compte.

Le phénomène tenait à une carte de Noël tombée du manteau de la cheminée dans l'âtre. C'était tout bête. Les cartes, ça tombe toujours. C'est pourquoi certaines personnes préfèrent les suspendre à des cordelettes. Je la ramassai et la remis en place, riant de ma débordante imagination.

Pourtant, j'avais bien senti un courant d'air. La maison était censée être hermétiquement close. Portes et fenêtres étaient toutes soigneusement fermées aux intempéries. Étrange. Je tendis l'oreille, retenant mon souffle. Le salon où je me trouvais était bien placé pour percevoir tout bruit inexpliqué dans la maison. Il se situait au centre de l'édifice. Au-dessous de moi, le rez-de-chaussée et la cave au-dessus, le second et le grenier.

N'entendant rien, je décidai de m'aventurer sur le palier, et d'écouter de là. J'étais déconcerté, mais pas encore prêt, à ce moment-là, à envisager une explication surnaturelle, plutôt enclin à me demander si la coupure du chauffage central n'avait pas entraîné un phénomène de convexion provoquant l'illusion ou la réalité d'une turbulence de l'air. La chute de la carte n'était pas significative en soi. Le courant d'air, par contre, demandait explication. Comme vous le voyez, j'avais conservé mon calme et mon esprit d'analyse.

Dix ou quinze secondes passèrent. Je me penchai par-dessus la rampe et regardai au bas de l'escalier pour m'assurer que la porte d'entrée était bien fermée : elle l'était. J'entendis alors un frôlement dans la pièce que je venais de quitter. C'était la carte qui tombait de nouveau dans la cheminée, car un autre mouvement d'air bien distinct avait fait bouger le rideau de la fenêtre palière et causé ainsi un déplacement du clair de lune sur l'escalier. Il me fallait examiner cela de plus près, je n'en doutais plus, à présent. Ma seule incertitude étant de savoir si je devais commencer par les étages du haut ou ceux du bas.

Je choisis ces derniers en songeant que si quelqu'un, comme je le soupçonnais, avait ouvert une fenêtre, ce serait plutôt au niveau du rez-de-chaussée ou du sous-sol. Déduction erronée. Je ne ferai pas durer le suspense. Que l'on sache simplement que j'inspectai la cave, la cuisine, l'arrière-cuisine, la salle à manger, le cabinet de travail et trouvai toutes les portes et toutes les fenêtres soigneusement verrouillées de l'intérieur. Personne n'avait pu entrer après moi.

J'entrepris donc de remonter et de vérifier méthodiquement chaque pièce. Dans l'escalier qui menait au second, j'entendis un soupir.

Il arrive parfois, dans les romans victoriens, qu'un personnage « exhale » un soupir. Cette expression m'avait toujours irrité. Dans la vie réelle, je n'avais jamais entendu de soupir si lourd qu'il faille « l'exhaler » — jusqu'à cet instant. Quelqu'un l'avait tiré du plus profond de son âme. Quelqu'un ou *quelque chose*, cela restait à déterminer.

Ce bruit était indéniablement venu d'au-dessus de moi. Incapable à présent de refréner mon émotion, je montai directement au palier du second où je trouvai trois portes, toutes fermées. Je passai de l'une à l'autre, les ouvris rapidement et jetai un bref coup d'œil à l'intérieur. Deux chambres et une salle de bains. J'hésitai. Une salle de bains : le « soupir », me demandai-je, aurait-il pu être causé par un dysfonctionnement de la plomberie ? Les poches d'air sont endémiques dans les systèmes compliqués de ces vieux bâtiments fin XVIIIe. Les maisons n'étaient pas équipées de vannes ni de réservoirs d'eau. L'efficacité de la tuyauterie dépendait de la compétence inégale de générations de plombiers.

Voilà, sans doute, l'origine de ce bruit.

Le rationnel reprenait ses droits. J'allais achever mon inspection et avoir la preuve, à mon grand contentement, que ce « soupir » n'était d'origine ni humaine ni spectrale. Je refermai la porte de la salle de bains derrière moi et traversai le palier vers la dernière volée de marches, plus étroites que celles du dessous. Autrefois, l'escalier servait d'accès au quartier des domestiques, sous les combles. Je jetai un coup d'œil sur la porte peinte en blanc en haut des marches, et remarquai qu'elle était légèrement entrouverte.

J'avais le pied sur la première marche et la main sur la rampe lorsque je me figeai : la porte bougeait.

Tirée vers l'intérieur. Lentement, posément. Par l'entrebâillement, un pâle rayon de lune vint frapper les lambris, sur ma droite. Une silhouette de femme apparut dans l'encadrement de la porte.

Elle portait une longue robe ou toge blanche qui lui tombait aux pieds. Ses cheveux défaits pendaient sur sa poitrine — des cheveux fins, légèrement ondulés, si pâles qu'ils se confondaient presque avec sa robe. Sa peau était également si blanche qu'elle en paraissait exsangue. En revanche, ses yeux étaient noirs comme du jais. Ils s'agrandirent en m'apercevant. Sa main droite monta vers sa gorge et elle émit un halètement de surprise.

Mes sentiments devant cette rencontre sont difficiles à exprimer. J'étais sûr qu'aucun être en chair et en os n'avait pu pénétrer dans la maison après moi. Toutes les entrées étaient verrouillées, je l'avais vérifié. Je ne pouvais expliquer le phénomène, et pourtant, je refusais d'être convaincu, je refusais d'accepter ce que mes yeux voyaient et qui dépassait mes facultés rationnelles. Impossible qu'elle fût un fantôme.

— Qui êtes-vous ? demandai-je.

La silhouette eut un recul de surprise. L'espace d'un instant, je crus qu'elle allait refermer la porte du grenier, mais elle resta à me considérer, la main toujours plaquée sur sa gorge. Elle avait le visage et le corps d'une fille de 20 ans.

— Pouvez-vous parler ? m'enquis-je.

Elle fit oui de la tête.

— Que faites-vous ici ?

Elle prit son souffle. D'une étrange élocution à moitié murmurée, elle répéta, comme en écho à mes propres paroles :

— Qui êtes-vous ?

Je fis un pas vers elle. De toute évidence, cela l'effraya, car elle se recula et devint presque invisible dans la pénombre du grenier. J'essayai de trouver des mots rassurants.

— Ne vous inquiétez pas. Je ne vous veux pas de mal.

Je sursautai de surprise. En bas, la sonnette avait tinté. À 23 heures, la veille de Noël !

— Bon Dieu, qu'est-ce que...

La dame en blanc gémit quelque chose que je ne pus entendre.

Je voulus prendre cela à la plaisanterie.

— Ce doit être le Père Noël.

Elle ne réagit pas.

La sonnette retentit une seconde fois.

— Il devrait passer par la cheminée, remarquai-je.

J'avais décidé d'ignorer ce visiteur quel qu'il fût... J'avais bien besoin d'un importun.

La jeune femme prit la parole de façon très intelligible.

— Au nom du ciel, renvoyez-le !

— Vous savez qui c'est ?

— S'il vous plaît ! Je vous en supplie.

— Si vous le connaissez, raisonnai-je, pourquoi ne répondez-vous pas ?

— Je ne peux pas.

Des coups de sonnette, de nouveau.

— C'est quelqu'un que vous connaissez ? répétai-je.

— Je vous en prie, dites-lui de partir. Si c'est vous qui répondez, il s'en ira.

Je commençais à me laisser persuader. J'avais besoin de sa coopération. Il me fallait savoir qui elle était.

— Fort bien, consentis-je. Mais serez-vous là à mon retour ?

— Je ne partirai pas.

Instinctivement, je lui fis confiance. Je me détournai et descendis les deux étages d'escaliers jusque dans le hall. La sonnette retentit de nouveau. Bien que la maison fût plongée dans l'obscurité, le visiteur n'avait nulle intention d'abandonner.

Je tirai les verrous, entrouvris la porte d'entrée et regardai au-dehors. Un jeune homme se tenait sur le seuil, appuyé sur la rampe en fer. Un jeune homme en blouson de cuir clouté, avec des chaînes, le crâne rasé. Lui au moins paraissait bien en chair et en os.

— T'en as mis, un temps ! dit-il.

— Qu'est-ce que vous voulez ?

Il me lança un regard furieux.

— Sacré nom, qui t'es, toi ?

Son regard obliqua pour vérifier le numéro, sur le mur.

— Je pense que vous avez dû faire erreur, fis-je avec une froide politesse.

— Non, fit-il, c'est bien cette maison-là. À quoi tu joues, mec ? Qu'est-ce que tu fous ici, dans le noir ?

Je lui répondis que j'étais un observateur de phénomènes parapsychiques.

— Para quoi ?

— Les fantômes, expliquai-je. Cette maison est paraît-il hantée. Les propriétaires m'ont aimablement autorisé à y veiller ce soir.

— Ah oui ? fit-il, franchement sceptique. Des revenants, hein ? Eh bien je m'en vais les zyeuter d'un peu plus près, moi.

Sur quoi, il poussa la porte. Il n'y avait pas de chaîne de sécurité et je n'étais pas de force à résister à sa poussée. Il franchit le seuil.

— Alors t'es un chasseur de fantômes, mon pote ? Tu serais pas en train de piquer l'argenterie de la famille en même temps, par hasard ? Il y a quelqu'un d'autre, là-dedans ?

— Je ne vous permets pas. Vous n'avez pas le droit de vous introduire ici.

— Pas plus que toi, répliqua-t-il en passant devant moi. T'étais en haut, quand j'ai sonné ?

— Je vais appeler la police.

Il eut un geste nonchalant de la main.

— Tant que tu voudras. Moi, je monte.

Un sentiment de pure panique me donna une inspiration.

— Si vous faites ça, vous serez filmé.

— Hein ?

— Les caméras sont prêtes à tourner, mentis-je. La maison est truffée de micros et de fils de déclenchement.

— Je ne te crois pas, fit-il d'une voix qui disait le contraire.

— Ce fantôme est censé se manifester le soir de Noël, expliquai-je. Je veux le capturer sur la pellicule.

Je donnai au verbe « capturer » une résonance particulière.

— T'es complètement cintré, lâcha-t-il.

Et avec toute la dignité dont il put se parer, il biaisa vers la porte restée ouverte. Il avait l'air de vouloir partir.

— Il faut t'enfermer, lâcha-t-il. Fou à lier.

— Dirai-je aux propriétaires que vous êtes passé ? Qui dois-je nommer ?

Il jura et s'éloigna. Je refermai la porte, remis les verrous. Je tremblais. Je n'étais plus aussi apte qu'avant à me débarrasser d'un intrus, et je rendis grâce au ciel que mon imagination m'ait si bien servi.

Je remontai les escaliers. La jeune femme en blanc m'attendait au premier. Elle était descendue écouter. Cette partie de la maison était plus éclairée que les escaliers du grenier, si bien que je la vis mieux. Elle faisait moins éthérée, à présent. Sa robe était une robe du soir, en soie ou en satin, son maquillage aussi pâle que celui d'un mime, à l'exception d'un trait d'eye-liner autour des yeux.

— Comment puis-je vous remercier ? demanda-t-elle.

— Tout ce que je veux, ma jeune dame, c'est une explication, répondis-je d'une voix neutre.

Elle se frotta les bras de ses mains.

— J'ai des frissons, ici. Vous voulez bien qu'on aille dans l'autre pièce ?

Nous entrâmes dans le salon. Je remarquai qu'elle ne cherchait pas à mettre de lumière. Elle me montra des cigarettes sur la table.

— Ça ne vous ennuie pas ?

Je trouvai des allumettes près de la cheminée et lui donnai du feu.

— Qui était ce type, à la porte ?

Elle inhala une longue bouffée.

— Je l'ai rencontré dans une soirée. J'étais accompagnée par quelqu'un d'autre, mais nous avons été séparés. Vous savez comment ça se passe. Je me suis retrouvée avec ce type en blouson noir qui me baratinait. Ça allait au début, je ne me doutais pas qu'il allait devenir aussi collant. Je ne l'ai pas encouragé. J'ai essayé de le refroidir, au contraire. Il m'a proposé des pilules, mais j'ai refusé. C'était pour me détendre, soi-disant. Là, j'ai vraiment commencé à avoir peur. J'ai voulu me défiler.

L'idiotie, ça a été de monter les escaliers. Il y avait plein de monde partout et cela semblait être l'issue la plus facile. Le type m'a suivie. Je suis montée tout en haut de la maison et je me suis enfermée dans une pièce. J'ai poussé une armoire contre la porte. Il s'est mis à tambouriner du poing en disant qu'il allait me faire ma fête. J'ai eu la peur de ma vie. Tout ce que j'ai trouvé à faire, c'est de filer par la fenêtre. Je l'ai enjambée et je me suis retrouvée derrière le petit muret, là-haut, qui relie les maisons.

— Derrière les balustres du portique ?

— C'est clair, non ? La soirée se déroulait à deux maisons d'ici. J'ai couru le long du petit passage entre le toit et le muret en essayant toutes les fenêtres. Celle-ci est la première que j'ai pu ouvrir.

— La fenêtre du grenier. Je comprends, à présent.

Le courant d'air avait trouvé son explication, et le halètement de la jeune femme qui reprenait son souffle après l'effort.

— Je vous suis vraiment reconnaissante, dit-elle.

— Reconnaissante ?

— De m'avoir débarrassée de lui.

— Il serait peut-être sage d'appeler un taxi, maintenant. Où habitez-vous ?

— Pas loin. Je peux y aller à pied.

— Ce n'est pas raisonnable, après ce qui s'est passé. Il est tenace. Il peut vous attendre quelque part.

— Je n'y avais pas pensé. (Elle écrasa sa cigarette dans un cendrier et poursuivit, après un moment de réflexion.) D'accord. Où est le téléphone ?

Il y en avait un dans le cabinet de travail. Pendant qu'elle était occupée, je réfléchis un peu à ses explications. Je n'en croyais pas un mot, mais j'avais quelque chose de beaucoup plus important en tête.

Elle revint dans le salon.

— Une dizaine de minutes, pensent-ils. C'est vrai, ce que vous avez dit en bas, que la maison était hantée ?

— Mmh ?

J'étais toujours dans mes pensées.

— Le revenant. Cette histoire de caméras cachées. Vous étiez sérieux ?

— Il n'y a pas de caméra. Je suis incapable de tenir quelque appareil que ce soit dans mes mains. Je me suis juste dit qu'il y regarderait à deux fois avant d'entrer s'il savait qu'il allait être filmé. Simple coup de bluff.

— Et ce que vous avez dit sur le fantôme ?

— Ça, c'était vrai.

— Vous voulez bien m'en parler un peu ?

— Vous ne craignez pas le surnaturel ?

— Bien sûr, ça fait peur, mais pas autant que ce qui vient de m'arriver. Je veux connaître l'histoire. Une veille de Noël, c'est l'idéal pour une histoire de fantôme.

— Ce n'est pas une histoire, dis-je.

— S'il vous plaît.

— À une condition, alors. C'est qu'avant de monter dans votre taxi, vous me disiez la vérité sur ce qui vous a vraiment amenée ici cette nuit.

Elle hésita.

— Ça restera entre nous, ajoutai-je.

— D'accord. Parlez-moi du fantôme.

Elle prit une autre cigarette et se percha sur le bras d'un fauteuil.

Je me dirigeai vers la fenêtre et regardai, au-delà de la pelouse, en direction des arbres qui se découpaient sur les lumières de la ville.

— Comme toutes les histoires de fantômes, il faut remonter à une mort et à un esprit tourmenté. Il y a environ cent cinquante ans, cette maison appartenait à un officier, un colonel en retraite du nom de Davenport. Il avait une fille, Rosamund, dont on disait en ville qu'il l'aimait à la folie. Elle était habillée à la mode et recevait une bonne éducation, ce qui, en ce temps-là, était un luxe inaccessible pour la plupart des jeunes filles. Rosamund était jolie, vive et intelligente. Ses cheveux, qu'elle portait longs, étaient très semblables aux vôtres, fins et d'une extrême blondeur. Naturellement, elle avait des admirateurs. Son préféré était un jeune homme de Bristol, Luke Robertson, un architecte. Selon les conventions de l'époque, ils conçurent un attachement qui se bornait à des rencontres chaperonnées, des lettres, des poèmes, et ainsi de suite. Ils étaient amants au sens très ancien du terme, ce qui peut vous paraître difficile à croire. Physiquement, cela se limitait à quelques baisers dérobés, et encore. Quelque part dans la boiserie de la maison, les lettres L et R entrecroisées ont été paraît-il gravées. Je ne peux pas vous les montrer, je ne les ai pas retrouvées.

Dehors, un taxi roula doucement sur les pavés. Je le regardai s'arrêter quelques portes plus loin. Deux couples sortirent de la maison en s'esclaffant et montèrent en voiture. Il était évident qu'ils sortaient d'une soirée. Le rythme martelé de la musique parvint jusqu'à mes oreilles.

— Je me demande s'il est minuit, dis-je. C'est peut-être déjà Noël, maintenant.

— Je vous en prie, poursuivez l'histoire.

— Le colonel Davenport — le père de cette fille, donc — était un homme solitaire. Il avait perdu sa femme quelques années plus tôt. Récemment, il s'était lié d'amitié avec une voisine, résidente elle aussi de Royal Crescent, Mrs Crandley, une veuve qui approchait les 50 ans et dont la maison se trouvait à l'extrémité de l'ensemble. Elle était musicienne et donnait des leçons de piano. Rosamund comptait parmi ses élèves. Mrs Crandley était semble-t-il un bon professeur et la fille très prometteuse. Vous jouez ?

— Quoi donc ?

Je me tournai vers elle.

— Du piano.

— Oh, juste un peu, répondit-elle.

— Vous ne m'avez pas dit votre nom.

— Je ne préfère pas, si vous voulez bien. Que s'est-il passé ensuite entre Mrs Crandley et le colonel ?

— Leur amitié s'est épanouie. Il voulait l'épouser. Elle ne se décidait pas. Elle était d'accord, en fait, mais à une condition. Elle avait un fils de 27 ans, Justinien.

— Comment ?

— Justinien. C'était à la mode, à l'époque, de donner aux enfants des noms d'empereur. Ce Justinien était un pauvre type qui n'avait rien pour lui. Paresseux, gras, il s'aventurait lentement hors de la maison. Au grand désespoir de Mrs Crandley.

— Et elle a cherché à le caser ?

— Ça revenait à peu près à ça. Elle voulait qu'il se marie et a vu en Rosamund une épouse parfaite pour lui. Une fille aussi charmante, aussi douée, ne pouvait pas ne pas faire ressortir quelque qualité dans son empoté de fils. Mrs Crandley appliqua donc son plan à la lettre, obligeant Justinien à aller ouvrir chaque fois que Rosamund sonnait pour sa leçon de musique. Puis il devait rester dans la pièce pour l'écouter jouer. Tout ce que Mrs Crandley pouvait faire pour pousser au mariage fut fait. Justinien, pour sa part, trouvait ce plan à son goût car il lui avait été promis que s'il épousait cette fille, il aurait la maison de sa mère, si bien que sa vie changerait très peu, à cette différence près que ce serait une jolie épouse qui s'occuperait de lui au lieu d'une mère jamais contente qui le harcelait. Il commença à regarder Rosamund avec de plus en plus d'intérêt. Quand le colonel lui demanda de l'épouser, donc, Mrs Crandley lia son consentement au mariage simultané de Justinien et de Rosamund.

— Et elle ? Lui a-t-on laissé le choix ?

— N'oubliez pas que les mariages étaient couramment arrangés par les parents, à cette époque.

— Mais vous avez dit qu'elle avait déjà un amoureux. Et tout à fait respectable, n'est-ce pas ?

J'acquiesçai de la tête.

— Absolument. Mais Luke Robertson n'entrait pas dans le plan de Mrs Crandley. Il fut donc ignoré. Rosamund céda sous la pression et fut fiancée à Justinien en automne 1838, le double mariage devant être célébré à l'abbaye, la veille de Noël.

— Oh mon Dieu... je crois que je devine la suite.

— Elle n'est peut-être pas tout à fait comme vous l'imaginez. Plus la date fatidique approchait, plus Rosamund redoutait ce mariage. Elle supplia son père de lui permettre de rompre les fiançailles. Il ne voulut rien entendre. Il aimait Mrs Crandley et c'était tout ce qui comptait. Au désespoir, Rosamund envoya sa bonne porter un message à Luke, lui demandant de la retrouver en secret devant les marches du sous-sol. Elle avait l'espoir romantique qu'il s'enfuirait avec elle.

Mon auditrice était captivée.

— Il est venu ?

— Il est venu. Rosamund lui conta toute l'histoire. Luke l'écouta avec compassion mais resta prudent. L'enlèvement ne lui paraissait pas être la solution. Il se proposa courageusement d'aller parler au colonel et de lui demander de laisser Rosamund épouser l'homme de son choix. S'il refusait, il lui rappellerait qu'on ne pouvait forcer Rosamund aux vœux matrimoniaux. Son consentement devait être donné sans contrainte à l'église, et elle avait le droit de le refuser. Cette difficile entrevue eut lieu un ou deux jours plus tard. Le colonel, bien entendu, entra en fureur. Luke fut chassé de la maison avec interdiction de ne jamais plus adresser la parole à Rosamund.

» La malheureuse se vit convoquée par son père et accusée de relations scandaleuses avec son ancien amoureux alors qu'elle était promise à un autre. L'histoire du billet secret et de la rencontre sur les escaliers lui fut arrachée. Elle s'entendit reprocher de vouloir empêcher le mariage de son père, d'être égoïste et fourbe. Pis, elle pourrait se voir traînée en justice pour manquement à la parole donnée.

— La pauvre âme ! Ça a dû la briser ?

— Non. Étonnamment, elle a tenu bon. Le soutien de Luke lui avait donné du courage. Elle n'épouserait pas Justinien. Ce fut le colonel qui baissa pavillon. Il alla voir

Mrs Crandley. Quand il revint, il annonça à Rosamund que, finalement, il ne se marierait pas : Mrs Crandley était restée ferme, les deux mariages, ou rien.

— Je n'aurais pas voulu être dans la peau de Rosamund pour tout l'or du monde.

— Son père lui dit que c'était une conduite de bonniche, de donner rendez-vous à un amoureux au détriment de l'affection d'un autre homme, et que dorénavant, il la traiterait comme telle. Il tint parole. Il congédia la domestique, ordonna à Rosamund de monter ses affaires dans la chambre de bonne du grenier et lui donna une liste de tâches à effectuer pour l'occuper de 5 heures et demie du matin jusqu'à tard le soir.

— Quelle cruauté !

— Toute son amertume se reportait sur elle.

— Elle s'est tuée ?

— Non, dis-je après une légère pause. Elle a été assassinée.

— *Assassinée ?*

— La veille de Noël, le jour où le mariage devait se faire, étouffée dans son lit.

— Quelle horreur !

— On lui a maintenu un oreiller sur la tête jusqu'à ce qu'elle cesse de respirer. Elle a été retrouvée morte le matin de Noël par la cuisinière, inquiète de ne pas la voir à sa tâche. Le colonel a été prévenu et la police appelée.

— Qui l'a tuée ?

— L'inspecteur chargé de l'affaire, un policier local sans grande expérience, était persuadé de la culpabilité du colonel Davenport. Celui-ci avait un mobile évident. La rancœur qu'il éprouvait vis-à-vis de sa fille était manifeste par la façon dont il la traitait. Sa colère n'avait fait que grandir au fil des jours. Et à la date où il aurait dû se marier, cette rancœur était devenue insupportable.

— C'était vrai ? Il a avoué le crime ?

— Il a refusé de parler. Mais les preuves contre lui étaient accablantes. Il était tombé près de dix centimètres de neige, la veille de Noël. Elle s'arrêta vers 20 heures 30, ce soir-là. L'heure de la mort fut estimée aux environs de 23 heures. Quand l'inspecteur arriva avec ses hommes le lendemain matin, il n'y avait aucune autre trace de pas visible sur l'allée menant à la porte d'entrée que celles de la cuisinière qui était allée chercher la police. La seule autre personne présente dans la maison était le colonel Davenport. Il se retrouva accusé du meurtre de sa propre fille. Le procès fut bref car il refusa de se défendre. Il resta silencieux jusqu'au bout. On le reconnut coupable et il fut pendu à Bristol en février 1839.

Elle écrasa sa cigarette.

— C'est sinistre.

— Oui.

— L'histoire n'est pas finie, n'est-ce pas ? Le fantôme. Vous avez parlé d'un esprit tourmenté.

— Un certain malaise existait du fait du refus du colonel de reconnaître le crime. Après qu'il eut été déclaré coupable et condamné, on essaya de le convaincre d'avouer, de confesser son péché devant le Créateur. Un assassin avoue souvent dans ses derniers moments, même s'il a protesté de son innocence tout au long du procès. Tout le monde fit son possible pour l'y amener, le directeur de la prison, les gardiens, le prêtre, le bourreau lui-même. Ces gens avaient un triste office à accomplir. Ils auraient été soulagés de savoir que l'homme qui marchait à l'échafaud était vraiment coupable. Pas un mot ne vint de ce fier vieillard.

— Vous paraissez presque navré pour lui. Il n'y avait pourtant aucun doute, n'est-ce pas ?

— On rapporte sans cesse que des événements surnaturels se produisent dans cette maison. Réfléchissez. Imaginez, par exemple, que quelqu'un d'autre ait commis le crime.

— Qui d'autre l'aurait pu ?

— Justinien Crandley.

— C'est impossible. Il n'habitait pas ici. La trace de ses pas aurait été vue dans la neige.

— Pas s'il est entré dans la maison de la même façon que vous : le long du toit et par la fenêtre du grenier. Il aurait pu assassiner Rosamund et regagner sa propre maison par le même chemin.

— C'est possible, évidemment, mais pourquoi ? Quel était son mobile ?

— La vengeance. Il aurait été le maître chez lui si le mariage n'avait été annulé. Au lieu de cela, il voyait pour un temps indéterminé son avenir lié à une mère dominatrice et à présent aigrie. Par la faute de Rosamund. S'il ne pouvait l'avoir pour femme, personne d'autre ne l'aurait.

— C'est cela que vous croyez ?

— Maintenant, oui.

— Pourquoi le colonel n'a-t-il pas dit qu'il était innocent ?

— Il s'en voulait. Il éprouvait un profond sentiment de culpabilité pour le traitement qu'il avait infligé à sa fille. Sans son égoïsme, le meurtre n'aurait jamais été commis.

— Pensez-vous qu'il connaissait la vérité ?

— Il a dû comprendre. Mais il aimait trop Mrs Crandley pour lui causer un chagrin supplémentaire.

Il y eut un silence, que vint interrompre le bruit des pneus d'une voiture sur les pavés.

Elle se leva.

— Cette nuit, quand vous m'avez vue à la porte du grenier, vous avez dû me prendre pour le fantôme de Rosamund.

— Non. Rosamund ne hante pas ce lieu. Son esprit est en paix. Je ne vous ai pas davantage prise pour un fantôme que je n'ai cru à votre histoire de fuite devant le type au blouson de cuir.

Elle se dirigea vers la fenêtre.

— Ah, voilà mon taxi.

Je ne voulais pas la laisser partir sans qu'elle reconnaisse la vérité.

— Vous êtes allée à la soirée d'à côté dans l'idée de vous introduire ici. Vous avez grimpé sur le toit et vous êtes introduite en haut dans l'idée de descendre ouvrir la porte d'entrée à votre ami. Vous vouliez cambrioler.

Elle ouvrit grand la bouche et pivota sur elle-même.

— Quand j'ai ouvert et qu'il s'attendait à vous voir, il a dit : *T'en as mis, un temps!* Il savait à quelle maison sonner, donc tout était prémédité. Si votre histoire avait été vraie, il n'aurait pas pu deviner. (Elle regarda la voiture, en bas.) Et jusqu'à ce que je vous conseille de prendre un taxi, vous étiez toute disposée à sortir dans la rue où cet homme qui vous avait soi-disant menacée vous attendait.

— Je pars.

— J'ai aussi remarqué que vous n'allumiez pas les lumières.

— Vous n'êtes pas flic, au moins ? fit-elle d'une voix altérée. Vous n'allez pas me livrer ? Laissez-moi une chance, vous voulez bien ? C'est la première fois. Je n'essaierai jamais plus.

— Qu'est-ce qui me le prouve ?

— Je vais vous donner mon nom et mon adresse, si vous voulez. Comme ça, vous pourrez vérifier.

Qu'il suffise de dire ici qu'elle me les communiqua. Je les garderai pour moi. Démasquer les petits délinquants, ce n'est plus mon boulot. Je la raccompagnai à son taxi. Elle me promit de cesser de fréquenter son copain. Vous trouvez que je l'ai laissée filer un peu trop facilement ? Son inconduite n'était rien, en comparaison de ce que je venais de découvrir — de découvrir grâce à elle.

Car voyez-vous, cela m'a libéré de mes obligations. Je vous ai dit que j'avais jadis été policier. Inspecteur, oui. Et j'ai commis une erreur fatale. Voilà cent cinquante ans que je cherche la vérité. Maintenant que je la connais, je trouverai le repos. Je ne viendrai plus hanter cette maison.

The Haunted Crescent.
Traduit de l'anglais par Jean-Michel Alamagny.

LA TOMBE SOLITAIRE

Thomas Hardy

Je ne passe jamais par Chalk-Newton sans tourner mes regards vers le plateau voisin, là où un chemin coupe la grand-route, droite et solitaire, et marque la séparation avec la paroisse suivante : le spectacle ne manque pas de rappeler l'événement qui s'est un jour produit là, et, bien qu'il puisse paraître superflu d'exhumer à présent d'autres souvenirs d'histoire villageoise, ce qu'évoque cet endroit mérite qu'on s'y attarde.

Ce fut par une soirée sombre, douce pourtant et exceptionnellement sèche, à l'époque de Noël (selon les dires de William Dewy de Mellstock, de Michael Mail, et de quelques autres), que les membres de la chorale de Chalk-Newton, paroisse importante située environ à mi-chemin entre les villes d'Ivell et de Casterbridge, et dotée aujourd'hui d'une gare de chemin de fer, quittèrent leurs foyers peu avant minuit pour aller répéter leurs cantiques annuels sous les fenêtres des habitants du village. Ce groupe d'instrumentistes et de choristes était l'un des plus nombreux du comté, et, à la différence de l'orchestre à cordes de Mellstock, plus restreint et plus accompli, pour qui la corde de boyau était sacrée, il comprenait des cuivres et des instruments à anche lors des grands offices du dimanche et occupait toute la largeur de la tribune ouest.

Ce soir-là, il y avait deux ou trois violons, deux violoncelles, une viole ténor, une contrebasse, un hautbois, des clarinettes, un serpent et sept chanteurs. Cependant, ce ne fut pas tant la prestation de la chorale que la scène dont ses membres furent fortuitement témoins, qui marqua tout particulièrement cette occasion.

Depuis de nombreuses années, ils effectuaient leur tournée sans connaître le moindre incident qui sortît de l'ordinaire, mais ce soir-là, selon les affirmations de plusieurs d'entre eux, deux ou trois parmi les aînés manifestèrent dès le début une exceptionnelle gravité et un recueillement rare, comme s'ils pensaient qu'allaient peut-être se joindre à eux les esprits d'amis disparus qui avaient été des leurs et reposaient maintenant en silence au cimetière sous des tertres affaissés, amis qui avaient fait montre en leur temps d'un plus grand enthousiasme musical que la chorale actuelle. Ou encore pensaient-ils qu'au lieu de celle d'un voisin qu'ils connaissaient bien, une voix autrefois familière, émanant d'une silhouette diaphane, pourrait bien leur parvenir, chevrotante, d'une fenêtre, en réponse à leur concert nocturne. Que ces impressions fussent réelles ou imaginaires, toujours est-il que les choristes les plus jeunes se retrouvèrent avec l'insouciance et l'entrain habituels. Quand ils furent tous rassemblés au pied de ce qui restait de la croix de pierre au centre du village, près de l'*Auberge du Cheval Blanc*, leur point de départ, l'un d'eux fit remarquer qu'ils étaient bien en avance, qu'en fait il n'était pas encore minuit. En ce temps-là, les chanteurs de noëls se gardaient généralement d'entonner leurs cantiques avant que le matin de Noël fût vraiment commencé selon le calendrier astronomique, mais, n'ayant guère envie de retourner à leur bière, ils décidèrent de débuter par quelques chaumières écartées, dans Sidlinch Lane, où les gens, ne possédant pas d'horloges, ne sauraient pas si c'était encore la nuit ou déjà le matin. Ils prirent donc cette direction, et, tandis qu'ils gravissaient la colline, leur attention fut attirée par une lumière qui brillait par-delà les maisons, tout au bout du chemin.

La route qui mène de Chalk-Newton à Broad Sidlinch est longue de trois kilomètres environ, et à mi-distance, là où elle franchit la crête qui sépare les deux villages, elle coupe à angle droit, comme nous l'avons déjà dit, l'ancienne grand-route, morne et solitaire, dite Chemin des Hauts-Frênes, qui, aussi droite qu'une chaîne d'arpenteur, suit sur des kilomètres au nord et au sud les fondations d'une voie romaine. Aujourd'hui complètement abandonnée et envahie par les herbes, elle était pourtant bien entretenue et assez fréquentée au début du siècle. La lumière vacillante semblait provenir du point d'intersection même de ces routes.

— Ça, j'sais c'que ça veut dire ! s'exclama l'un des choristes.

Ils s'arrêtèrent quelques instants, pour discuter d'un rapport possible entre cette lueur et un événement dont ils avaient vaguement entendu parler, et résolurent de monter la côte.

À l'approche du plateau, leurs suppositions se trouvèrent renforcées. Le Chemin des Hauts-Frênes coupait leur route à droite et à gauche, et ils constatèrent qu'à la jonction des quatre chemins, au pied du poteau indicateur, on avait creusé une tombe où, comme la chorale s'avançait, un cadavre venait d'être jeté par les quatre hommes que Sidlinch employait à cette besogne. La carriole attelée qui avait transporté le corps jusque-là attendait en silence.

Les chanteurs et les musiciens de Chalk-Newton s'arrêtèrent et regardèrent les fossoyeurs remettre la terre en la tassant de leurs pieds, jusqu'au moment où, le trou étant comblé, les hommes jetèrent leurs outils dans la carriole et s'apprêtèrent à partir.

— Qui est-ce que vous venez d'enterrer là ? demanda Lot Swanhills d'une voix forte. Pas le sergent ?

Les hommes de Sidlinch avaient été si absorbés par

leur travail qu'ils n'avaient pas encore remarqué les lanternes de la chorale de Chalk-Newton.

— Quoi ?... C'est-y que vous êtes les chanteurs de Newton ? demandèrent en retour les représentants de la paroisse de Sidlinch.

— Oui, pour sûr. Est-ce que par hasard ça ne serait pas le vieux sergent Holway que vous avez enterré là ?

— C'est ça en effet. Vous en avez entendu parler, alors ?

La chorale ne connaissait aucun détail, sinon qu'il s'était tué d'un coup de fusil le dimanche précédent, dans son fruitier.

— J'crois bien qu'personne ne sait pourquoi il a fait ça. En tout cas, on l'sait pas à Chalk-Newton, dit encore Lot.

— Oh si ! On a tout appris à l'enquête.

Les chanteurs s'approchèrent, et les hommes de Sidlinch, soufflant un peu après l'effort, racontèrent l'histoire.

— Tout ça, c'est la faute de son fils. Le pauvre vieux. Ça lui a brisé le cœur.

— Mais son fils est soldat, pas vrai, et il est maintenant aux Indes avec son régiment ?

— Oui. Et ils en voient de rudes depuis peu là-bas dans l'armée. Dommage que son père l'ait persuadé d'y aller. Mais Luc n'aurait pas dû le reprocher au sergent, vu qu'il avait fait pour le mieux.

Les faits, en résumé, étaient les suivants : le sergent qui avait connu cette triste fin, père du jeune soldat qui était parti en Orient avec son régiment, avait eu la vie particulièrement belle pendant sa carrière militaire, celle-ci s'étant terminée bien avant le début de la Grande Guerre avec la France. Une fois libéré, après avoir servi le temps réglementaire, il était rentré au village natal, s'était marié, et s'était bien adapté à la vie de famille. Mais lorsque l'Angleterre s'était à nouveau engagée dans la guerre, il s'était fait du mauvais sang à l'idée de ne pouvoir reprendre du service en raison de son âge et de ses infirmités. Quand son fils unique parvint à l'âge adulte et que se posa la question de savoir ce qu'il ferait dans la vie, le jeune homme exprima le désir d'être mécanicien. Mais son père lui conseilla vivement d'entrer dans l'armée.

— Le commerce va très mal en ce moment, dit-il. Et si la guerre avec la France continue, ce qui est sûr, les affaires vont encore empirer. L'armée, voilà c'qui t'faut, Luc. C'est ça qui m'a fait c'que je suis, et ce sera pareil pour toi. J'n'ai pas eu cette chance que tu as de vivre une période glorieuse et exaltante comme celle-ci.

Luc hésita tout d'abord, car c'était un garçon casanier et pacifique. Mais, respectueux et confiant dans le jugement de son père, il finit par accepter et s'engagea dans le x-ième régiment d'infanterie. Au bout de quelques semaines, on l'envoya aux Indes rejoindre son régiment, qui s'était distingué en Orient sous le commandement du général Wellesley.

Mais Luc n'eut pas de chance. Indirectement, on apprit au village qu'il était malade là-bas ; et peu après, on avertit son père, un jour qu'il était en promenade, qu'une lettre l'attendait à Casterbridge. Le sergent envoya un messager spécial qui parcourut les quatorze kilomètres et qui, après paiement, lui remit la lettre. Mais, bien qu'elle fût de Luc, comme il s'en était douté, son contenu était des plus inattendus.

La lettre avait été écrite lors d'une période de profonde dépression. Luc disait que la vie lui était un fardeau et un esclavage, et il reprochait amèrement à son père de lui avoir conseillé d'embrasser une carrière à laquelle il se sentait inapte. Il se retrouvait miné par les corvées et les maladies, ce dont il ne tirait pas la moindre gloire, et il se battait pour une cause qu'il ne comprenait ni n'appréciait. S'il n'avait pas écouté les mauvais conseils de son père, lui, Luc, aurait exercé maintenant un métier de bon rapport dans ce village qu'il n'avait jamais souhaité quitter.

rès avoir lu la lettre, le sergent s'éloigna de façon à ne plus être vu de personne, et alla s'asseoir sur le talus qui bordait la route.

Quand il se leva une demi-heure plus tard, il semblait brisé, comme foudroyé, et, à partir de ce jour-là, ce ne fut plus le même homme. Blessé au plus vif par les remarques sarcastiques de son fils, il se laissa aller à boire de plus en plus souvent. Le sergent vivait seul dans la maison qui avait appartenu à sa femme, morte quelques années plus tôt. Un matin de ce même mois de décembre, les voisins entendirent un coup de fusil provenant de chez lui, et, quand ils arrivèrent, ils le trouvèrent mourant. Il s'était tué avec un vieux fusil à pierre dont il se servait pour faire peur aux oiseaux. Compte tenu de ce qu'il avait dit la veille, et des dispositions qu'il avait prises en prévision de sa mort, personne ne douta qu'il avait agi délibérément, à la suite du désespoir où l'avait plongé la lettre de son fils. Les jurés[1] conclurent au suicide.

— Voici la lettre de son fils, dit l'un des hommes de Sidlinch. On l'a trouvée dans la poche du père. À la voir, on peut dire qu'il l'a lue et relue souvent. Enfin, que la volonté de Dieu soit faite, puisqu'il le faut, qu'on le veuille ou non.

La fosse fut comblée et la terre mise à niveau : aucun tertre ne fut formé. Les hommes de Sidlinch souhaitèrent ensuite une bonne nuit à la chorale de Chalk-Newton, et partirent dans la carriole qui avait amené le corps du sergent jusqu'à la colline. Quand le bruit du véhicule se fut évanoui et qu'ils n'entendirent plus que le vent qui balayait la tombe solitaire de son habituel sifflement d'indifférence, Lot Swanhills se retourna pour parler au vieux Richard Toller, le joueur de hautbois.

— C'est bien cruel de traiter un homme comme ça, et un vieux soldat en plus. Non pas que l'sergent ait jamais été un foudre de guerre, bien sûr. Mais son âme devait avoir autant d'chance qu'celle d'un autre, tout d'même, hein ?

Richard répondit qu'il était tout à fait d'accord.

---

1. Les jurés qui assistent le *coroner*, officier civil chargé d'instruire en cas de mort violente ou subite. (N.d.T.)

— Qu'est-ce que vous en dites si on chantait un cantique sur sa tombe, vu qu'c'est Noël, et qu'on a tout l'temps de r'descendre au village, et ça n'prendrait pas dix minutes, il n'y a personne pour nous en empêcher, ou pour nous voir ?

Lot acquiesça de la tête.

— On devrait lui donner ses chances, répéta-t-il.

— Autant cracher sur sa tombe, pour le bien que not'chant lui f'ra, au point où il en est, dit Notton, joueur de clarinette et sceptique avoué de la chorale. Mais j'accepte si tout le monde est d'accord.

À ces mots ils se placèrent en demi-cercle autour de la terre fraîchement remuée. Lot proposa le cantique n° 16, jugeant que c'était le mieux adapté aux circonstances, et ils firent vibrer l'air lugubre de ce chant bien connu de leur répertoire :

Il vient aux prisonniers apporter délivrance
Et les soustraire à l'emprise de Satan.

— Faut avouer... qu'on n'a jamais encore chanté pour un mort, dit Ezra Cattstock, après la conclusion du dernier couplet, tandis qu'ils se recueillaient un instant. Mais ça paraît vraiment plus charitable que de s'en aller en le laissant là, comme les autres gars.

— Et maintenant, on s'en retourne à Newton. Lorsqu'on arrivera au presbytère, il sera minuit et demi, dit le chef de chœur.

Cependant, à peine avaient-ils repris leurs instruments, que le vent porta à leur attention le bruit d'un véhicule qui montait par cette même route de Sidlinch par laquelle les fossoyeurs étaient repartis. Afin de ne pas être renversés, ils n'avancèrent pas, mais attendirent que le voyageur nocturne, quel qu'il fût, passât devant eux au carrefour, où il y avait davantage de place.

Trente secondes plus tard, les lanternes éclairèrent une voiture de louage, tirée par un cheval fumant et éreinté. À la hauteur du poteau indicateur, une voix s'écria de l'intérieur : « Arrêtez ici ! » Le cocher tira sur les rênes, la portière de la voiture s'ouvrit, et d'un bond sortit un simple soldat dans l'uniforme de quelque régiment de ligne. Il jeta un coup d'œil circulaire et sembla surpris de voir les musiciens à cet endroit.

— Vous venez d'enterrer quelqu'un ici ? demanda-t-il.

— Non. On n'est pas de Sidlinch, Dieu merci. On est la chorale de Newton. Pourtant, c'est vrai qu'quelqu'un vient d'être enterré ici, et on a chanté un cantique sur le corps de c'pauvre homme. Mais... c'est-y bien le jeune Luc Holway qu'est là d'vant moi, celui qu'est parti aux Indes avec son régiment, ou c'est-y son fantôme venu tout droit des champs de bataille ? C'est vous le fils qui a écrit la lettre...

— Arrêtez... arrêtez vos questions ! Les obsèques sont terminées ?

— Il n'y a pas eu d'obsèques, c'est-à-dire d'obsèques religieuses. Mais pour être enterré, il l'est. Vous avez dû croiser les hommes qui s'en retournaient dans la carriole vide.

— Comme un chien dans un trou, et cela à cause de moi !

Il se tut, les yeux fixés sur la tombe, et les autres ne purent s'empêcher d'avoir pitié de lui.

— Mes amis, dit-il, je comprends mieux maintenant. Je suppose que vous avez, par charité chrétienne, chanté pour la paix de son âme ? Je vous remercie, du fond du cœur, de votre compassion. Oui, je suis bien le fils misérable du sergent Holway. Je suis le fils qui a causé la mort de son père, aussi sûrement que si je l'avais fait de mes propres mains !

— Non, non. Ne le prenez pas comme ça, jeune homme. Cela faisait assez longtemps qu'il était plus ou moins déprimé, à ce qu'on nous a dit.

— Nous étions là-bas en Orient quand je lui ai écrit. J'avais l'impression que tout avait marché de travers. Et juste après avoir expédié ma lettre, nous voilà renvoyés en Angleterre. C'est pour ça que vous me voyez ici. Dès mon arrivée à la caserne de Casterbridge, j'ai appris ce qui s'était passé... Dieu me damne ! J'aurai bien le courage de suivre mon père, et de me supprimer comme lui. C'est tout ce qui me reste à faire !

— Faut pas vous emballer, Luc Holway, je l'répète. Mais tâchez de vous racheter à partir de maintenant. Et alors peut-être que votre père vous adressera un sourire du haut du ciel.

— J'en suis pas sûr ! répondit-il d'un ton amer, en secouant la tête.

— Tâchez d'être digne de votre père dans ses meilleurs moments. Ça n'est pas trop tard.

— Vous croyez ? moi j'pense que si !... Enfin, je vais voir. Merci de votre bon conseil. Je vivrai pour quelque chose, au moins. Le corps de mon père sera transféré dans un cimetière chrétien respectable, même si j'dois l'faire de mes propres mains. J'peux pas sauver sa vie, mais j'peux lui donner une sépulture honorable. J'le laisserai pas reposer dans ce lieu maudit !

— Oui, comme dit not'pasteur, c'est une coutume barbare qu'ils ont gardée à Sidlinch, et qui devrait être supprimée. Sans compter que c't'homme-là, c'est un ancien soldat. Vous voyez, not'pasteur, il est pas comme celui d'Sidlinch.

— Il dit que c'est barbare, hein ? C'est bien vrai ! s'écria le soldat. Alors écoutez, mes amis.

Puis il enchaîna en leur demandant s'ils ne voulaient pas augmenter sa gratitude à leur égard en se chargeant de transporter, en secret, le corps du suicidé, non pas au cimetière de Sidlinch, paroisse qu'il détestait maintenant, mais à celui de Chalk-Newton. Pour ce faire, il leur donnerait tout ce qu'il possédait.

Lot demanda à Ezra Cattstock ce qu'il en pensait.

Cattstock, le joueur de violoncelle, qui était aussi le sacristain, hésita et conseilla au jeune soldat de s'adresser tout d'abord au recteur[1].

---

1. Dans l'Église anglicane, ecclésiastique préposé à l'administration d'une paroisse et titulaire d'un bénéfice et de la dîme. (N.d.T.)

— Peut-être bien qu'il refusera, mais c'est pas sûr. Le pasteur d'Sindlinch est un homme dur, je l'reconnais, et il a dit que si les gens veulent se suicider dans un mouvement de colère, ils doivent en subir les conséquences. Mais le nôtre n'a pas du tout ces idées-là, et vous donnera peut-être la permission.

— Comment s'appelle-t-il ?

— C'est l'honorable pasteur, le révérend Oldham, le frère de lord Wessex. Mais faut pas vous laisser impressionner par ça. Il vous parlera comme un homme du peuple, si toutefois vous ne sentez pas l'alcool.

— Oh, c'est le même qu'avant. J'lui demanderai. Merci beaucoup. Et une fois ce devoir accompli...

— Eh bien quoi ?

— Il y a la guerre en Espagne. On m'a dit qu'c'est notre prochaine destination. J'vais essayer de me montrer tel que mon père le souhaitait. Je ne pense pas que j'y arriverai... mais j'essaierai, si j'en ai la force. Cela, je le jure, ici même sur son corps. Que Dieu me vienne en aide !

Du plat de la main, Luc frappa le poteau blanc avec une telle force que celui-ci en fut ébranlé.

— Oui, il y a la guerre en Espagne ; et c'est là une autre chance pour moi de me montrer digne de mon père.

Les choses en restèrent là pour cette nuit. On s'aperçut vite que le soldat avait agi sur un point comme il avait juré de le faire, car au cours de la semaine de Noël le recteur entra dans le cimetière où travaillait Cattstock, et il lui demanda de trouver un endroit propice à une telle inhumation. Il ajouta qu'il avait vaguement connu le sergent défunt, et qu'il ne connaissait aucune loi qui lui interdît de consentir à ce transfert, le règlement ayant été observé à la lettre. Mais, comme il ne voulait pas paraître s'opposer ouvertement à son confrère de Sidlinch, il avait stipulé que cet acte de charité devrait être accompli la nuit, avec la plus grande discrétion possible, et que la tombe devrait être située dans un endroit obscur du cimetière.

— Vous feriez bien d'en parler à ce jeune homme tout de suite, ajouta le recteur.

Mais avant qu'Ezra eût fait quoi que ce soit, Luc vint le trouver chez lui. Sa permission avait été écourtée, en raison de nouveaux développements dans la guerre de la Péninsule. Étant contraint de rejoindre immédiatement son régiment, il se voyait forcé de confier l'exhumation et le nouvel enterrement à ses amis. Tous les frais furent réglés, et il les implora de veiller à ce que tout fût accompli sans délai.

Sur ce, le soldat partit. Le jour suivant, Ezra, en réfléchissant à la question, s'en fut de nouveau vers le presbytère, en proie à de soudaines inquiétudes. Il s'était rappelé que le sergent avait été enterré sans cercueil, et il se demandait si on ne lui avait pas enfoncé un pieu à travers le corps. Le travail serait plus compliqué qu'ils ne l'avaient supposé tout d'abord.

— Oui, évidemment ! murmura le recteur. J'ai bien peur que nous ne puissions rien faire, tout compte fait.

Puis, ce fut la livraison d'une stèle funéraire par un transporteur de la ville la plus proche chez Mr Ezra Cattstock, tous frais payés. Le sacristain et le transporteur déposèrent la pierre dans l'appentis de celui-là, et Ezra, une fois seul, mit ses lunettes et lut cette inscription brève et simple :

CI-GÎT LE CORPS DE SAMUEL HOLWAY
QUI FUT SERGENT DU X-IÈME RÉGIMENT
D'INFANTERIE DE SA MAJESTÉ
ET QUI A QUITTÉ CE MONDE
LE 20 DÉCEMBRE 180-.
ÉRIGÉ PAR L.H.
« JE NE SUIS PAS DIGNE D'ÊTRE APPELÉ TON FILS[1]. »

Ezra se rendit à nouveau au presbytère près de la rivière.

1. Saint Luc, XV, 16. (N.d.T.)

— La pierre est arrivée, monsieur. Mais je crains fort qu'on ne puisse rien en faire.

— J'aimerais bien lui être agréable, dit le vieil ecclésiastique, plein de délicatesse. Et j'abandonnerais volontiers tous mes honoraires. Cependant, si vous pensez, vous et les autres, que vous ne pouvez mener la tâche à bien, je ne sais plus que dire.

— À propos, monsieur, je me suis renseigné auprès d'une femme d'Sidlinch au sujet de son enterrement. Apparemment, c'est bien c'que j'pensais. Ils l'ont enterré avec un pieu neuf de six pieds enfoncé à travers le corps, et ce pieu venait de la bergerie qui s'trouve là-haut à North Ewelease, bien qu'ils ne veuillent pas l'admettre maintenant. La question reste donc : est-ce que ça vaut la peine de transférer le corps, vu la difficulté ?

— Avez-vous d'autres nouvelles du jeune homme ?

Ezra avait seulement appris qu'il s'était embarqué, cette semaine-là, pour l'Espagne avec son régiment.

— Et s'il est encore aussi désespéré qu'il en avait l'air, on ne l'reverra jamais plus en Angleterre.

— C'est une affaire embarrassante, dit le pasteur.

Ezra en parla aux choristes. L'un d'eux suggéra que la stèle pourrait être érigée au croisement, mais on trouva cette idée irréalisable. Un autre déclara qu'on pourrait la placer dans le cimetière sans transférer le corps, mais cette solution fut jugée malhonnête. Si bien que rien ne fut entrepris.

La stèle funéraire demeura dans l'appentis d'Ezra jusqu'au jour où, se lassant de la voir là, il la relégua au milieu des buissons au fond de son jardin. On abordait le sujet de temps à autre, mais cela se terminait toujours par ces mots : « Étant donné la façon dont on l'a enterré, on ne peut guère faire le travail promis... »

On pensait toujours que Luc ne reviendrait plus, et cette impression était renforcée par les désastres qui, à ce que l'on racontait, avaient frappé l'armée en Espagne. Cela contribuait à prolonger indéfiniment l'inertie des villageois. La stèle, toujours couchée sous les buissons d'Ezra, se couvrit de mousse ; puis un arbre au bord de la rivière fut abattu par le vent, et brisa, en tombant, la pierre en trois morceaux. Finalement, les morceaux furent ensevelis sous les feuilles et l'humus.

Luc n'était pas né à Chalk-Newton et n'avait plus de famille à Sidlinch, si bien que personne dans aucun des deux villages ne reçut de nouvelles de lui au cours de la guerre. Mais après Waterloo et la chute de Napoléon, il arriva un jour à Sidlinch un sergent-major anglais couvert de galons et, comme on l'apprit plus tard, riche de gloire. Les campagnes militaires à l'étranger avaient transformé Luc Holway à tel point que ce ne fut qu'après avoir entendu son nom que les habitants reconnurent en lui le fils unique du sergent.

Il avait servi avec une efficacité de tous les instants pendant les combats de la Péninsule sous les ordres de Wellington ; il s'était battu à Busaco, Fuentes d'Onore, Ciudad Rodrigo, Badajoz, Salamanque, Vittoria, Quatre-Bras et Waterloo ; et il avait maintenant regagné l'Angleterre pour profiter d'une pension et d'un repos plus que mérités dans sa région natale.

Il ne resta à Sidlinch que le temps de prendre un repas en arrivant. Le soir même, il se mit en route vers Chalk-Newton, gravit la colline à pied, passa devant le poteau indicateur et se dit en y jetant un coup d'œil : « Dieu merci, il n'est pas là. » La nuit était presque tombée quand il arriva au village ; mais il se dirigea tout droit vers le cimetière. Quand il y entra, il y avait encore suffisamment de clarté pour distinguer les pierres tombales, et il examina soigneusement celles-ci. Mais en dépit de ses recherches tant dans la partie proche de la route que dans le fond près de la rivière, il ne put découvrir ce qu'il cherchait, c'est-à-dire la tombe du sergent Holway et le monument portant l'inscription : « JE NE SUIS PAS DIGNE D'ÊTRE APPELÉ TON FILS. »

Il quitta le cimetière et se renseigna. Le vieux pasteur, l'honorable Mr Oldham, était mort, de même que bien des membres de la chorale, mais, petit à petit, le sergent-major apprit que son père reposait toujours au carrefour, dans le Chemin des Hauts Frênes.

Luc prit sombrement la direction de sa maison, ce qui l'obligeait tout naturellement à repasser par cet endroit, car il n'y avait aucune autre route entre les deux villages. Mais il ne se sentait pas la force de traverser des lieux qui clamaient la désapprobation de son père ; aussi franchit-il la haie et fit-il un détour à travers les champs labourés pour éviter cet endroit. Pendant bien des batailles et des corvées, Luc avait été soutenu par la pensée qu'il relevait l'honneur de la famille et qu'il faisait amende honorable. Son père, cependant, reposait toujours en disgrâce. Que le corps du père ait eu à supporter les conséquences des méfaits du fils était davantage une impression qu'une réalité ; mais Luc était hypersensible et il lui semblait que tous ses efforts pour se racheter et apaiser l'âme de l'offensé s'étaient soldés par un échec.

Il essaya pourtant de vaincre sa léthargie, et, Sidlinch lui rappelant de mauvais souvenirs, il loua une petite maison inoccupée depuis longtemps, à Chalk-Newton. Ce fut là qu'il vécut seul, presque en ermite, ne permettant à aucune femme d'entrer chez lui.

À la Noël qui suivit son installation dans cette maison, il était assis, seul, près de la cheminée, quand il entendit au loin des bribes de chant ; et bientôt une mélodie retentit juste devant sa fenêtre. C'étaient les chanteurs de noëls, comme chaque année ; et bien que nombre d'anciens choristes, y compris Ezra et Lot, eussent gagné leur repos éternel, on chantait toujours les mêmes cantiques tirés des mêmes recueils. C'est ainsi que résonna à travers les volets du sergent-major le couplet bien connu que la chorale avait jadis entonné sur la tombe de son père :

Il vient aux prisonniers apporter délivrance
Et les soustraire à l'emprise de Satan.

Quand ils eurent terminé, ils s'en furent vers une autre maison, le laissant à son silence et à sa solitude.

La chandelle avait besoin d'être mouchée, mais il ne la moucha pas, et il demeura assis jusqu'à ce qu'elle s'éteignît dans le bougeoir en faisant des cercles d'ombre au plafond.

Le lendemain matin, à l'heure du petit déjeuner, la joie de Noël fut troublée par une tragique nouvelle qui se répandit comme une traînée de poudre dans le village : on avait trouvé le sergent-major Holway tué d'une balle qu'il s'était tirée dans la tête au croisement du Chemin des Hauts-Frênes où son père était enterré.

Sur la table de sa maison il avait laissé une note, où il exprimait le souhait d'être inhumé près de son père. Mais cette note tomba accidentellement par terre, et ne fut trouvée qu'après ses obsèques qui se déroulèrent, selon la procédure habituelle, au cimetière.

The Grave by the Handpost.
Traduit de l'anglais par Michel Krzak.

LE SANG RÉPANDU SOUS LE GUI

Margery Allingham

— Du sang répandu sous le gui... Et celui qui aurait pu être responsable de ce sang n'est pas l'auteur du crime... Voilà mon petit Noël... Pourtant, je vous assure que je n'en suis pas très fier.

L'inspecteur principal Stanislas Oates adressa à son vieil ami Albert Campion un sourire factice et se laissa tomber dans le fauteuil qui lui tendait les bras.

C'était l'après-midi même de Noël. Mr Campion — qui ressemblait plus que jamais à une vieille chouette avec ses énormes lunettes à monture d'écaille — assistait à une fête enfantine chez son beau-frère à Knightsbridge : c'est là qu'on vint le chercher en l'informant que l'inspecteur principal voulait le voir d'urgence, qu'il remuait ciel et terre pour le joindre.

— Que me voulez-vous ? lui demanda Campion avec un air sarcastique, que je vous réussisse un nouveau tour de passe-passe du fond de mon fauteuil ?

— Que vous le fassiez à partir d'un trapèze volant, cela m'est bien égal... Ce qu'il me faut, c'est une explication logique.

Oates était manifestement bouleversé. Son visage de dyspepsique arborait comme toujours un triste sourire ; mais il était congestionné et ce n'était pas le festin de Noël qui en était responsable. Sans préambule, il entama son récit :

— Vers 23 heures, hier soir, un vaurien du nom de Sampson a été trouvé abattu d'une balle de revolver au fond d'une voiture dans le sous-sol formant garage d'une petite boîte de nuit d'Alcatraz Mews : la boîte porte le nom de *The Humdinger*. Une grosse brassée de gui, qui se trouvait sur le siège avant, comme pour être apportée à domicile, avait été repoussée sur le cadavre pour le masquer, ce qui explique pourquoi il ne fut pas découvert plus tôt. L'arme, munie d'un silencieux, a été retrouvée sous le siège avant — toute empreinte digitale en ayant été soigneusement effacée. La victime a été immédiatement reconnue par le propriétaire de la boîte de nuit : ce propriétaire est une femme. Et la victime est l'amant de cette femme. Ladite dame est une personnalité du West End, elle est surnommée Girlski... Que dites-vous ?

— Je dis : Oh, Oh... murmura Mr Campion. Une des Euménides, sans doute ?...

— Non, répondit naïvement Oates. Ce n'est pas une Grecque... Ne vous occupez pas d'elle. Soyez seulement très attentif aux faits eux-mêmes. Elle nous a dit (mais nous le savions déjà) que le seul individu qui voulait du mal à Sampson est une espèce de petit serpent venimeux du nom de Kroll. Kroll avait été mis hors d'état de nuire pour une excellente raison : Sampson l'avait fait condamner à la prison en le dénonçant comme complice d'une attaque de train postal. Kroll est sorti de prison mardi dernier : il n'avait sans doute qu'une idée, celle de se venger.

— Ce qui n'est pas d'un bon chrétien, pour un jour de Noël... fit remarquer sottement Mr Campion.

— C'était tout à fait notre sentiment, répliqua Oates. C'est pourquoi vers 17 heures, hier après-midi, deux de nos inspecteurs apprenant que Kroll se trouvait à *The Humdinger* (où il risquait d'y avoir de la bagarre), s'y pointèrent, mirent la main au collet de l'intéressé et l'amenèrent, en vue d'un interrogatoire, à la brigade où il se trouve encore, sous bonne garde.

» Eh bien, voilà. Nous avons maintenant une bonne douzaine de témoins, raisonnablement sobres et conscients, qui nous apportent la preuve la plus formelle que Kroll n'a pas rencontré Sampson à ce club. Sampson se trouvait bien dans l'établissement au début de ce même après-midi, mais il quitta les lieux vers 15 heures 45, annonçant qu'il allait faire quelques achats de Noël et promettant de revenir. Quinze minutes après, environ, Kroll arriva au club et y demeura — sous les yeux de Girlski et des clients de l'établissement — jusqu'au moment où les inspecteurs firent leur apparition et l'appréhendèrent. Eh bien... qu'est-ce que vous en dites ?

— C'est tout à fait simple, fit Mr Campion. Kroll a tué Sampson avant d'entrer au club. Ils se sont croisés hors du club, dans un endroit écarté : Kroll a obligé Sampson à battre en retraite jusque dans le garage, peut-être même jusque dans la voiture, et il l'a tué. Avec le vacarme qu'il y a maintenant dans les rues, et surtout en ces jours-ci, il aurait pu utiliser un mortier sans attirer l'attention. Quant à un pistolet à silencieux.... Il a essuyé son arme, il l'a glissée dans la voiture, il a jeté le gui par-dessus le corps, il est monté à l'étage revoir Girlski et ses anciens copains tout en se forgeant un magnifique alibi. Vos inspecteurs, en arrivant sur les lieux comme vous me l'avez dit, ont dû être considérés comme les bienvenus...

Oates approuva d'un signe de tête.

— Nous avons été capables de bâtir un aussi remarquable raisonnement. Et d'ailleurs, c'est bien ainsi que les choses se sont passées... Voilà pourquoi les nouveaux développements de l'affaire, survenus ce matin, me laissent pantois... Car nous avons maintenant deux témoins indiscutables qui viennent jurer que Sampson était à Chipperwood West à 18 heures en train de distribuer quelques cadeaux de Noël qu'il avait achetés pour le compte d'un voisin — c'est-à-dire *une grande heure* après l'entrée de Kroll dans la salle du club...

» Une autre explication pourrait être celle-ci : Sampson est revenu à Alcatraz Mews un peu plus tard dans la soirée, il a été tué par quelqu'un qui demeure non identifié... Mais cela, c'est faux : nous en sommes convaincus. Malheureusement, les témoins de Chipperwood West sont des gens que nous n'avons pas le droit de secouer. Un de ces témoins est une amie à vous... Elle a demandé à notre inspecteur s'il vous connaissait « parce que vous étiez vraiment très fort en ce qui concerne les crimes et toutes les stupidités de cet acabit ».

— Seigneur Dieu !, s'exclama pieusement Mr Campion en comprenant pourquoi l'inspecteur principal tenait tellement à le joindre en dépit des festivités de Noël. Mais je ne connais personne à Chipperwood West...

— C'est une banlieue qui devient tout à fait résidentielle. Ne connaissez-vous pas une lady Larradine ?

— Cette bonne vieille dame ? Par le diable... (Mr Campion laissa filer l'allusion à ses années d'expérience et son interlocuteur ne s'aperçut de rien.) Je n'en crois rien. Elle est sûrement morte depuis le temps !

— Elle est de cette espèce de femmes à qui il faut bien céder : elles ne meurent jamais les premières, déclara Oates avec une apparente conviction. C'est un vrai dragon, à en croire notre inspecteur. Quoi qu'il en soit, pour l'instant, c'est un témoin. Et il y en a un autre : le général de brigade Brose. Sans doute le connaissez-vous ?

— Je n'en ai pas l'impression.

— À mon avis, vous le reconnaîtrez quand vous le verrez. Enfin, nous allons voir... Je vous emmène, Campion. Je pense que vous n'y voyez pas d'inconvénient ?

— Ma sœur va être furieuse. C'est moi qui dois faire le père Noël, dans une heure d'ici...

— Je suis navré, fit sans conviction Oates, inébranlable dans sa décision. Si une bande de chenapans se manifestent de la sorte au mépris des jours de fête, nous sommes bien obligés de leur donner la réplique. Venez... et soyez mon père Noël... C'est d'ailleurs votre dernière chance de me rendre un pareil service : je prends ma retraite l'été prochain.

Oates continua sur sa lancée, tandis que la voiture de police, au fond de laquelle ils avaient pris place, filait vers Chipperwood West par des rues que Noël avait vidées de leurs promeneurs et où l'éclat des lampadaires commençait à briller dans le crépuscule.

— Au cours de ces derniers mois, la chance ne m'a pas favorisé, déclara sérieusement l'inspecteur principal. Non... J'ai même eu beaucoup de déveine. Je crains fort que mes Mémoires, dont j'envisage la rédaction, ne se terminent sur une note dénuée d'enthousiasme.

— Vous faites allusion au vol Phaeton... suggéra Mr Campion. Comment allez-vous intituler vos Mémoires : Les Mangeurs d'hommes de Scotland Yard ?

Les gros yeux doux d'Oates brillèrent un instant puis s'éteignirent.

— Quelque chose comme ça, fit-il. Mais on ne peut reprocher à personne de n'avoir pas résolu cette affaire Phaeton. Dans cette histoire, il n'y avait que des cinglés. Une ancienne danseuse de music-hall, idiote, veuve depuis trente ans d'un duc excentrique, sort un beau matin d'automne dans le jardin de son hôtel particulier à Londres en laissant grande ouverte derrière elle la porte donnant sur la rue. Sur une table, dans la première pièce donnant sur le vestibule d'entrée, se trouvent — enveloppés d'un papier brun — la quasi-totalité des bijoux qu'elle vient de retirer d'un certain nombre de coffres-forts qu'elle possédait aux quatre coins du pays. L'explication qu'elle a donnée est celle-ci : elle voulait porter tous ces bijoux à un commissaire-priseur de Bond Street qu'elle entendait charger de les vendre — et, pour plus de sûreté, elle avait l'intention de les lui porter elle-même... Quant au cambrioleur, il était à peu près aussi stupide que la vieille femme...

— Parce que les bijoux n'étaient pas vendables ?...

— Vendables ? Même s'il les avait coupés en petits morceaux... Ces bijoux étaient aussi connus que ceux de la Couronne... D'énormes émaux que le duc s'était amusé à collectionner à des prix incroyables... Aucun receleur n'aurait jamais consenti à se trouver sous le même toit... Et pourtant tous les journaux ont raconté que ces émaux valaient des sommes fabuleuses, du moins, ils ont pris cette valeur à compter du jour où ils ont été volés !

— Le cambrioleur n'avait rien pris d'autre ?

— C'était un fou, fit Oates avec un geste de mépris comme pour le balayer hors de sa vue. Tout son bénéfice, ce fut l'argent liquide que la vieille dame avait dans son sac, c'est-à-dire une somme correspondant à son train de maison pour deux mois — à peu près cent cinquante livres sterling — et deux objets qui se trouvaient sur la même étagère : une tête de singe en stuc et un coupe-papier en métal argenté... L'homme est entré, il s'est emparé des premiers objets qui lui tombèrent sous la main, puis il est sorti. N'importe quel filou, n'importe quel vagabond, n'importe quel bricoleur d'occasion a pu faire le coup... Et, pour conclure, qui est le dindon ? Moi !

Il semblait si malheureux que Mr Campion se hâta de changer de sujet de conversation.

— Où allons-nous ? demanda-t-il. Allons-nous rendre visite à lady Larradine ? Dois-je comprendre qu'à l'âge de cent cinquante-six ans ou a peu près, elle est en ménage avec un général de brigade ? Un général de quelle guerre ?

— Oh, je n'en sais rien. (Oates tenait toujours à se montrer précis et exact.) Je pense qu'il s'agit de la guerre des Boers... Ils habitent un gentil hôtel particulier... C'est une propriété qui me paraît assidûment fréquentée de nos jours par toute une société aristocratique, je dirai : par la noblesse terrienne.

— La noblesse terrienne, avez-vous dit ?

— Oui... Des gens de cette classe... Des personnes âgées vivant de leurs rentes... De fait, il y a une quarantaine de personnes qui vivent dans cette propriété. Elle est maintenant gérée par deux dames de la bonne société, veuves l'une et l'autre. Elles ont rebaptisé les lieux « The CCraven » — avec deux C... En somme, c'est une pension de famille de luxe... C'est « le nid douillet pour nos gentils petits amis ». Vous voyez le genre.

— J'imagine facilement. Mais ne me dites pas que votre espèce de voyou trucidé était un habitué de la pension...

— Pas du tout ! Il vivait dans une villa beaucoup plus modeste dont le jardin est adossé au parc de « The CCraven »... Mais le général et un autre pensionnaire nommé Mr Charlie Taunton (qui est son ami intime) avaient pris l'habitude de « discuter le coup » avec Sampson par-dessus le mur. Taunton est un homme plutôt paresseux de caractère, qui sort rarement de la propriété et qui n'a d'ailleurs que des ressources limitées. Il tenait beaucoup à distribuer quelques petits cadeaux à des amis de la pension — des petites choses, ai-je compris, telles que des « attrapes » que l'on trouve dans les grandes surfaces ou les bazars. Mais il craignait la fatigue d'aller en ville pour de tels achats, et il semble que Sampson ait offert de lui faire ces acquisitions et de les lui apporter à 18 heures la veille de Noël — en temps utile pour qu'il puisse faire des petits paquets individuels de ce qui lui était remis en vrac, et qu'il puisse également les remettre à Lady Larradine qui dressait l'arbre de Noël à 19 heures.

— Et vous prétendez que Sampson a effectivement accompli la mission dont il s'était chargé ? demanda Mr Campion réellement surpris.

— Ces deux vieux messieurs, le général et Mr Taunton, me l'ont juré. Ils m'ont précisé qu'ils s'étaient approchés du mur à 18 heures et que Sampson leur avait remis le paquet comme convenu. Mon inspecteur est un garçon sérieux, et il m'affirme que nous ne ferons pas revenir les deux témoins sur leur déclaration.

— Cela aboutit à conférer à Kroll un alibi parfait. Comment vos deux témoins de Chipperwood ont-ils appris la mort de Sampson ?

— Par hasard. La police du quartier est venue ce matin frapper à la porte de Sampson pour apporter la nouvelle de sa mort : on a trouvé porte close. La propriétaire et sa famille étaient en voyage pour les vacances de Noël ; quant à Sampson lui-même, il devait passer les fêtes chez Girlski. La police donna quelques coups de poing dans la porte pour s'assurer qu'il n'y avait réellement personne. Puis les inspecteurs firent le tour de la maison : c'est à ce moment qu'ils furent vus et hélés par les deux vieux messieurs qui se trouvaient dans le jardin contigu. Et ces vieux messieurs manifestèrent la plus grande surprise en apprenant que leur gentil et complaisant voisin était mort de cette façon tragique : d'eux-mêmes ils fournirent l'information selon laquelle ils étaient encore face à face la veille à 18 heures.

Mr Campion, à son tour, manifestait l'ahurissement le plus complet.

— Peut-être, fit-il, ne fonctionnent-ils pas aux mêmes heures que le reste du monde. Les vieilles gens sont parfois hautement excentriques.

Oates secoua la tête.

— Nous y avons aussi pensé. Mon inspecteur, qui est venu sur les lieux dès que le commissariat nous a alertés, précise que les habitants de la pension sont parfaitement normaux et qu'ils ont les deux pieds sur terre... De fait, les achats faits par Sampson étaient indiscutables : mon inspecteur a vu de ses yeux les paquets sur l'arbre de Noël. Lady Larradine les lui a désignés en même temps qu'elle lui parlait de vous... Elle sera ravie de vous revoir, Campion.

— Et moi, j'en brûle d'envie !

— Vous n'allez pas brûler longtemps, répondit Oates sans le moindre humour, tandis que la voiture stoppait devant une grande villa de style edwardien. Mon cher ami, vous êtes chez vous...

— Cher grand garçon ! Nous sommes restés aussi jeunes l'un que l'autre ! s'écria lady Larradine d'une voix terrible.

Mr Campion se souvint immédiatement que cette voix était pour lady Larradine une véritable force de frappe, et cette voix résonna aux quatre coins du grand salon du rez-de-chaussée où les pensionnaires étaient tous rassemblés. Elle portait une robe de soirée, un peu démodée mais très « habillée » qui faisait songer à un phoque tacheté d'écume blanche.

— Je savais que vous alliez venir, fit-elle de sa voix de basse, que vous n'hésiteriez pas à répondre au S.O.S. que je vous adressais par voie indirecte... Que pensez-vous de notre nouvelle formule ? C'est formidable, n'est-ce pas ? Moira Spryg-Fisher et Janice Poole-Poole voulaient absolument « faire quelque chose » : nous avons donc mis ensemble nos quelques sous, et voilà !

— C'est presque trop bien, répliqua Mr Campion sincèrement émerveillé. En réalité, nous voudrions tout simplement avoir une petite conversation avec le général Brose et Mr Taunton.

— Bien entendu : rien n'est plus facile. Nous sommes tous là en prévision de la distribution des cadeaux de l'arbre de Noël. D'ici dix minutes, tous les pensionnaires de la villa doivent se retrouver dans ce salon pour la cérémonie... Mon cher, lorsque nous nous sommes installées ici, les gens ont raconté que c'était « le Salon des Rentiers ».

L'inspecteur principal Oates avait gardé son air grave. Il commençait à réaliser que le dragon n'était pas seulement féroce, mais qu'il était roublard. Il comprit que l'allusion faite par hasard devant l'inspecteur à ses relations avec Mr Campion n'était qu'une ruse devant permettre à l'audacieuse vieille dame de mettre son grappin sur le détective : et cela lui mit la puce à l'oreille. Il reprit la parole pour dire qu'il tenait à rencontrer les deux témoins sans délai.

Lady Larradine le fit taire d'un coup de gueule des plus cordiaux :

— Mon très cher monsieur, c'est tout à fait impossible ! Vos deux témoins sont partis pour une petite promenade à pied. C'est d'ailleurs mon habitude : après le déjeuner de Noël, je mets tous les hommes dehors. Ils ne vont pas tarder à revenir. Le général ne manquerait pas son arbre de Noël pour un empire... Ah, voici Fiona : c'est la fille de Janice Poole-Poole. N'est-elle pas jolie comme un cœur ?

Mr Campion vit entrer miss Poole-Poole avec un réel sentiment de soulagement, sachant depuis longtemps que Oates n'était pas insensible à d'aussi exquises créatures de Dieu. De fait cette jeune personne était absolument charmante, avec une chevelure couleur de miel : le fait qu'elle se soit abondamment noirci les yeux n'arrivait pas à gâter l'ineffable sourire qu'elle répandit sur le malheureux fonctionnaire désemparé.

— Je suis réellement charmée de faire votre connaissance, fit-elle, et le ton qu'elle employa donnait l'impression d'une extrême sincérité.

Oates n'avait pas encore repris ses esprits que lady Larradine le prenait par le bras et l'entraînait vers la fenêtre :

— Vous ne pouvez le voir parce qu'il fait noir comme dans un four, expliqua-t-elle, mais il y a là-bas, au fond du jardin, un mur et c'est par-dessus ce mur que le général et Mr Taunton s'expliquèrent avec Mr Sampson à 18 heures, hier soir... Personne n'avait de sympathie pour Mr Sampson ; je dirais même que Mr Taunton avait un peu peur... À vrai dire, il est mort dans des circonstances assez déplaisantes...

— Mais a-t-il réellement effectué des achats pour le compte de Mr Taunton ?

Le dragon souleva une paupière qui faisait penser à une toile d'araignée.

— On vous a déjà expliqué tout cela. À 18 heures, hier soir, Mr Taunton et le général avaient rendez-vous avec Mr Sampson qui leur a remis une boîte. C'est moi qui les ai aidés à passer leurs manteaux : donc je sais ! Je m'étais procuré du papier d'emballage pour que Mr Taunton puisse faire ses petits paquets dans sa chambre... Sa chambre, qui est l'une des plus petites, au second étage...

Elle baissa la voix de façon à la maintenir au niveau du tumulte général de la pièce.

— C'est un homme qui n'est pas très riche, mais il est si gentil...

— Madame, avez-vous vu de vos yeux les objets qui furent achetés pour son compte ?

— Non, pas avant qu'ils soient enveloppés : sans quoi il n'y aurait pas eu de surprise.

— Il faut alors que nous les voyions, fit l'inspecteur principal sur un ton qui n'admettait pas de discussion.

La dame était assez intuitive pour le comprendre immédiatement.

— J'ai songé à un moyen d'y procéder sans jeter trop de perturbation dans notre fête, répondit-elle aussitôt. Le général et moi, nous pourrions détacher les cadeaux de l'arbre et Fiona les distribuerait à la ronde. Tous les cadeaux de Mr Taunton sont enveloppés dans un papier noir et or facile à distinguer des autres, un papier que j'ai acheté moi-même à *Millie Boutique* : tous ces petits paquets noir et or seraient remis par Fiona, non à la personne destinataire, mais à monsieur l'inspecteur principal. N'est-ce pas, chérie ?

Miss Poole-Poole sembla juger que sa responsabilité serait très lourde, mais qu'elle pourrait sans doute y faire face. Le sourire confiant qu'elle adressa à Oates fit fondre les objections de celui-ci comme beurre au soleil.

— Magnifique !

Le rugissement du dragon était plein d'optimisme.

— Donnez-moi le bras, inspecteur. Vous allez me conduire dans le hall.

Au moment où la procession pénétrait dans le hall, le général fit son apparition. C'était un homme de haute taille, au teint coloré ; de manières courtoises, il conservait néanmoins un air martial. Il interpella l'inspecteur principal.

— C'est tout de même un drôle de moment pour faire Noël ! lui fit-il remarquer après les présentations d'usage.

Oates lui demanda s'il avait fait une bonne promenade.

— Si nous avons bien bavardé ? demanda le général. Non, je n'ai pas bavardé... J'ai été piquer un petit roupillon dans la salle de jeu. Où est donc ce vieux Taunton ?

— Il est parti se promener, cher Athole, fit gaiement le dragon de sa voix de basse.

— Ah, vraiment ? C'est vous qui l'avez expédié, pauvre vieux !

Tandis que le vieux général prenait la tête du cortège, il apparut à la fois à l'inspecteur principal et à Mr Campion que le secret de la parfaite entente entre lady Larradine et le général consistait essentiellement en ceci : le général était sourd et n'entendait guère que ce que disait le dragon avec sa grosse voix. Ce détail jetait une lumière très particulière sur l'histoire de l'entrevue avec Sampson au fond du jardin...

Tout le monde était maintenant dans le hall et la fête commençait. Mr Campion put alors jeter un regard circulaire sur tous les gens qui se trouvaient là, rangés en cercle autour d'un merveilleux arbre de Noël, chargé de cadeaux et brillant de guirlandes qui faisaient songer à des cascades d'argent. Il reconnut dans cette honorable assistance beaucoup de visages qui lui étaient familiers. Beaucoup parmi ceux qui se trouvaient là étaient d'anciennes relations des folles années 1930 — qu'il regrettait de tout son cœur : ces joyeux moments étaient à tout jamais révolus. Oui, beaucoup de ses anciens amis étaient là, non seulement bien vivants mais même épanouis parce que leur âge respectable les dispensait d'un comportement plus strict et plus cérémonieux.

Il remarqua que tous les genres de coiffures, depuis le bonnet de nuit jusqu'à la tiare, étaient portés avec humour et que chacun apportait une bonne humeur et presque une sorte d'enthousiasme dans ce déguisement enfantin. Mais lady Larradine ne lui laissa pas beaucoup de temps pour rêver. Elle procédait énergiquement à l'exécution de la suite du programme.

Chaque pensionnaire était pourvu d'une petite table, à côté de son fauteuil. Oates, bon gré mal gré, avait dû céder à la douce insistance de Fiona : il ne faisait pas exception à la règle. Il avait dû prendre place entre une énorme personne en robe de flanelle et un spectre en robe mauve garnie de vison, et il attendait son tour avec les mêmes yeux agrandis par l'envie.

La procédure de la distribution des cadeaux de l'arbre de Noël à la « Pension CCraven » était réglée avec une minutie exemplaire. Le dragon faisait peu de chose de ses propres mains. Armée d'un stick, elle se bornait à désigner les uns après les autres les petits paquets qui pendaient aux branches : c'était au général qu'il incombait de les détacher et de les remettre à Fiona. Pour créer une ambiance — ou peut-être pour adoucir les regrets de ceux qui n'étaient pas entièrement satisfaits de leurs cadeaux et masquer de désobligeants commentaires, une musique de Noël aux accents joyeux se faisait entendre. Sous le couvert de ce vacarme sympathique, Mr Campion prit l'initiative de s'approcher de la maîtresse de maison, et il passa à l'attaque :

— Où se trouve Taunton ? lui demanda-t-il à mi-voix.

— Il est tellement gentil. D'une si parfaite éducation, seulement un tout petit peu menteur.

Lady Larradine ignorait l'interrogation qui restait dans le regard de Campion : elle poursuivit la description psychologique de son pensionnaire à une allure telle que rien ne pouvait l'interrompre — sans cesser pour autant de surveiller la distribution des cadeaux.

— Il fait ses dévotions à cinquante-sept bons dieux, mais ce sont de tout petits bons dieux ; d'ailleurs, j'ai réussi à le faire renoncer à tous la semaine dernière. C'est fracassant ! Mais il nous a rendu tellement service en amusant le général... Lorsqu'il est arrivé ici, c'était une âme perdue, un voyageur sans bagage — mais très rapidement il s'est fait son trou ici. Il s'y est installé.

Elle marqua la pause et de son stick transperça un ballon de Cellophane colorée avant de faire demi-tour et de reprendre au profit de son invité totalement éberlué :

— Albert, je suis vraiment bouleversée : je me demande si ce n'est pas ce pauvre Mr Taunton qui aurait volé tous les trésors de cette malheureuse Maisie Phaeton. Bien entendu, je sais bien que tout est de sa faute à elle... Il se promenait du côté de l'hôtel particulier de Maisie. Il était malade du désir d'attirer l'attention sur lui. La porte était grande ouverte et brusquement Mr Taunton réalisa qu'il était là, dans cette maison particulière, en train de rafler tout ce qui traînait. Quand il lut les journaux et se rendit compte de l'importance, de la valeur de ce qu'il avait pris — de tout le bruit que cela faisait dans le pays —, quand il se rendit comte que ce qu'il avait pris était trop connu pour être écoulé, une panique le saisit. Il ne pensa plus qu'à se cacher. Quel meilleur endroit pouvait-il trouver pour se cacher que parmi nous, ici, puisqu'il ne serait même pas obligé de sortir de la propriété ?

— Eh bien, fit Mr Campion qui n'osait plus lever le regard sur l'inspecteur principal occupé à ouvrir les petits paquets enveloppés du papier or et noir. Où se trouve-t-il maintenant ? Je veux dire : où se trouve ce pauvre Mr Taunton ?

— Bien entendu, je n'avais pas la moindre idée de ce qui pouvait torturer cet homme jusqu'au jour où il me fit des aveux, poursuivit le dragon imperturbable. C'est alors que je me suis rendu compte qu'il fallait faire quelque chose d'urgence pour nous sauver la mise à nous tous. Ce crétin avait caché tout le produit de son vol dans notre cabane à outils, et cela depuis trois mois : car il n'osait pas garder son trésor dans la maison même. Et pour aggraver le tout, cet horrible voisin que nous avions en la personne de Mr Sampson avait identifié le voleur de Maisie Phaeton... et la langue lui démangeait !... Apparemment les gens du « milieu » se connaissent intimement les uns les autres, aussi bien que nous nous connaissons dans les cercles aristocratiques... ou dans les cercles bourgeois.

Mr Campion dont les cheveux s'étaient dressés sur sa tête eut un trait de génie.

— Mais alors, cette histoire idiote de Sampson allant acheter au bazar du coin quelques babioles pour le compte de Taunton, c'est une invention à vous ! s'écria-t-il d'une voix accusatrice.

Le dragon le fixa.

— Eh bien, n'était-ce pas le meilleur moyen pour permettre à Maisie de rentrer en possession de ses trésors sans inconvénient pour personne ? répondit-elle avec franchise. J'étais bien tranquille que tous mes invités reconnaîtraient les pièces de la collection de Maisie en développant leurs paquets ; et j'étais tout à fait sûre qu'après une brève discussion chacun serait d'accord pour tout remettre ensemble et tout réexpédier à Maisie... Et au cas où il y aurait eu quelques conséquences fâcheuses, nous aurions tous été dans le coup, mon cher, en rangs serrés ! On aurait peut-être pu vous lancer sur la piste de Mr Sampson, en cas de nécessité... Voyez-vous : le général est convaincu que Sampson était au rendez-vous hier au soir. Très habilement Mr Taunton l'a laissé au milieu de la pelouse, a été seul jusqu'au mur, masqué par la cabane à outils, et est revenu tranquillement avec la boîte sous le bras...

— C'est absolument scandaleux ! cria Campion incapable de réprimer ses sentiments.

Le dragon eut la grâce de paraître un peu gênée.

— Je ne pense pas réellement que nous ayons eu à faire impliquer Sampson dans l'affaire : le cas ne se serait pas présenté. Mais si nous nous étions trouvés dans cette nécessité absolue, n'oubliez quand même pas que ce Sampson était un type impossible. C'était presque un maître chanteur. C'était un être foncièrement malhonnête et malfaisant. Il a gâté notre petite fête, voyez-vous, il nous a tous mis dans une situation impossible en se faisant tuer le seul jour où tout le monde le croyait chez lui, ce qui nous a attiré la police... Alors que précisément, s'il y avait une chose que je ne voulais pas voir dans cette maison, c'était bien la police ! Quand j'ai vu paraître l'inspecteur ce matin, j'étais bouleversée... C'est alors que j'ai pensé à vous.

Dans son inquiétude bien naturelle, Mr Campion s'oublia jusqu'à toucher la manche de lady Larradine.

— Mais à cette heure-ci, où est donc Taunton ?

Le dragon se redressa.

— Vraiment, mon cher ! Vous ne tenez pas en place ! Sachez que je lui ai donné son petit Noël, c'est-à-dire tout l'argent liquide que je pouvais avoir sous la main et que je l'ai expédié pour une gentille promenade digestive après le déjeuner, en souhaitant qu'il aille le plus loin possible. Comme il avait subodoré la présence d'un inspecteur de police, il ne se l'est pas fait dire deux fois !

Elle s'arrêta. Et une lueur d'acier passa dans son regard ombragé de longs cils.

— Si votre ami l'inspecteur principal est assez stupide pour essayer de mettre la main sur Taunton, après que Maisie aura récupéré ses merveilles, sachez bien que personne ici ne sera tenté de l'aider dans sa tâche, j'en ai bien peur... Encore une chose : si le général est contraint de venir apporter son témoignage concernant Mr Sampson, je suis certaine qu'il sera intrépide sur ses positions et qu'il certifiera que ledit Mr Sampson était hier soir à 18 heures dans son jardin. Ce qui aurait pour conséquence qu'aucun jury ne pourrait condamner le sieur Kroll pour un crime qu'il a incontestablement commis. Sampson était un homme épouvantable mais personne d'autre que Kroll ne se serait jamais risqué à essayer de le tuer.

Mr Campion était réduit au silence. Il jeta un coup d'œil inquiet en direction de la salle. L'inspecteur principal était là-bas assis à sa table. Vu de dos, il donnait l'impression d'un homme épuisé, bafoué, foudroyé. À sa gauche, les papiers noir et or s'empilaient. À sa droite, un monceau d'objets précieux de formes bizarres mais susceptibles de représenter la rançon d'un maharadjah.

De sa place, Mr Campion pouvait repérer deux pièces parmi d'autres : un pendentif en or, serti de perles, comportant au centre un motif en émail représentant une licorne — et un autre objet qui ressemblait à un œuf de vanneau en tourmaline coiffé d'une couronne ducale. Il y avait aussi une tête de singe en stuc et un coupe-papier en argent massif.

Bien plus tard, ce même soir, Mr Campion et l'inspecteur principal rebroussèrent chemin en direction du siège de la brigade criminelle, et leur chauffeur les conduisait sans hâte. Oates serrait sur son cœur une grande boîte en carton.

Le silence durait déjà depuis quelque temps entre les deux hommes quand une idée vint à l'inspecteur.

— Comment se fait-il que ce vieux coquin, avec son air de chien perdu, ait réussi à se faire admettre à l'origine dans ce cercle de personnes comme il faut ? Et sans bagage ?

Les yeux pâles de Mr Campion cillèrent derrière ses lunettes.

— N'omettez pas l'argent liquide qui se trouvait dans le sac de la duchesse. Il n'est pas impossible que Taunton ait offert à la direction de la villa trois mois de pension d'avance en espèces... Dans ce genre de commerce, c'est une proposition qui doit être de nature à entrouvrir une porte, du moins, je l'imagine.

Oates reprit sa respiration et retomba dans son silence. Puis il éclata :

— Tous ces gens ! Cette femme ! cria-t-il. Quand ils étaient jeunes ils me faisaient marcher : ils perdaient des choses, ils se faisaient escroquer... Maintenant, ils sont vieux : ce ne sont que des patenôtres... Avez-vous vu avec quelle onctuosité elle m'a lié les mains, cette femme ?

Mr Campion se tint à quatre pour ne pas éclater de rire.

— Vous connaissiez le jeu traditionnel du snap-dragon : happer des raisins secs dans du cognac flambant... C'est un jeu qui n'est permis qu'au temps de Noël, répondit-il. Quand on sait bien y jouer, on ne s'y brûle pas les doigts...

Mr Campion pianota sur le couvercle de la boîte de carton.

— Et dans ce jeu, il y en a qui s'arrangent pour y jeter quelques grains de raisin et pour en retirer des piécettes. N'est-ce pas, mon cher inspecteur ?

Murder under the Mistletoe.
Traduit de l'anglais par Gersaint.

L'HEURE DU THÉ
Marjorie Bowen

La situation était bizarre. Par-dessus tout, l'esprit particulièrement aiguisé de Bevis Holroyd était impressionné par ceci : l'ouverture d'une porte peut la transformer en tragédie.

— J'ai bien peur de ne pouvoir rester, avait-il dit d'un ton badin, pour faire plaisir au malade.

Il était trop jeune et n'avait pas encore suffisamment de succès pour avoir des manières professionnelles, mais son attitude envers la créature prostrée témoignait d'une certaine tolérance équilibrée.

— Il y a bien des choses qui me réclament, ajouta-t-il, et je crains que ce ne soit impossible. Et ce n'est pas le moins du monde nécessaire, vous savez. Vous êtes très bien. Je reviendrai après Noël si vous pensez vraiment que cela vaille la peine.

Le patient ouvrit un œil. Il était allongé sur le dos, dans un profond lit à l'ancienne mode tendu d'une épaisse tapisserie sombre gansée de soie. La pièce était sombre, car de lourdes tentures de la même étoffe étaient tirées sur les fenêtres, barrant le chemin à tout éclairage, sauf un peu de la morne lumière d'hiver. Pour procéder à son examen, le Dr Holroyd avait dû allumer la petite lampe de chevet. Il avait trouvé la chambre bien malsaine, mais il n'avait pas jugé bon de le dire.

Le patient ouvrit un œil. L'autre paupière tressaillit légèrement sur une orbite immobile.

— Mais, docteur, j'ai été empoisonné, prononça-t-il d'une voix à la fois rauque et faible.

La curiosité et l'intérêt professionnels masqués par une sincère incrédulité ravivèrent immédiatement l'attention du médecin.

— Cher monsieur, sourit-il. Empoisonné par cette mauvaise grippe, c'est sans doute ce que vous voulez dire...

— Non, dit le patient en laissant retomber ses paupières lasses sur ses yeux vides. Par ma femme.

— En voilà une idée saugrenue à vous mettre en tête, répondit aussitôt le médecin. Dépression aiguë — nous allons voir ce que nous pouvons faire...

Le malade ouvrit les yeux. Il souleva même légèrement la tête pour répondre, non sans dignité :

— Je vous ai fait venir de Londres, docteur Holroyd, dans l'espoir que vous puissiez vous occuper de moi avec impartialité : c'est impossible avec le médecin d'ici, il est totalement sous la coupe de ma femme.

Le Dr Holroyd s'apprêtait à protester, mais le patient le fit vivement taire d'un geste tremblant.

— Laissez-moi parler, je vous prie. *Elle* va revenir d'un instant à l'autre et je ne pourrai plus. Je vous ai fait venir en secret, elle n'est absolument pas au courant. J'avais entendu dire beaucoup de bien de vous, que vous étiez un spécialiste de ce genre de choses. Vous vous êtes fait un nom avec votre témoignage au tribunal lors du meurtre Pluntre.

— Je ne suis pas spécialiste des meurtres, dit le Dr Holroyd, dont l'intérêt avait éclairé l'aimable et séduisant visage. Et je ne fais pas toute une affaire de ma déposition... sir Harry.

— Mais vous avez accepté de venir, murmura le malade. Vous ne pouvez pas m'abandonner maintenant.

— Je vais vous faire entrer dans une maison de repos, dit le docteur d'un ton enjoué. Et là, vous n'aurez plus toutes ces idées.

— Et quand j'en reviendrai soigné, ce sera pour que ma femme recommence ?

Le Dr Holroyd se pencha brusquement sur le lit plongé dans la pénombre. De la main droite, il alluma la lampe et inclina l'abat-jour rose pour que la lumière crue vienne éclairer directement le patient allongé sur les oreillers rebondis.

— Écoutez, dit-il. Ce que vous dites est très grave.

Et les deux hommes restèrent à se fixer, le malade dévisageant le médecin avec un regard aussi pénétrant que le docteur le contemplait.

Bevis Holroyd était encore un jeune homme, dont l'allure dynamique et l'intelligence austère soulignaient par contraste un physique séduisant que bien des hommes auraient considéré comme un passeport suffisant pour la réussite : une allure résolue, une dignité, une certaine douceur masculine, sereine et ferme, différente de la douceur féminine, étaient les traits principaux d'une personnalité d'autant plus adoucie par un humour vif et un jugement sensible.

Son patient, en revanche, avait largement passé l'âge mûr. Obèse et flasque, il portait une expression abattue sur son large visage, encore troublé et affaibli par le teint que donne la mauvaise santé. Ce teint blême et marbré soulignait désagréablement le roux semé de gris de ses cheveux rares.

Au total, un homme au physique peu agréable, mais dont la renommée avait amené le jeune et ambitieux médecin à venir immédiatement lorsqu'il avait été convoqué à Strangeways Manor House. Un homme d'une famille connue, un universitaire apprécié, un essayiste, un ancien politicien qui demeurait au-dessus de la politique. Un homme que le Dr Holroyd connaissait seulement de réputation, mais qui lui paraissait symbolique de valeurs immuables et respectables.

Et ce même homme gémissait avec un regard suppliant :

— Ma femme est en train de m'empoisonner.

Le Dr Holroyd se rassit et éteignit la lampe.

— Qu'est-ce qui vous fait penser ça ? demanda-t-il vivement.

— Pour vous l'expliquer, dit la voix pantelante du malade, il faut que je vous raconte toute mon histoire.

— Eh bien, si vous voulez que je m'occupe de votre cas...

— C'est pour cela que je vous ai fait venir, docteur.

— Bien. Comment vous empoisonne-t-on, selon vous ?

— Avec de l'arsenic, bien sûr.

— Ah ? Et qui vous est administré comment ?

De nouveau, le patient ouvrit un œil, comme s'il était trop fatigué pour ouvrir l'autre.

— Dans un thé au lait, répondit-il.

Et le Dr Holroyd répéta :

— Dans un thé au lait ! d'un ton intéressé et légèrement étonné.

Le thé au lait avait été utilisé pour empoisonner la victime à l'arsenic dans l'affaire Pluntre et la formule était devenue célèbre. C'était Bevis Holroyd qui avait découvert le poison dans le thé au lait et qui avait identifié la pâle infusion comme l'arme du crime.

— Il est très possible, continua sir Harry, que ce soit l'affaire Pluntre qui lui en ait donné l'idée.

— Pour l'amour du Ciel, ne dites pas cela ! fit le Dr Holroyd.

En effet, dans ce drame affreux, l'assassin était une femme. Et une femme risquant sa tête dans un procès, une femme condamnée à mort, ce n'était pas quelque chose qu'il avait envie de revoir.

— Lady Strangeways, poursuivit le malade, est beaucoup plus jeune que moi. Je suis parvenu à la convaincre de m'épouser. À l'époque, elle était très attirée par un homme de son âge, mais de condition fort modeste et elle était ambitieuse. (Il marqua une pause, essuya ses lèvres tremblantes avec un mouchoir en soie, et ajouta d'une voix faible :) Ces derniers temps, notre mariage était extrêmement compromis. L'homme qu'elle préférait est à présent prospère et toujours célibataire : elle souhaite se débarrasser de moi afin de pouvoir l'épouser.

— Avez-vous la moindre preuve de cela ?

— Oui. Je sais qu'elle achète de l'arsenic. Je sais qu'elle lit des livres sur les poisons. Je sais qu'elle est dévorée d'amour pour cet homme.

— Pardonnez-moi, sir Harry, répondit le médecin, mais n'avez-vous aucun ami ou connaissance à qui vous pourriez confier vos... vos soupçons ?

— Personne ! s'impatienta le malade. Je viens seulement de revenir d'Orient et je ne suis plus en contact avec la plupart des gens. Par ailleurs, je veux un médecin, un médecin compétent dans ce domaine. J'ai pensé dès le début à l'affaire Pluntre et à vous.

Bevis Holroyd se renfonça sans rien dire dans son siège. C'est alors qu'il songea que la situation était bizarre. L'étrangeté de la chose lui apparaissait dans toute sa limpidité, comme quelque chose de ciselé sur une pierre précieuse, quelque chose d'à la fois immobile et mouvant.

— Peut-être êtes-vous marié, docteur ? continua sir Harry d'un ton las.

— Non.

Le Dr Holroyd sourit légèrement. Sa vie était semblable à celle de son patient, mais sous l'angle opposé. Quand il était très pauvre et inconnu, il avait aimé une fille qui lui avait préféré un homme aisé. Elle était partie en Inde, dix ans plus tôt, et il ne l'avait jamais revue. Il s'en souvenait très clairement, et au même instant, il se rappela qu'il aimait encore cette fille. Une histoire très banale, finalement.

Son esprit revint brusquement à l'aspect strictement professionnel de l'affaire. Il pensait que son patient, un homme à la santé vacillante, luttait contre une grippe virulente alliée à la faiblesse et la dépression qui en résultaient, mais il n'avait jamais soupçonné un empoisonnement, bien sûr, ni procédé à des examens dans ce sens.

L'homme était peut-être fou, peut-être lui racontait-il des histoires, peut-être pas. Sa personnalité déplaisante ne devait pas entrer en ligne de compte. Le Dr Holroyd avait devant lui la perspective d'un agréable Noël et à présent, il commençait à se dire qu'il devait peut-être y renoncer pour enquêter sur cette affaire. Car il voyait bien que le médecin local se montrerait tout à fait inutile.

— Vous devez avoir une infirmière, dit-il en se levant.

Mais le malade secoua la tête.

— Je ne souhaite pas exposer ma femme plus que nécessaire, grommela-t-il. Ne pouvez-vous pas vous débrouiller tout seul ?

Comme c'était la première fois qu'il témoignait d'un peu d'humanité, Bevis Holroyd lui pardonna son impolitesse et sa brusquerie.

— Eh bien, je devais rester jusqu'à demain, de toute façon, concéda-t-il.

Quand la porte s'ouvrit, la situation se transforma brusquement, passant du bizarre au tragique.

Cette porte s'ouvrit à l'autre bout de la pièce et laissa entrer un flot bleuté de lumière hivernale provenant d'un couloir aux grandes fenêtres sans rideaux. Il ressentit une impression de froid, comme si une neige invisible avait pénétré dans l'appartement obscur et clos.

Et dans cette lumière apparut une femme vêtue d'une robe gris fumé, aux épaules ornées de dentelle et aux cheveux maintenus par un peigne. Elle portait un petit plateau avec des pichets et un verre de cristal dans lequel étincelait la lumière glacée.

Le Dr Holroyd se leva avec cet air courtois et attentif qui lui était habituel. Le patient, tournant faiblement sa grosse tête sur l'oreiller, déclara :

— Ma femme, docteur.

Il reconnut alors en lady Strangeways la jeune fille à qui il avait été autrefois fiancé, la femme qu'il aimait encore.

— Je vous présente le docteur Holroyd, ajouta-t-il. Est-ce mon thé au lait que vous m'apportez ?

Elle inclina la tête à l'intention de l'inconnu auprès de son mari, comme si elle le voyait pour la première fois. De son côté, le médecin se tint coi, obéissant à l'injonction muette de sir Harry — et à bien d'autres raisons personnelles.

— Oui, dit-elle à son mari. Vous le voulez maintenant ? Comment avez-vous trouvé sir Harry, docteur Holroyd ?

Il y avait deux pichets sur le plateau. L'un, en cristal, était plein de lait froid et l'autre, en porcelaine, contenait de l'eau chaude. Lady Strangeways mélangea les deux liquides en proportions égales et donna le verre à son mari après l'avoir aidé à se redresser dans son lit.

— Je crois que sir Harry souffre d'une mauvaise grippe, répondit machinalement le médecin. Il voudrait que je reste à son chevet. J'ai promis de ne repartir que demain matin.

— Ce sera un plaisir et un tel soulagement, dit lady Strangeways d'un ton grave. Mon mari est malade depuis un moment et cela semble tellement plus grave qu'une grippe.

Le patient, tout en buvant son thé au lait à petites gorgées, eut un sourire narquois à l'adresse du médecin.

— Tellement plus grave... Vous voyez, docteur ! murmura-t-il.

— C'est très aimable à vous de rester, continua lady Strangeways. Je vais faire le nécessaire pour qu'on prépare votre chambre, afin que vous soyez le plus à l'aise possible.

Et elle repartit comme elle était venue, ombre grise engloutie par la lumière glacée.

Le malade leva son verre comme pour porter un toast.

— Vous voyez ! Thé au lait !

Et Bevis Holroyd se demanda : ne me reconnaît-elle pas ? Sait-il ce que nous étions autrefois l'un pour l'autre ? Comment se fait-il qu'elle soit mariée à cet homme — son mari s'appelait Custiss ? L'horreur de la situation ébranla le calme qui était le sien par nature et par profession. Il s'approcha de la fenêtre et regarda le parc blanchi par le givre. De légers flocons tombaient lentement en une danse morne sur l'herbe gelée, devant les squelettes gris des arbres qui pâlissaient, les uns derrière les autres, jusqu'à un horizon nimbé de brouillard incolore.

La voix faible d'Harry Strangeways le rappela vers le lit.

— Voudriez-vous jeter un coup d'œil à ceci, docteur ? demanda-t-il en lui tendant le verre encore plein.

— Je n'ai aucun moyen de l'analyser ici, protesta le Dr Holroyd, troublé. J'ai apporté très peu de chose.

— Vous n'êtes pas très loin d'Harley Street, dit sir Harry. Ma voiture peut aller vous chercher votre matériel d'ici cet après-midi. À moins que vous ne vouliez y aller vous-même ?

— Oui, répondit Bevis Holroyd d'un ton grave. Je préfère y aller moi-même.

Avec l'habitude, il avait rapidement passé en revue les différents aspects du problème et vu immédiatement qu'il valait mieux pour lady Strangeways que ce soit lui qui s'occupe de l'affaire. Certainement, il y avait là quelque hideuse et fantastique hallucination de la part de sir Harry, mais il valait mieux pour lady Strangeways que l'affaire repose entre les mains de quelqu'un qui lui était bien disposé. Il trouva rapidement dans la chambre un flacon médical qu'il lava et qu'il remplit de thé au lait, vidant le reste.

— Pourquoi en avez-vous bu ? demanda-t-il soudain.

— Je ne veux pas qu'elle se doute de mes soupçons, chuchota sir Harry. Vous savez, docteur, je possède un grand nombre de ses lettres d'amour... écrites par...

— Je ne saurais écouter ce genre de choses derrière le dos de lady Strangeways, le coupa-t-il vivement. C'est entre vous et elle. Mon travail est de vous soigner. Je vais m'y employer.

Et il songea, légèrement dégoûté, à quel point cet homme était répugnant, assis avec ses joues flasques et pendantes, ses yeux décolorés et gonflés enfoncés dans des plis de chair malsaine et ses cheveux roux hérissés.

Peut-être qu'une femme, enchaînée à cet homme, vivant avec lui, acculée et prisonnière, pouvait en arriver à...

Le Dr Holroyd frissonna intérieurement et refusa de poursuivre sa réflexion.

Alors qu'il quittait la sombre et haute demeure, à l'aspect réellement vide et déplaisant — comme un autel aux flammes éteintes depuis si longtemps que les lampes étaient froides et ternes —, il croisa lady Strangeways.

Elle était dans la grande salle de réception, près d'un feu qui parvenait à peine à dissiper la pénombre de ce matin d'hiver et n'atteignait même pas les poutres obscures du plafond.

Cette fois, qu'elle le veuille ou non, il ne l'ignorerait pas. Il s'arrêta entre elle et la faible clarté.

— Mollie, dit-il doucement, je ne comprends pas très bien. Tu avais épousé un homme du nom de Custiss, en Inde.

— Oui. Harry a adopté son nom actuel quand il a hérité de la maison. Nous sommes rentrés il y a trois ans d'Orient, mais nous sommes restés tellement discrets ici que personne n'a entendu parler de nous.

Elle s'était levée devant le feu. Ce n'était plus qu'une ombre parmi les ombres. Elle avait beaucoup changé. Dans sa minceur, son teint blême, son regard consumé de l'intérieur et sa bouche nerveuse, il lisait l'insatisfaction, peut-être même le malheur.

— Je n'ai jamais eu de tes nouvelles. Je ne le souhaitais pas, déclara le Dr Holroyd avec sincérité. Je voulais que mes rêves restent intacts.

Ses cheveux étaient encore de cette charmante couleur de cèdre argenté, doux et souples. Sa silhouette avait gardé les lignes fluides et gracieuses qu'il trouvait inégalables.

— Dis-moi, ajouta-t-elle brusquement, que se passe-t-il avec mon mari ? Il est malade comme cela depuis près d'un an.

Avec un affreux pincement de son cœur habituellement si régulier, le Dr Holroyd se rappela le flacon qu'il avait dans la poche.

— Pourquoi lui donnes-tu ce thé ? demanda-t-il sans répondre à sa question.

— C'est lui qui en veut. Il tient à ce que je le lui prépare...

— Mollie, coupa le Dr Holroyd. Tu m'as préféré un autre, il y a dix ans, mais ce n'est pas une raison pour que nous ne soyons pas amis à présent... Dis-moi franchement, es-tu heureuse avec cet homme ?

— Tu l'as vu, répondit-elle calmement. Il semblait différent il y a dix ans. Honnêtement, j'étais attirée par son érudition, ses connaissances — et d'autres choses.

Bevis Holroyd n'eut pas besoin d'en demander davantage. Elle était abattue, emprisonnée dans son erreur comme une mouche dans l'ambre. Et ces lettres d'amour ? Y avait-il un autre homme ?

Comme il ne disait rien, elle le regarda avec une expression sombre et pensive sur son visage las.

— Tu restes ? demanda-t-elle.

— Oh, oui, dit-il.

Il restait. Il n'avait rien d'autre à faire.

— C'est la semaine de Noël, lui rappela-t-elle tristement. Ce sera particulièrement morne, peut-être pénible, pour toi.

— Je pense qu'il faut que je reste.

La voiture de sir Harry était annoncée. Bevis Holroyd, sur les routes gelées et glissantes menant à Londres, était absorbé par ce nouveau problème qui, comme une montagne surgissant soudain d'une plaine, se dressait devant lui dans une vie jusque-là sans heurts.

Retrouver Mollie (il ne pouvait l'appeler par son nom de femme mariée) avait réveillé en lui de tendres souvenirs, des émotions poignantes ; sa situation, le fait qu'il soit mis en sa présence devant son mari avaient eu sur lui le même effet dévastateur qu'une mine qui explose sous les pieds du voyageur imprudent.

Londres était plongée dans une tempête de neige. Une lumière glacée et sinistre tombait par-dessus les toits gris et pénétrait dans le minuscule laboratoire, derrière son cabinet.

Bevis Holroyd posa le flacon de thé sur la paillasse, s'assit dans son fauteuil et regarda les flocons de neige voleter devant la fenêtre branlante.

Il pensait à d'autres printemps du passé, à des violettes fanées depuis longtemps, des roses à présent en poussière, des heures enfuies comme un fil de soie dorée qu'on rembobine, à l'époque lointaine où il aimait Mollie et où celle-ci semblait l'aimer.

Puis il se rappela l'homme gisant dans le lit et murmurant :

— Ma femme m'empoisonne.

Vers la fin de l'après-midi, le Dr Holroyd, sa valise et sa trousse sous le bras, revint à Strangeways Manor House dans la voiture de sir Harry. Il avait confié le flacon à un ami, laborantin compétent. Sans savoir pourquoi, le Dr Holroyd ne s'était pas senti capable de s'en occuper lui-même. Il avait beaucoup de chance, se disait-il, d'avoir pu arracher à ce vieux collègue solitaire la promesse de faire les analyses avant Noël.

Strangeways Manor House, isolée et éloignée d'une route où un solitaire éperon du *weald* s'enfonçait dans les marais du Sussex, était dans un blizzard de neige qui noyait le paysage et donnait aux contours brouillés de la maison un air irréel. Bevis Holroyd éprouva une impression dont il avait souvent entendu parler, mais que son esprit scientifique avait toujours considérée comme une fiction : celle de plonger dans un mauvais rêve. Tout comme la neige modifiait les couleurs de la scène et altérait les distances et les formes, sa rencontre avec Mollie, en ces circonstances, avait brusquement changé la vie de Bevis Holroyd.

Il avait chassé cette femme de son esprit avec résolution et détermination. Il avait refusé délibérément de chercher à avoir de ses nouvelles, laissant tout souvenir d'elle mourir avec la lettre qu'elle lui avait envoyée d'Inde pour lui annoncer son mariage.

Et à présent, dix ans plus tard, elle venait de croiser sa route d'une manière effrayante, sous la forme d'une femme accusée de tentative d'assassinat par son mari.

Ce que lui avait dit le malade d'un ancien amant le troublait profondément. Était-ce à lui qu'il faisait allusion ? Pourtant, les lettres d'amour devaient provenir d'un autre, car il n'avait pas correspondu avec Mollie depuis son mariage.

Il n'avait jamais éprouvé de rancune envers elle pour avoir abandonné un pauvre médecin luttant pour s'en sortir, et il avait toujours cru à une noblesse de caractère qu'il attribuait à la timidité et au respect des conventions. Mais il n'en demeurait pas moins qu'elle s'était jouée de lui : et si c'était cette petite « fausse note » qui avait fait taire toute la musique ?

Accablé et amer, il entra dans la sinistre vieille demeure. Comme tout cela était différent de l'agréable Noël qu'il comptait passer, dans une atmosphère chaleureuse et amicale !

Quand il avait téléphoné à ses amis pour les prier de l'excuser, son regret avait été sincère et leur cordial « Pas de chance ! » avait trouvé un poignant écho en lui : pas de chance, en vérité, pas de chance.

Elle l'attendait dans le salon qu'un pâle jeune homme était en train de décorer en coinçant derrière les cadres sombres des tableaux des rameaux de houx hérissé d'épines.

On le lui présenta comme le secrétaire.

— Sir Harry désirait que tout se déroule comme à l'ordinaire, bien que je craigne qu'il ne soit vraiment fort malade, dit tristement le jeune homme.

En effet, le patient avait été pris d'une violente crise en l'absence du Dr Holroyd. Le jeune homme remonta immédiatement à l'étage et trouva sir Harry profondément endormi, avec à son chevet le médecin local, plutôt inquiet. Une longue discussion entre professionnels ne lui apporta aucune lumière et le Dr Holroyd, laissant une gouvernante à l'air très sensé — l'infirmière préférée de sir Harry — s'occuper du patient, redescendit, irrité et préoccupé, dans le salon où lady Strangeways était à présent assise seule devant un grand feu.

Elle lui offrit une tasse de thé tardive, qu'elle venait de faire préparer.

— Pourquoi es-tu venu ? demanda-t-elle comme si elle sortait d'une profonde rêverie.

— Pourquoi ? Parce que ton mari m'a fait appeler.

— Il dit que c'est toi qui lui as proposé de venir. Il a dit ça à tout le monde, ici.

— Mais je n'avais pas entendu parler de lui avant aujourd'hui !

— Tu avais entendu parler de moi. Il semble penser que tu es venu ici pour m'aider.

— Il ne peut pas dire ça, rétorqua le Dr Holroyd d'un ton sec.

Il se demanda désespérément si Mollie mentait, si elle avait inventé cela pour lui faire quitter la maison.

— Tu veux que je reste ? demanda-t-il.

— Je ne sais pas, répondit-elle d'un ton morne qui confirma ses soupçons.

Il y avait probablement un autre homme et elle souhaitait avoir le champ libre. Mais il ne pouvait pas s'en aller. Par pitié pour elle, il ne pouvait pas s'en aller.

— Sait-il que nous nous connaissions ? demanda-t-il.

— Non, répondit-elle d'une voix faible. Donc, il me paraît bien curieux que ce soit toi qu'il ait fait appeler, parmi tous les médecins sur terre !

— Cela aurait été encore plus curieux, dit-il d'un ton lugubre, si j'avais su que tu étais là avec un mari malade et que je me sois précipité pour le soigner ! Strangeways doit être fou pour répandre une telle invention et s'il ignore que nous sommes de vieilles connaissances, ça devient absurde !

— Il m'arrive souvent de penser qu'Harry est fou, conclut lady Strangeways d'un ton las.

Elle prit une corbeille à ouvrage brodée de roses en soie, remplie de jolis ornements sans importance, la posa sur ses genoux et commença à enrouler un écheveau de soie rose. Elle semblait tellement fragile, triste et sans vie que Bevis Holroyd sentit la pitié lui déchirer le cœur.

— À présent, je suis là et je veux t'aider, dit-il, sincère. Je reste pour t'aider...

Elle leva vers lui son beau visage suppliant.

— Je suis inquiète, dit-elle simplement. J'ai perdu des lettres qui m'étaient précieuses... Je pense qu'elles ont été volées.

Le Dr Holroyd se renfonça dans son fauteuil. Les lettres d'amour, les lettres trouvées par le mari, qui avaient éveillé tous ces affreux soupçons.

— Ma pauvre Mollie ! s'exclama-t-il soudain. Dans quel pétrin t'es-tu fourrée !

Comme si cette note de pitié était insupportable, elle se leva soudain, renversant sa corbeille à ouvrage et l'écheveau de soie sur le sol, puis disparut à grands pas dans le sombre couloir.

Bevis Holroyd se baissa machinalement pour ramasser les objets épars et vit parmi eux un petit paquet blanc, plié, mais ouvert d'un côté. Il semblait être tombé d'une boîte à aiguilles en soie dorée.

Il le ramassa précipitamment et le fourra dans sa poche au moment où le pâle secrétaire revenait, ses bras maigres chargés d'une quantité incongrue de boules de gui.

— Cela va être un Noël affreux pour vous, docteur Holroyd, dit-il de l'air de quelqu'un qui veut se montrer aimable. Sans doute aviez-vous d'agréables projets, mais nous sommes tous tellement heureux que lady Strangeways ait la visite d'un ami qui s'occupe de sir Harry pendant les fêtes.

— Qui vous a dit que j'étais un ami ? demanda le Dr Holroyd avec brusquerie. Je connaissais en effet lady Strangeways avant son mariage...

— Oh, c'est précisément ce qu'elle m'a dit, le coupa sèchement le jeune homme.

Bevis Holroyd était stupéfait. Pourquoi avouer au secrétaire ce qu'elle avait caché à son mari ? Cette indiscrétion comme cette réserve semblaient aussi sottes l'une que l'autre.

Tout en accrochant sans conviction ses boules et guirlandes de gui, le pâle jeune homme, qui s'appelait Garth Deane, continua ses remarques désinvoltes.

— Ce n'est vraiment pas un endroit agréable, docteur Holroyd. Je m'intéresse aux travaux d'orientaliste de sir Harry, sans quoi, je ne resterais pas. Quel malheureux mariage ! Je me dis souvent, ajouta-t-il sans prêter attention au regard noir que lui décocha Holroyd, que ce serait vraiment fort déplaisant pour lady Strangeways si quoi que ce soit arrivait à sir Harry.

— Que voulez-vous dire, monsieur ? demanda le docteur, irrité.

Le secrétaire ne sembla pas se démonter le moins du monde.

— Eh bien, on vit dans une maison, on n'a pas grand-chose à faire... alors on remarque.

Peut-être, songea le jeune homme, angoissé, que le mari malade a parlé à ce garçon, peut-être même que ce garçon a *vraiment* remarqué quelque chose.

— Je vais monter voir mon patient, dit Bevis Holroyd, n'osant pas irriter quelqu'un qui pourrait être un témoin important dans une affaire jusqu'à présent incompréhensible.

Mr Deane contempla avec un sourire mauvais les rameaux de feuilles pâles chargés de baies.

— Je crains qu'il ne soit au plus mal, docteur.

En quittant la pièce, le médecin croisa lady Strangeways. Les mains crispées sur son corsage, elle semblait hagarde, troublée comme un dessin au pastel brouillé. La fourrure argentée jetée sur ses épaules accentuait son allure éthérée tout en teintes blondes, gris perle et ambre.

— Je suis revenue prendre ma corbeille à ouvrage, dit-elle. Veux-tu aller voir mon mari ? Il est à nouveau très mal...

— Lui as-tu donné quoi que ce soit ? demanda le Dr Holroyd le plus calmement qu'il put.

Elle leva vers lui des yeux effrayés qui venaient de pleurer.

— Pourquoi es-tu si méchant avec moi ? demanda-t-elle en frissonnant.

Elle semblait si prête à défaillir qu'il ne put résister à la tentation de poser une main protectrice sur son bras, si bien que, sur le seuil qui menait à l'escalier, on aurait dit qu'il la soutenait presque entièrement.

— Ne t'ai-je pas dit que j'étais là pour t'aider, Mollie ?

Le secrétaire surgit silencieusement de l'ombre derrière eux, les bras encore remplis de plantes.

— Il y a trop de feuillages, sourit-il, avec l'air de celui qui a tout vu et tout entendu.

Holroyd monta à l'étage, irrité. Il pressentait qu'un filet invisible se refermait sur lui, une toile d'araignée bientôt solide comme un câble. Ce climat de mystère, d'horreur dans la grande maison, ce secrétaire sournois, ces domestiques indiscrets, ce docteur du village prêt à ajouter foi à n'importe quoi, cette femme délicieuse et troublée qu'il avait aimée jadis d'un amour si romantique, et ce sinistre malade avec ses accusations diaboliques — un homme que Holroyd avait, dès le premier instant, détesté —, tous ces gens dans cet endroit sombre suffoquaient le jeune homme de leurs miasmes sinistres et angoissants.

Après les avoir subis quelques heures, il était plus près de la crise de nerfs que jamais. Sans doute à cause de

Mollie, la pauvre et chère Mollie, prisonnière de ce cauchemar.

Et dehors, les cloches sonnaient dans la neige, comme pour s'entraîner au jour de Noël. En les entendant, Bevis Holroyd eut l'impression que le bruit du monde réel faisait irruption dans les rêves profonds d'un dormeur.

Le malade se redressa dans son lit en serrant contre lui un verre de cet odieux thé au lait.

— Pourquoi buvez-vous cette chose ? demanda le docteur avec humeur.

— Elle ne me laisse pas en paix, elle me l'a collé de force dans les mains, chuchota sir Harry.

Bevis Holroyd remarqua — et ce n'était pas la première fois depuis qu'il avait pénétré dans l'atmosphère accablante de cette sombre demeure qui emprisonnait la femme qu'il aimait — que le mari et l'épouse donnaient deux versions différentes des choses. Il y en avait donc un des deux qui mentait soigneusement.

— Vous a-t-elle parlé de ses lettres disparues ? continua le malade.

Le jeune docteur le considéra d'un œil sévère.

— Pourquoi lady Strangeways ferait-elle de moi son confident ? demanda-t-il. Saviez-vous que je la connaissais avant qu'elle ne vous épouse ?

— Vraiment ? Comme c'est curieux. Mais vous avez semblé étrangers l'un à l'autre, quand vous vous êtes vus tout à l'heure.

— Il n'y a guère de lumière dans cette pièce...

— Enfin, cela n'a pas d'importance, que vous la connaissiez ou pas... (La voix de sir Harry se transforma en grondement.) Cette femme est une meurtrière, et vous aurez à en témoigner : j'ai ses lettres, ici sous mon oreiller, et Garth Deane la surveille...

— Ah ! Un espion ! Je refuse de participer à ce genre de choses, sir Harry. Vous allez devoir faire appel à un autre médecin...

— Non, c'est une affaire pour vous, vous en tirerez le meilleur parti... Mon Dieu, je suis en train de mourir, je crois...

Il retomba dans une telle convulsion que Holroyd oublia tout pour s'occuper de lui. Pendant le reste de la journée et toute cette nuit-là, le jeune médecin resta enfermé avec son patient, assisté du secrétaire et de la gouvernante.

Et quand, dans la blême lumière du matin de Noël, il descendit retrouver lady Strangeways, il savait que le malade souffrait d'un empoisonnement à l'arsenic, que le paquet trouvé dans la boîte à ouvrage de Mollie était de l'arsenic ; et son effroi ne fit que s'accroître lorsqu'il apprit par téléphone qu'une forte dose du poison avait été découverte dans l'échantillon de thé au lait.

Il était convaincu de pouvoir sauver le mari et par là même sa femme, mais il ne pensait pas pouvoir faire taire le malade. La haine mortelle de sir Harry le conduirait à l'accuser de meurtre, il en était certain, et Deane le soutiendrait.

Il envoya chercher Mollie, qui n'était pas venue voir son mari de toute la nuit. Elle arriva, pâle, distraite, emmitouflée dans sa fourrure blanche.

— Écoute, Mollie, commença-t-il d'un ton lugubre, je t'ai promis de t'aider et j'étais sincère, mais cela ne va pas être aussi facile que je le pensais. Tu vas devoir te montrer franche avec moi.

— Mais je n'ai rien à cacher...

— Le nom de l'autre homme...

— L'autre homme ?

— L'homme qui a écrit les lettres que ton mari cache sous son oreiller.

— Oh, c'est Harry qui les a ! s'écria-t-elle, accablée. Deane les a volées, alors ! Bevis, ce sont tes lettres d'il y a dix ans, celles que j'ai toujours chéries.

— *Mes* lettres !

— Oui. Penses-tu qu'il y ait pu avoir quelqu'un d'autre ?

— Mais il dit... Mollie, c'est un piège ou une méchante farce. Quelqu'un ment comme un arracheur de dents. On est en train d'empoisonner ton mari.

— L'empoisonner ?

— À l'arsenic, dans le thé au lait. Et il le sait. Et c'est toi qu'il accuse.

Elle le fixa, incrédule, puis glissa vers le grand fauteuil et s'agrippa à l'accoudoir.

— Oh, mon Dieu, murmura-t-elle, terrifiée. Il a toujours juré qu'il se vengerait de moi. Parce qu'il savait que je ne l'aimais pas...

Mais Holroyd se ferma : il n'osait pas écouter, il n'osait pas la croire.

— Je t'ai avertie, dit-il. En mémoire de cette époque, Mollie...

Il y eut des pas discrets derrière eux et ils se rendirent compte que le secrétaire s'était glissé dans la pénombre.

— Un Noël bien froid, dit-il en se frottant les mains. Un Noël vraiment froid, bien de saison. Nous sommes presque bloqués par la neige... Et sir Harry voudrait vous voir, docteur Holroyd.

— Mais je viens de le quitter à l'instant...

Bevis Holroyd regarda la femme effondrée, recroquevillée dans son fauteuil. Il était désorienté, épuisé, presque à bout de nerfs.

— Il tient particulièrement à vous voir, insista le secrétaire d'un ton crispé.

Mollie regarda le médecin. Elle remua deux fois les lèvres avant de parvenir à articuler :

— Va le voir.

Holroyd monta lentement l'escalier, suivi du secrétaire. Sir Harry était allongé dans son lit et fixait les sombres rideaux de tapisserie.

— Je me meurs, annonça-t-il alors que le docteur se penchait sur lui.

— Sottises. Je ne vais pas vous laisser mourir.

— Vous ne pourrez rien faire, pas même pour vous. Je vous ai fait venir pour que vous me voyiez mourir.

— Que voulez-vous dire ?

— J'ai une surprise pour vous aussi, un cadeau de Noël. Ces lettres, à présent, ces lettres d'amour à ma femme... Quel nom figure dessus, selon vous ?

— Votre esprit s'égare, sir Harry.

— Pas du tout... Approchez-vous, Deane... Le nom est Bevis Holroyd.

— Eh bien, ce sont des lettres qui ont dix ans. Des lettres écrites avant que votre femme vous rencontre.

Le malade eut un sourire d'une cruauté infinie.

— Peut-être. Mais elles ne comportent aucune date et les enveloppes ont toutes été détruites. Et moi, moi qui suis mourant, je vais jurer qu'elles sont récentes, moi, la victime d'un meurtre sournois.

— Vous divaguez, dit calmement Holroyd. Je refuse de vous écouter davantage.

— Vous allez m'écouter. Je vous ai fait venir pour que vous m'écoutiez. Je vous tiens. Voici mon testament : Deane en possède copie, dans lequel je vous dénonce tous les deux, j'ai vos lettres, tout le monde pensera que c'est *elle* qui vous a fait appeler, tout le monde sait que vous connaissez l'usage de l'arsenic dans le thé au lait grâce à l'affaire Pluntre, et tout le monde saura que je suis mort d'un empoisonnement à l'arsenic.

Le docteur le laissa parler. Il aurait été difficile de retenir un tel flot d'énergie mauvaise.

Le stratagème était ingénieux, c'était l'invention d'un esprit dérangé, d'un reclus jaloux qui haïssait sa femme et détestait l'homme qu'elle n'avait jamais cessé d'aimer. Holroyd voyait les filets habilement tendus autour de lui. Mais le cœur du mystère restait entier : *qui* administrait l'arsenic ?

Le jeune homme leva les yeux et vit dans l'ombre, de l'autre côté du lit, la sombre silhouette du secrétaire.

— Quel est votre rôle dans toute cette histoire, Mr Deane ? demanda-t-il d'un ton grave.

— Je suis l'ami de sir Harry, répondit l'autre d'un ton buté. Et je témoignerai le moment venu contre lady Strangeways. J'ai tenté de l'empêcher...

— Arrêtez ! s'écria le médecin. Vous pensez que lady Strangeways empoisonne son mari et que je suis son complice.

Le malade, dont le regard cruel était allé de l'un à l'autre, murmura d'une voix rauque :

— C'est bien ce que vous pensez, n'est-ce pas, Deane ?

— Je dirai ce que je pense au moment opportun, s'entêta le secrétaire.

— Je ne doute pas que vous êtes bien payé pour votre rôle dans tout cela.

— Je me suis souvenu de ses loyaux services dans mon testament, sourit sinistrement sir Harry. Vous pourrez régler vos différends, docteur Holroyd, lorsque je serai mort, *empoisonné, assassiné*. Ce sera une jolie histoire, un beau scandale, vous et elle dans cette maison, les lettres, le thé au lait...

Une expression cruelle l'envahit, puis il fit un effort pour se dominer et pour poursuivre de son habituel ton suave et guindé.

— Vous serez bien forcé d'admettre que nous aurons tous un très joyeux Noël, docteur.

Holroyd regarda le secrétaire, toujours de l'autre côté du lit, frémissant, avec l'air de celui qui s'apprête à bondir. Était-ce lui l'assassin ?

— Pourquoi, demanda-t-il doucement pour gagner du temps, avez-vous échafaudé ce plan pour détruire un homme que vous n'aviez jamais vu ?

— Je vous ai toujours haï, répondit le malade d'une voix faible. Mollie ne vous a jamais oublié, voyez-vous, et depuis que j'ai découvert ces lettres qu'elle gardait précieusement, elles ne m'ont pas permis, *à moi*, d'ignorer qu'elle ne vous avait jamais oublié.

— Vous êtes un homme extrêmement mauvais, dit le médecin d'un ton goguenard. Mais cela ne vous aura servi à rien, car je vais vous empêcher de mourir.

— Vous ne pourrez rien y faire, répondit le malade. Je suis en train de mourir, vous dis-je. Je mourrai le jour de Noël. (Il tourna la tête vers le secrétaire.) Allez chercher ma femme.

— Non, coupa fermement le Dr Holroyd. Elle ne vous approchera plus.

Sir Harry Strangeways ne prêta pas attention à lui.

— Allez la chercher, répéta-t-il.

— J'y vais, monsieur.

Le secrétaire sortit, comme quelqu'un qui s'enfuit, et Bevis Holroyd resta là, raide, songeur, regardant l'horrible personnage qui avait fermé les yeux et gisait, inerte. Il était certainement au plus mal, mourant, peut-être, et il était évident qu'il avait été empoisonné par l'arsenic dilué dans le thé au lait. Et tout aussi certainement, un terrible danger et un affreux scandale guettaient Bevis Holroyd s'il mourait. Les lettres n'étaient *pas* datées, le mariage était malheureux, de notoriété publique, et lui, Bevis Holroyd, était associé dans l'esprit de tout un chacun, avec une affaire de meurtre, où ce type de poison avait été administré de la même manière.

Le docteur avait le front moite. S'il pouvait se disculper, Mollie aurait toutes les peines du monde à en faire autant. Comment pouvait-il lui-même jurer en toute bonne foi de son innocence ?

Bien sûr, il fallait qu'elle quitte immédiatement la maison. Il fallait appeler un autre docteur, des infirmières — mais en auraient-ils le temps ? Si le patient mourait entre ses mains, ne serait-il pas l'unique témoin de sa propre défaite ? Et il n'était pas facile de joindre les gens nécessaires, pendant la période de Noël.

Il se retint d'aller chercher Mollie. Elle devait partir, mais comment, sans soulever de scandale ni éveiller de soupçon ?

Il aurait voulu faire rendre gorge à cet odieux secrétaire, mais il n'osait pas quitter son patient.

Lady Strangeways revint avec Garth Deane et s'assit, sans mot dire, telle une ombre, les yeux écarquillés d'horreur, de l'autre côté du lit plongé dans la pénombre.

— Va-t-il s'en sortir ? chuchota-t-elle en regardant Bevis Holroyd s'occuper de son mari inconscient.

— Nous devons faire en sorte qu'il vive, répondit-il tristement.

Durant toute cette veille de Noël, toute cette nuit sinistre et jusqu'à l'aube grise, lorsque les cloches retentirent, épuisés, ils s'occupèrent du malade qui ne reprenait ses sens que pour leur sourire cruellement.

À un moment, Holroyd demanda à la femme, livide :

— Quel était ce petit paquet blanc dans ta corbeille à ouvrage ?

Et elle répondit :

— Je n'ai jamais eu de paquet blanc.

Et lui :

— Je dois te croire.

Mais il n'envoya pas chercher d'autres médecins ou infirmières : il n'osait pas.

Les cloches de Noël semblèrent tirer le malade de sa mortelle torpeur.

— Vous ne pouvez pas me sauver, dit-il avec une cruauté indescriptible. Je vais mourir et vous faire monter sur l'échafaud...

Mollie Strangeways se laissa glisser le long du lit et fondit en larmes ; Garth Deane, qui avait fait des allées et venues de la chambre au couloir pendant toute la nuit, s'arrêta et la regarda avec une étrange expression. Sir Harry la regarda lui aussi.

— Ne pleure pas, hoqueta-t-il. C'est Noël. Nous devons tous être heureux... Apporte-moi mon thé au lait... Tu m'entends ?

Elle se leva mécaniquement et quitta la pièce pour aller chercher le plateau avec le lait et l'eau que la gouvernante avait discrètement posé sur une table devant la porte. Durant toute cette veillée de cauchemar, le malade n'avait fait que réclamer son « thé au lait ».

Alors qu'il se redressait et buvait doucement l'ignoble boisson insipide, la femme au supplice sentit ses nerfs l'abandonner.

— Je ne supporte plus ces cloches, si seulement quelqu'un les faisait cesser ! s'écria-t-elle avant de quitter la pièce en courant.

Holroyd la suivit immédiatement. Et alors, aussi soudainement qu'il avait fondu sur lui, le drame oppressant se dissipa, s'envola comme un nuage empoisonné.

Mollie était appuyée contre une fenêtre fermée, le front posé contre la vitre. Un soleil radieux illuminait un ciel bleu et la neige immaculée entre les arbres dépouillés.

— Écoute, Mollie, dit le jeune homme d'un ton résolu. Je suis sûr qu'il vivra si tu y fais attention. Il ne faut pas perdre espoir...

La porte de la chambre s'ouvrit et le secrétaire se glissa dehors.

Mal à l'aise, il s'approcha du couple devant la fenêtre.

— Je ne supporte plus cela, dit-il, la gorge sèche. Je ne savais pas qu'il avait l'intention d'aller aussi loin. C'est lui, vous savez. Il cache le poison sous son lit, le met dans son thé léger, il veut mourir malgré vous, mais je ne supporte plus cela.

— Vous l'y avez encouragé ! s'écria le médecin.

— Je ne l'ai pas encouragé, sourit faiblement le secrétaire. Je me suis contenté d'assister. Je l'ai surpris par hasard et il m'a forcé à me taire. J'avais son testament, voyez-vous, mais je l'ai détruit.

Et sur ces paroles, l'étrange personnage descendit furtivement l'escalier.

Le docteur se précipita immédiatement dans la chambre de sir Harry. Le malade était assis sur son lit et tentait de saupoudrer un peu de poison dans le verre de thé au lait.

Il regarda Holroyd, l'air horrifié, mais la boisson avait déjà coulé dans sa gorge. Il retomba et se cacha le visage dans l'oreiller, frustré d'avoir été privé de sa diabolique vengeance.

Lorsque Holroyd quitta la chambre du défunt, il trouva Mollie toujours appuyée à la fenêtre. Elle était libre, le soleil brillait. C'était Noël.

Cambric Tea.
Traduit de l'anglais par Pascal Loubet.

LE CLOCHER DE NOËL

Edward D. Hoch

— Comme je le disais l'autre fois, commença le docteur Sam Hawthorne en prenant le brandy sur l'étagère du haut, l'année 1925 a été terrible, en ce qui concerne les meurtres et autres crimes violents. Et le pire de tous est survenu le jour de Noël, alors que l'année était presque terminée. Attendez, laissez-moi vous verser une... hum... petite libation avant que je commence...

L'automne avait été calme à Northmont depuis l'enlèvement et la libération du petit Tommy Belmont. En fait de grands événements, il n'y avait que le nouveau concessionnaire Ford de Middle Creek qui allait bientôt vendre des voitures vert foncé ou bordeaux en plus des noires habituelles.

— Voyez-vous, docteur Sam, dit mon infirmière April, bientôt, vous n'allez plus être le seul de la région à avoir une voiture jaune d'or.

— Vert foncé et bordeaux, c'est encore loin du jaune, lui rappelai-je.

Me taquiner au sujet de ma Pierce Arrow Runabout 1921 était l'une de ses distractions favorites. Mon premier hiver à Northmont, j'avais mis la Runabout sur cales et conduit une calèche à cheval pour faire mes visites, mais à présent, j'étais un peu plus aventureux. Tant que les routes étaient dégagées, je prenais la voiture.

En cette journée, qui se situait tout juste deux semaines avant Noël, April et moi étions allés faire une visite à un petit campement de Gitans en bordure de la ville. L'hiver traditionnellement froid de Nouvelle-Angleterre n'était pas encore là et, en dehors des branches nues des arbres, on aurait pu se croire en un plaisant après-midi de septembre.

Les Gitans étaient arrivés un mois plus tôt dans une demi-douzaine de roulottes et avaient planté leurs tentes sur une portion de prairie inutilisée de la ferme de la vieille Haskins. Il n'y avait pas grand-chose de plaisant dans leur campement. Minnie Haskins, veuve et approchant les 70 ans, leur avait donné la permission de s'y installer, mais cela ne rendait pas le shérif Lens et les habitants de la ville plus heureux pour autant. Dans les rares occasions où les Gitans étaient descendus au magasin acheter des provisions, ils avaient été traités avec très peu d'amabilité.

J'étais déjà venu une fois à leur campement pour examiner un enfant malade et j'avais décidé qu'il était temps d'y retourner aujourd'hui pour voir comment il allait. Je savais que je n'avais guère de chances d'être payé, à moins de pouvoir me contenter des prédictions que ferait une Gitane à April, mais je me sentais obligé d'y retourner.

— Regardez, docteur Sam ! dit April alors que les roulottes apparaissaient. Ce n'est pas la calèche du pasteur Wigger ?

— Ça m'en a tout l'air.

Je n'étais pas très surpris que le pasteur Wigger vienne rendre visite aux Gitans. Depuis qu'il était arrivé en ville au printemps dernier comme pasteur de l'Église de Nouvelle-Angleterre, il avait été sujet à controverses. Il avait commencé par rouvrir la vieille église baptiste du centre-ville et à annoncer qu'il y tiendrait ses services. Il semblait un type bien qui menait une vie simple et cherchait des solutions simples — et c'est pour cela que bien des gens ne l'aimaient pas. Les gens de Nouvelle-Angleterre, contrairement à ce qu'en pensent certains, ne sont pas des gens simples.

— Bonjour, docteur Sam, s'écria-t-il en nous voyant arriver. (Il était auprès d'une des roulottes et parlait à deux enfants bruns.) Bonjour, April. Qu'est-ce qui vous amène ici ?

— J'ai soigné un petit malade il y a quelque temps. Je me disais que j'allais venir voir comment il se portait. (Je sortis ma trousse de la voiture et me mis en chemin. J'avais déjà reconnu mon patient, Tene, dans l'un des deux garçons qui parlaient au pasteur.) Bonjour, Tene, comment te sens-tu ?

Il avait 11 ou 12 ans, et il était timide avec les *gadje*, les non-Gitans comme moi.

— Ça va, dit-il finalement.

— C'est le petit qui était malade ? demanda le pasteur Wigger.

— Une infection de la gorge, dis-je. Mais ça a l'air passé.

À ce moment, le père de Tene fit son apparition sur le côté de la roulotte. C'était un homme brun à l'air buté, avec une moustache noire et des cheveux qui touchaient presque les oreilles, laissant visibles ses petits anneaux d'or. Bien que le pasteur Wigger fût de la même taille et de la trentaine, comme lui, les deux n'auraient pu être plus différents. En dehors de la vieille blessure au bras qui l'avait laissé avec une faiblesse dans la main droite, Carranza Lowara était l'image même de la force et de la virilité. Par contraste, Wigger donnait une impression de faiblesse physique. Il avait déjà le front dégarni et portait d'épaisses lunettes pour corriger sa myopie.

— Vous êtes revenu, docteur ? demanda le père de Tene.

— Comme vous voyez, Carranza.

Il hocha la tête et jeta un regard à April.

— C'est votre femme ?

— Non, mon infirmière. April, je vous présente Carranza Lowara. C'est le chef du clan.

April s'avança, ouvrant de grands yeux, et lui serra la main.

— Très heureuse.

— J'essaie de les aider à s'installer pour l'hiver, expliqua le pasteur Wigger. Ces roulottes ne sont guère un bon abri pour vingt personnes. Et les deux tentes ne valent pas mieux.

— Ce ne sont pas les premiers hivers que nous connaissons, dit Carranza Lowara.

Il parlait bien anglais, mais avec un accent que je ne parvenais à identifier. Sans doute d'Europe centrale.

— Mais pas en Nouvelle-Angleterre, insista le pasteur en se tournant vers moi. Ils viennent du sud, comme la plupart des Gitans. J'en ai déjà rencontré durant mes voyages. L'Espagne a déporté des Gitans des siècles plus tôt en Amérique latine et depuis, ils remontent vers le nord.

— C'est vrai ? demandai-je à Lowara. Vous êtes partis d'Amérique latine ?

— Il y a très, très longtemps, répondit-il.

Je me retournai vers ma voiture et vis une Gitane pieds nus, vêtue d'une longue robe à paillettes. Elle examinait mon véhicule avec attention. Je l'avais vue lors de ma précédente visite et j'avais pensé que c'était la femme ou la concubine de Lowara.

— Elle est de votre famille ? demandai-je.

— Viens là, Volga.

La femme accourut et je vis qu'elle était plus jeune que je ne pensais. Pas une enfant, certes, mais tout de même dans les 20 ans. Elle était plus jolie que la plupart des Gitanes, avec des pommettes saillantes et des yeux légèrement bridés qui laissaient penser qu'elle avait du sang oriental. Je la présentai à April et elles partirent ensemble visiter les autres roulottes.

— C'est ma femme, expliqua Lowara.

— La mère de Tene ?

— Oui.

— Elle semble si jeune.

— Les femmes gitanes se marient souvent jeunes. C'est une coutume. Vous devriez venir à un mariage gitan et voir le marié enlever sa femme de force. Ce n'est pas comme vos mariages chrétiens, pasteur.

— J'imagine bien que non, répondit le pasteur Wigger, goguenard. Mais je ne viendrai à un mariage gitan que si vous me faites l'honneur de votre présence dans mon église.

Le Gitan secoua la tête.

— Les gens de votre ville ne nous aiment pas.

— Ils vous aimeront peut-être plus s'ils vous voient assister à une messe chrétienne.

— Nous n'avons pas de religion, dit Lowara en haussant les épaules. Nous pouvons aussi bien aller à votre église qu'à une autre.

— Venez à Noël, alors. C'est juste dans deux semaines. Une fois que vous connaîtrez les gens et que vous serez lié avec eux, vous trouverez peut-être même une grange pour cet hiver.

— Une grange serait-elle plus chaude que nos tentes ? Je ne crois pas.

— Venez quand même ! supplia le pasteur. Vous ne le regretterez pas.

— J'en parlerai aux autres, acquiesça le Gitan. Je crois que vous nous verrez dans deux semaines.

Le pasteur Wigger me raccompagna à ma Runabout.

— Je crois que leur venue à Noël aura bon effet sur les gens. Personne ne peut haïr un autre chrétien le jour de Noël.

— Certains les traitent de voleurs. On prétend que les femmes ne sont bonnes qu'à dire la bonne aventure.

— Ce sont des êtres humains comme nous autres, me rappela le pasteur Wigger.

— Je suis d'accord. Vous n'avez plus qu'à convaincre quelques centaines de nos concitoyens.

Je n'avais pas besoin de lui rappeler que sa popularité n'était pas non plus bien grande à Northmont pour le moment.

April revint de sa visite des roulottes et nous repartîmes.

— Le pasteur essaie vraiment d'aider ces gens, dit-elle. Cette Volga a une haute opinion de lui.

— C'est la femme de Lowara. Elle doit l'avoir épousé encore enfant. J'ai soigné son fils et je ne savais même pas qu'elle était sa mère.

— Il y a une vieille femme dans l'une des roulottes qui dit la bonne aventure, gloussa April.

— Que vous a-t-elle prédit ?

— Que je me marierai bientôt.

— Tant mieux pour vous.

April était un peu plus âgée que moi, la trentaine, et ce n'était pas la plus jolie fille de la ville. Je me dis que la vieille Gitane devait être bon juge de la nature humaine.

Le matin de Noël il neigeait légèrement, et de loin, vue de la rue, l'église du pasteur Wigger ressemblait à une carte de Noël. Je n'étais pas tellement moi-même un assidu de l'église, mais je décidai d'y aller tout de même. Le Noël précédent, j'avais passé toute la journée à accoucher une femme dans une ferme ; une heure à l'église ne pouvait pas être plus pénible que cela.

Bien emmitouflé, le pasteur Wigger accueillait les gens sur le seuil. Je lui fis un signe et m'arrêtai pour bavarder avec Eustace Carey, qui tient l'un des deux magasins de Northmont.

— Comment ça va, Doc ? Joyeux Noël à vous.

— Vous de même, Eustace. Nous avons beau temps : un Noël blanc, mais pas trop.

— Les gens disent que les Gitans vont venir à la messe. Vous en avez entendu parler ?

— Non, mais c'est Noël, après tout. Rien de mal à ce qu'ils viennent à l'église.

— Ce qu'il y a de mal, grommela Eustace, c'est qu'ils s'installent par chez nous ! Je crois qu'ils ont jeté un sort à la vieille Minnie pour pouvoir rester sur ses terres. Ces Gitanes en sont capables, vous savez.

J'allais répondre lorsqu'un murmure s'éleva de la foule des arrivants. Une roulotte surchargée, tirée par plusieurs chevaux, arrivait au milieu de la rue.

— Les voilà, on dirait, fis-je remarquer à Carey.

Il semblait évident que le pasteur Wigger était resté à attendre dans la neige rien que pour ce moment. Il se précipita vers la roulotte et accueillit chaleureusement Lowara et les autres. Tous les Gitans étaient venus, même les enfants, et une fois que le pasteur leur eut serré la main, ils s'engouffrèrent dans l'église.

— Je les aime pas, dit Carey dans mon dos. Ils ont un drôle d'air, ils sentent une drôle d'odeur, ils ont de drôles de noms.

— Oh, je n'en suis pas si sûr, Eustace.

Nous suivîmes les Gitans dans l'église et prîmes place sur l'un des bancs du devant. Je jetai un regard circulaire, cherchant April, puis je me souvins qu'elle était censée aller à l'église catholique, de l'autre côté de la ville.

Après quelques instants, le pasteur Wigger fit son apparition, revêtu de sa traditionnelle soutane noire et de son surplis blanc. Une bible à la main, il monta en chaire et prit la parole.

— Tout d'abord, je voudrais souhaiter à chacun de mes paroissiens — et pour moi, vous êtes *tous* mes paroissiens — un très joyeux Noël et une très heureuse année. Je vois 1926 comme une année de promesses, une année où grandiront encore nos vies spirituelles.

N'ayant jamais été très bon pour écouter les sermons, je me surpris à contempler la double rangée de Gitans sur les bancs du devant. Si le sermon les ennuyait aussi, ils avaient le don pour n'en rien laisser voir. Juste derrière eux, et pas très heureuse non plus, se trouvait la vieille Minnie Haskins qui leur avait permis d'utiliser son terrain.

Plus tard, quand le pasteur Wigger eut terminé son sermon et les prières, et que nous eûmes chanté les obligatoires cantiques de Noël, j'allai retrouver Minnie au fond de l'église. Malgré son âge, c'était une petite femme dégourdie qui se déplaçait avec une remarquable agilité.

— Bonjour, docteur Sam, fit-elle. Joyeux Noël !

— Joyeux Noël à vous aussi, Minnie. Comment va votre jambe ?

— Comme neuve ! dit-elle en la levant prestement pour me le prouver. Ce n'est pas un peu de rhumatismes qui va me terrasser. (Puis elle m'attira à l'écart de la foule qui sortait et chuchota :) Que font tous ces Gitans ici, Doc ? J'ai déjà assez d'ennuis avec tout le monde pour les avoir laissés camper sur mon terrain. Voilà qu'ils viennent à l'église !

— C'est Noël, Minnie. Je pense qu'il faut leur faire bon accueil à l'église, le jour de Noël.

— Eh bien, beaucoup de gens en veulent au pasteur Wigger de les avoir invités, je peux vous le dire.

— Je n'ai entendu personne s'en plaindre, sauf Eustace Carey.

— Eh bien, lui et d'autres.

Carey nous rejoignit, toujours en grommelant.

— Dès que j'aurai le pasteur entre quatre-z-yeux, je lui dirai ce que je pense. C'est déjà assez mal de remplir l'église de Gitans et voilà qu'en plus, il les fait asseoir juste devant.

— Où sont-ils, à présent ? demandai-je.

— Vous n'allez pas le croire. Il les a emmenés dans le clocher pour leur montrer la vue !

Je les suivis sur le trottoir et nous levâmes les yeux dans la neige qui tombait, vers le haut clocher blanc de l'église. Bien que les quatre côtés fussent pourvus d'ouvertures pour dispenser les sons de cloche, elle n'avait pas sonné depuis l'époque où c'était une église baptiste. Les Baptistes avaient emporté la cloche avec eux dans leur nouvelle église de Groveland et le pasteur Wigger n'avait pas encore recueilli assez d'argent pour la remplacer.

Au même instant, les Gitans commencèrent à sortir de l'église et à remonter dans leur roulotte.

— Ils ne savent ni lire ni écrire, vous savez, dit Carey. Aucun Gitan ne sait.

— Probablement parce qu'on ne le leur a pas enseigné, répliquai-je. Un petit séjour à l'école pour des jeunes comme le petit Tene y remédierait.

— Eh bien, reprit Carey, je vais quand même en parler avec le pasteur dès que je serai seul à seul avec lui.

Je cherchai Minnie du regard, mais elle avait disparu, engloutie par la neige. Nous pouvions à peine voir l'autre côté de la rue, maintenant que les gros flocons tourbillonnaient dans le vent. Je les sentais sur mon visage, qui s'accrochaient à mes cils, et je jugeai qu'il était temps de rentrer. Au même moment, Volga Lowara secoua les rênes et les Gitans se mirent en route.

— Je vais aller voir le pasteur, maintenant, dit Carey.

— Attendez un instant, intervins-je.

Je me trompais peut-être, mais il ne m'avait pas semblé voir Carranza quitter l'église. Il était peut-être resté à discuter avec le pasteur Wigger.

— Et puis au diable tout ça, décida finalement Carey, le chapeau et le manteau blancs de neige. Je rentre chez moi.

— À bientôt, Eustace, transmettez mes vœux de Noël à la famille.

C'était quelque chose qui se disait, pour éviter de faire remarquer directement que sa femme ne l'avait pas accompagné à la messe.

Je jugeai que cela ne servait à rien non plus d'attendre. Tandis que Carey disparaissait dans la neige, je pris la direction opposée et tombai sur le shérif Lens.

— Bonjour, docteur. Sam. On sort de l'église ?

— Eh oui. Bien enneigé, ce Noël, non ?

— Les gosses qui ont des luges neuves vont adorer. Vous avez vu le pasteur Wigger dans le coin ?

— Il est dans l'église. Qu'est-ce qui se passe ?

— Un drôle de truc. Je vous dirai.

Mais avant qu'il ait pu poursuivre, la silhouette familière du pasteur apparut sur le seuil de l'église, toujours vêtu de sa soutane noire, mais sans le surplis blanc. L'espace d'un bref instant, un rayon de lumière égaré sembla se refléter sur ses épaisses lunettes.

— Pasteur ! s'écria le shérif en courant dans la neige vers les marches de l'église.

Wigger tourna les talons pour rentrer dans l'église et se cogna contre le chambranle. C'était comme si le shérif l'avait brusquement terrorisé. Lens et moi atteignîmes le fond de l'église ensemble, juste à temps pour voir la soutane noire disparaître dans l'escalier du clocher.

— Bon sang ! éclata Lens. Il a fermé la porte derrière lui. Est-ce qu'il nous fuirait ?

J'essayai la porte, mais elle était verrouillée de l'autre côté.

— Il n'irait pas monter là-haut pour nous éviter. Il n'y a pas d'autre issue.

— Laissez-moi m'occuper de cette porte !

C'était une vieille église et un bon coup d'épaule du shérif Lens suffit à fendre le bois autour du verrou mal fixé. Un autre coup, et la porte s'ouvrit.

Lens monta le premier les marches de bois.

— Nous montons, pasteur, cria-t-il.

Il n'y eut pas de réponse.

Nous atteignîmes le clocher et poussâmes la trappe au-dessus de nous. La première chose que je vis, ce fut le pasteur Wigger étendu sur le sol à quelques mètres de nous. Il était sur le dos, le manche incrusté de pierres d'un poignard gitan enfoncé dans la poitrine.

— Mon Dieu ! s'exclama le shérif. Il a été assassiné.

Depuis la trappe, je pouvais voir tout l'intérieur du clocher et la neige qui tourbillonnait devant les ouvertures. Quelqu'un d'autre se trouvait là.

Une intuition me poussa à regarder derrière le panneau ouvert de la trappe.

Carranza Lowara était accroupi derrière, une expression horrifiée sur le visage.

— Je ne l'ai pas tué, s'écria-t-il. Il faut me croire... *Je ne l'ai pas tué !*

C'était le mystère de la chambre close le plus infernal que j'avais jamais vu. En effet, comment pouvait-on fermer une pièce qui n'était même pas une pièce, qui était en fait ouverte sur les quatre côtés ? Et comment pouvait-on avoir un mystère alors que le meurtrier évident se trouvait sur place avec l'arme du crime et le corps de la victime ?

Et pourtant...

Tout d'abord, je ferais mieux de vous en dire un peu plus sur ce clocher, car c'était la première fois que j'y montais et quelques-uns de ses détails n'étaient pas évidents depuis le sol. La grande cloche était partie, d'accord, mais le cadre de bois où elle avait été suspendue était toujours là. Il y avait aussi un trou circulaire dans le plancher, d'environ dix centimètres de diamètre, par lequel passait la grosse corde qui actionnait autrefois la cloche.

Mais ce qui me surprit le plus dans le clocher, ce fut le grillage qui recouvrait les quatre ouvertures, un grillage dont les mailles mesuraient environ cinq centimètres de large. Comme il ne servait pas à empêcher les mouches d'entrer, il me fallut un moment pour comprendre sa fonction.

— Les oiseaux, expliqua Lens en remarquant mon étonnement. Il ne voulait pas qu'ils viennent nicher ici.

— On ne le voit même pas de la rue, tellement il est fin, grommelai-je.

Le corps de Wigger enlevé et le Gitan arrêté, nous nous attardâmes à regarder en bas dans la rue par le grillage.

— Les nouvelles sont vraiment allées vite, observa Lens. Regardez-moi cette foule !

— Plus nombreuse que celle qui venait à ses messes. Ça en dit long sur les gens, je crois.

— Vous pensez que c'est le Gitan qui a fait le coup, Doc ?

— Qui d'autre ? Il était tout seul ici avec Wigger.

Le shérif gratta son crâne dégarni.

— Mais pourquoi le tuer ? Enfin, Wigger était un ami pour eux !

Un bruit retentit en dessous et la tête de Carey apparut par la trappe.

— Je viens d'apprendre la nouvelle, dit-il. Comment c'est arrivé ?

— Il montrait la vue d'ici aux Gitans. Ils sont tous descendus sauf Lowara, et je pense qu'il a dû se cacher ici. Nous avons vu le pasteur Wigger en bas sur le seuil qui regardait les autres Gitans s'en aller, et j'ai voulu lui parler. Il est parti, comme s'il voulait nous éviter, et il a fermé la porte de l'escalier du clocher de l'intérieur. Le temps que le Dr Sam et moi arrivions ici, il était mort, le poignard du Gitan planté en pleine poitrine.

— Et il n'y avait personne d'autre là-haut ?

— Personne.

Carey s'approcha du mur ouest du clocher, où la neige recouvrait le plancher.

— Il y a des empreintes de pas.

— Beaucoup de Gitans sont venus admirer le paysage. Ces empreintes ne veulent rien dire, fit le shérif Lens en se dirigeant vers la trappe.

Brusquement, je me rappelai un détail.

— Shérif, le pasteur Wigger avait l'air de vouloir s'enfuir en vous voyant. De quoi teniez-vous tant à lui parler ?

— Ça change plus grand-chose, maintenant qu'il est mort, grommela-t-il en commençant à descendre.

Le lendemain matin, je fus surpris de trouver April qui m'attendait à mon cabinet. Nous étions samedi, et elle n'avait pas besoin de venir. J'étais simplement passé prendre le courrier et m'assurer que personne n'avait laissé de message pour moi. La plupart de mes patients habituels m'appelaient chez moi s'ils avaient besoin de me voir le week-end, mais il y avait toujours la possibilité d'une urgence.

Mais cette fois, l'urgence n'était pas de la sorte que j'attendais.

— Docteur Sam, cette Gitane, Volga, vous attend dans votre cabinet. Elle est venue de bonne heure ce matin et elle est effondrée qu'on ait arrêté son mari. Vous ne pouvez pas lui parler ?

— Je vais voir ce que je peux faire.

Volga attendait à l'intérieur, le visage ruisselant de larmes et les yeux remplis de désespoir.

— Oh, Docteur Hawthorne, il faut que vous l'aidiez ! Je sais qu'il est innocent ! Il n'aurait pas pu tuer le pasteur, il était notre ami.

— Calmez-vous, dis-je en lui prenant les mains. Nous allons faire ce qu'il faut pour l'aider.

— Irez-vous à la prison ? On dit qu'on va le lyncher !

— Cela ne peut pas se produire ici, l'apaisai-je.

Cependant, je me rappelai un événement de l'histoire de Northmont, durant la Guerre de Sécession, quand un Noir qui voyageait avec une Gitane avait été lynché.

— Quoi qu'il en soit, je vais aller lui parler.

Je laissai April s'occuper d'elle et je franchis les trois rues enneigées qui me séparaient de la prison. Le shérif Lens s'y trouvait avec une visiteuse inattendue : Minnie Haskins.

— Bonjour, Minnie. Pas très agréable pour la ville, ce Noël, n'est-ce pas ?

— Oh que non, docteur Sam.

— Vous rendiez visite au prisonnier ?

— J'essaie de savoir quand ils quitteront mes terres. Je suis allée à leur campement ce matin et tout ce qu'ils m'ont dit, c'est que Carranza était leur chef. Ils ne peuvent pas partir tant qu'il n'a pas décidé.

— Je pensais que vous leur aviez donné la permission de rester.

— Eh bien, c'était avant qu'il ne tue le pasteur, dit-elle, reflétant l'opinion de toute la ville.

— J'aimerais parler au prisonnier, demandai-je au shérif Lens.

— C'est un peu irrégulier.

— Allons, shérif.

Il fit la grimace, mais sortit les clés des cellules. Nous trouvâmes le Gitan assis au bord du châlit de fer, le regard dans le vide. Il se leva en me voyant, m'accueillant comme un ami.

— Docteur, vous êtes venu me délivrer ?

— Cinq minutes, accorda le shérif Lens en m'enfermant dans la cellule avec Lowara.

— Je suis venu, Carranza, parce que votre femme Volga me l'a demandé. Mais pour vous aider, il faut que je sache tout ce qui s'est passé dans le clocher hier.

— J'ai dit la vérité. Je n'ai pas tué le pasteur Wigger.

— Que faisiez-vous là-haut ? Pourquoi n'êtes-vous pas parti avec Volga et les autres ?

Il repoussa les longs cheveux noir corbeau qui couvraient ses oreilles.

— Est-ce qu'un *gadjo* comme vous peut le comprendre ? Je suis resté parce que j'éprouvais de l'amitié pour cet homme, ce pasteur qui avait pris le parti des *roms*. Je voulais lui parler en particulier.

— Et que s'est-il passé ?

— Il est descendu quand tout le monde a eu quitté le clocher et il est resté sur le seuil pour les regarder partir. Puis il est remonté, très vite. Je l'ai entendu tirer le verrou en bas, comme s'il avait peur qu'on le suive. Quand il est passé par la trappe, j'avais le dos tourné. Je n'ai pas vu qui a fait le coup. J'ai seulement entendu un cri étouffé, comme un profond soupir, et je me suis retourné juste au moment où il tombait à la renverse sur le sol.

— Vous n'avez vu personne d'autre ?

— Il n'y avait personne à voir.

— Aurait-il pu être poignardé avant ? demandai-je. Dans l'église, en bas ?

— Il n'aurait pas pu monter l'escalier avec ce poignard planté dans sa poitrine, dit Lowara en secouant la tête. Le coup l'aurait tué immédiatement.

— Et le couteau ? Vous admettez que ce poignard serti de pierreries vous appartient ?

— Il est à moi, dit-il en haussant les épaules. Je le portais hier sous mon manteau. Mais dans la foule après la messe, on m'a bousculé. On me l'a volé.

— Sans que vous vous en rendiez compte ? C'est difficile à croire.

— C'est quand même vrai.

— Pourquoi quelqu'un aurait-il voulu tuer le pasteur ? demandai-je.

Il sourit en écartant les bras.

— Pour pouvoir en accuser un Gitan, dit-il, comme si c'était la raison la plus logique qui soit.

La neige cessa de tomber alors que je retournais à l'église. Dans ma poche, soigneusement enveloppée dans du papier journal, j'avais l'arme du crime. Le shérif avait renoncé à tout espoir de trouver des empreintes sur le manche ciselé incrusté d'un faux rubis et m'avait permis de le prendre pour mener une petite expérience.

Il m'était venu à l'esprit que le couteau avait pu être lancé de loin, et qu'il était assez mince pour passer par le grillage. Pour tester ma théorie, j'entrai dans l'église déserte et remontai une fois de plus dans le clocher.

Mais j'avais tort.

Certes, le couteau pouvait passer à travers le grillage avec quelque difficulté, mais uniquement s'il était lancé droit ou selon un certain angle : la largeur de la garde l'empêchait de le traverser directement. On ne pouvait donc tout simplement pas l'avoir lancé de l'extérieur.

Ce qui me laissait à nouveau avec Carranza Lowara comme unique assassin possible.

Avait-il menti ?

Me souvenant du moment où le shérif et moi l'avions trouvé à côté du corps, me rappelant l'expression de terreur que j'avais vue sur son visage, je ne sais pourquoi, mais je ne pouvais le croire.

Je redescendis et fis le tour des bancs, espérant que quelque éclair d'illumination jaillirait dans mon esprit. Finalement, je fourrai le poignard dans ma poche et ressortis. C'est en traversant la cour couverte de neige que quelque chose attira mon regard, aussi blanc que la neige et à demi enfoui.

Je tirai et je vis que c'était un surplis blanc comme celui que le pasteur Wigger avait porté durant la messe de Noël. Il y avait une tache rouge foncé dessus et une déchirure d'environ trois centimètres.

Je restai là avec le vêtement dans la main, puis je me retournai et levai les yeux vers le clocher, au-dessus de moi.

— D'après moi, il va falloir envoyer le Gitan au siège du comté, disait le shérif Lens quand je revins à la prison et déposai précautionneusement le poignard sur son bureau.

— Et pourquoi cela, shérif ?

— Eustace Carey dit qu'il y a des bruits de lynchage qui courent. Je sais fichtrement bien qu'ils ne vont pas le faire, mais je ne veux pas prendre de risques. C'est arrivé il y a cinquante ans et ça peut se reproduire.

Je m'assis en face de lui.

— Shérif, il y a quelque chose que vous devez me dire. La vie de cet homme en dépend peut-être. Vous cherchiez le pasteur Wigger le jour de Noël pour une raison particulière. C'était quelque chose qui ne pouvait même pas attendre après les fêtes.

Le shérif eut l'air embarrassé.

— Je vous l'ai dit, ça n'a plus d'importance, maintenant.

— Mais vous ne voyez donc pas que *c'est* important ! Maintenant plus que jamais.

Le shérif bondit sur ses pieds et se mit à la fenêtre. De l'autre côté de la place, nous apercevions un petit groupe de gens qui surveillaient la prison. C'est sans doute ce qui le décida.

— Peut-être bien que vous avez raison, Doc. Je suis trop vieux pour garder les secrets, de toute façon. Vous voyez, la police de Hartford m'a envoyé un rapport me demandant d'interroger le pasteur Wigger. Il semblerait qu'il n'ait jamais été pasteur.

— Quoi ?

— Il se faisait passer pour pasteur à Hartford il y a deux ans, jusqu'au jour où quelqu'un a eu l'idée de vérifier et qu'on l'a jeté dehors. Certains disent qu'il pratiquait l'escroquerie à grande échelle. D'autres qu'il s'intéressait plus aux femmes de sa paroisse. Quoi qu'il en soit, son passé est sacrément obscur.

— Pourquoi avoir attendu pour m'en parler ?

— Je vous l'ai dit, l'homme est mort, à présent. Pourquoi le noircir ? Il n'a jamais fait de mal à Northmont.

La porte s'ouvrit et Eustace Carey débarqua, suivi d'une demi-douzaine d'autres gros bonnets de la région.

— Il faut qu'on parle, shérif. Il y a des rumeurs pas jolies-jolies qui courent. Même si vous gardez ce gars-là à l'abri, il se pourrait bien que des gens tentent de flanquer le feu aux roulottes.

Je sus alors qu'il fallait que je parle.

— Attendez un peu, dis-je. Calmez-vous et je vais vous dire ce qui est réellement arrivé au pasteur Wigger. Il n'a pas été tué par le Gitan, pas plus que par un démon invisible, sauf si vous voulez parler du démon qui l'habitait.

— Qu'est-ce que vous voulez dire par là ? demanda Carey.

Je leur expliquai ce que venait de m'apprendre le shérif Lens.

— Vous ne voyez pas ? Personne ne devine ? Le pasteur était sur le seuil et nous a vus accourir vers lui. La vue du shérif l'a effrayé, lui a fait penser que sa petite comédie était terminée. Sinon, pourquoi se serait-il enfui dans l'église et dans l'escalier du clocher en fermant la porte derrière lui ? C'est la peur qui l'a conduit là-haut, la peur du shérif Lens et de la vérité.

— Mais qui l'a tué ?

— Quand il a entendu la porte se briser, quand il nous a entendus gravir les marches et qu'il a compris que sa mascarade allait bientôt cesser, il a pris le poignard du Gitan et se l'est plongé dans le cœur. Il n'y a jamais eu d'assassin invisible ni de crime impossible. Le pasteur s'est donné la mort.

Il fallut encore discuter longtemps, bien sûr, pour les convaincre que c'était la seule solution possible. Voyez-vous, il fallait que je fasse sortir Carranza de sa cellule et démontrer qu'il ne pouvait pas avoir poignardé le pasteur à cause de sa vieille blessure au bras. Puis je montrai, d'après l'angle de la blessure, qu'elle avait dû être causée par un droitier — sauf si la victime avait agi seule.

— Il n'y avait personne d'autre là-haut, arguai-je. Si Carranza Lowara ne l'a pas tué, il s'est forcément tué lui-même. C'est aussi simple que cela.

On relâcha Lowara le lendemain matin et le shérif Lens le reconduisit au campement des Gitans avec sa voiture de police. Je les regardai partir, debout sur le seuil de mon cabinet, et April demanda :

— Vous ne pourriez pas fermer la porte, docteur Sam ? Maintenant que vous avez éclairci une autre affaire, ne pouvez-vous pas laisser le pauvre homme rentrer en paix ?

— Il y a autre chose que je dois faire, April, lui dis-je. À tout à l'heure.

Je montai dans ma Runabout et partis par les routes enneigées jusqu'à la maison de Minnie Haskins. Je ne m'arrêtai pas devant la ferme, mais je continuai pour faire le tour jusqu'au campement des Gitans. Quand Volga vit la voiture, elle se précipita à ma rencontre.

— Comment pourrai-je jamais vous remercier, docteur Hawthorne ? Vous avez sauvé mon mari de la prison et peut-être même de la mort !

— Allez le chercher, je vais vous dire comment vous pourrez me remercier.

Je restai à l'attendre près de la voiture sans m'aventurer plus près des roulottes ; je voyais le petit Tene jouer dans la neige. Un instant plus tard, Carranza me rejoignit, suivi de Volga.

— Je dois vous remercier, dit-il. Je vous dois la liberté.

Je contemplais les champs couverts de neige.

— Je vous dois quelque chose aussi. Vous m'avez enseigné quelque chose concernant les différentes manières de tromper, celle des *gadje* et celle des *roms*.

Tout en parlant, je tendis la main et tirai sur ses longs cheveux noirs. Ils cédèrent et Volga étouffa un cri. Sans sa perruque, il était presque chauve et paraissait au moins dix ans de plus. J'arrachai également la moustache et il ne fit aucun effort pour m'en empêcher.

— Très bien, docteur, dit-il. Une petite tromperie. Allez-vous me faire arrêter à nouveau parce que je porte une perruque et une fausse moustache ? Allez-vous dire après cela que c'est moi qui ai tué le pasteur Wigger ?

Je secouai la tête.

— Non, Carranza. Cela ne me dit pas que c'est vous qui avez tué Wigger. Mais cela m'indique que c'est Volga qui l'a tué.

Elle étouffa à nouveau un cri et recula comme si je l'avais frappée.

— Cet homme est un démon, dit-elle à son mari. Comment a-t-il pu savoir ?

— Silence ! ordonna Carranza. (Puis, se tournant vers moi :) Pourquoi dites-vous ça ?

— Eh bien, j'ai prouvé que vous n'aviez pas tué Wigger. Mais je ne croyais pas une seconde qu'un homme puisse se suicider parce que le shérif voulait lui parler. Et pourtant, il s'enfuyait en nous voyant. C'était là la clé du mystère. La clé du crime et la clé de l'impossible. J'ai fouillé la cour et dans un tas de neige, j'ai trouvé ceci.

Je sortis le surplis taché de sang de sous mon manteau.

— Et qu'est-ce que cela prouve ?

— Voyez-vous la déchirure qu'y a faite le couteau ? Et le sang ? Le pasteur Wigger devait le porter quand on l'a poignardé. Pourtant, le shérif Lens et moi l'avons vu sans sur le seuil de l'église. Devons-nous croire qu'il est monté dans le clocher, qu'il l'a enlevé d'une manière ou d'une autre, qu'il a enfoncé une deuxième fois le poignard dans sa poitrine et qu'il est mort, tout cela pendant que nous cherchions à entrer ? Bien sûr que non !

» Alors quelle autre possibilité avons-nous ? Si le corps dans le clocher était bien celui de Wigger, dans ce cas, la personne que nous avons vue sur le seuil n'était *pas* Wigger. Il s'est enfui parce que si le shérif et moi nous étions approchés, nous aurions vu que ce n'était pas lui.

Volga avait perdu toutes ses couleurs et le regard fixe, elle restait à m'écouter.

— Si ce n'était pas Wigger, qui était-ce donc ? Eh bien, l'homme en soutane est parti en courant dans le clocher. Nous étions juste derrière lui et nous avons trouvé deux personnes là-haut : Wigger mort et Lowara en vie. Si l'homme en soutane n'était pas Wigger — et j'ai prouvé que ce ne pouvait être lui —, dans ce cas, ce ne pouvait être que vous, Lowara.

— Bien deviné.

— Et mieux que cela encore. J'avais remarqué un peu plus tôt que vous aviez la même taille. De loin, ce qui vous différenciait le plus c'étaient vos cheveux noirs et votre moustache. Mais je me suis souvenu de ce jour, deux semaines plus tôt, où je suis venu ici et où j'ai remarqué vos anneaux d'oreilles sous vos cheveux plus courts. Quand je vous ai rendu visite dans la cellule, vos cheveux étaient assez longs pour couvrir vos oreilles. Ils ne pouvaient avoir poussé autant en deux semaines, donc j'en ai déduit que vous portiez des perruques. Si les cheveux étaient faux, la moustache pouvait très bien l'être : de simples accessoires pour avoir une apparence encore plus gitane. Une petite tromperie pour les *gadje*.

— Vous avez prouvé que j'étais Wigger l'espace d'un instant. Vous n'avez pas prouvé que Volga l'avait tué.

— Eh bien, à quoi cela servait-il que vous preniez l'apparence de Wigger ? De loin, au travers de la neige qui tombait, le shérif et moi n'avons vu qu'un homme de haute taille en soutane noire, qui portait les grosses lunettes de Wigger. Si nous ne vous avions pas suivi, nous serions partis convaincus que Wigger était encore en vie après que Volga et les autres eurent quitté l'église. Vous avez fait de petites erreurs, cependant. Quand vous vous êtes retourné, vous avez cogné le chambranle parce que vous n'aviez pas l'habitude de porter d'épaisses lunettes. Et hier dans la cellule, vous m'avez dit que Wigger était debout sur le seuil de l'église, une chose que vous ne pouviez savoir si vous aviez vraiment été dans le clocher au même instant.

— Cela n'implique toujours pas Volga ! insista le Gitan.

— De toute évidence, vous ne faisiez pas cela pour vous protéger, parce que cela ne vous donnait aucun alibi. Personne ne vous avait vu quitter l'église. La seule autre raison possible pour ce petit numéro était de protéger quelqu'un d'autre : le vrai assassin. C'est alors que je me suis souvenu que Volga était la dernière personne à avoir quitté l'église. Elle était seule dedans avec Wigger, c'était votre femme, et elle était la personne qui pouvait le plus probablement porter votre petit poignard. Où ? Dans vos bas, Volga ?

Elle se couvrit le visage de ses mains.

— Il... Il a essayé de...

— Je sais. Wigger n'était pas un vrai pasteur. Il avait déjà eu des ennuis parce qu'il s'intéressait aux femmes de sa paroisse. Il a essayé de vous violer là-haut, n'est-ce pas ? Vous étiez la seule jolie femme gitane pour lui. Il savait que vous ne pourriez jamais parler. Vous vous êtes débattue, et votre main a trouvé l'arme que vous portiez toujours sur vous. Vous l'avez poignardé et tué, puis vous êtes allée retrouver Carranza dans l'église et vous lui avez raconté ce que vous aviez fait.

— Cela aurait été la parole d'un Gitan contre la réputation d'un pasteur, dit Carranza. Personne ne l'aurait crue. Je l'ai renvoyée au campement dans la roulotte et j'ai essayé de faire croire qu'il était encore en vie.

Je hochai la tête.

— Vous avez mis sa soutane, parce que de loin, une tache de sang et une déchirure sur l'étoffe noire ne pouvaient pas se voir. Mais vous ne pouviez pas porter le surplis blanc avec la tache qui était trop visible. Vous avez à peine eu le temps de remettre la soutane sur le corps de Wigger, de jeter le surplis par le grillage pour qu'on ne le trouve pas là-haut. Vous ne pouviez pas le remettre sur le corps parce que vous ne le portiez pas en bas.

— Cela a été très difficile avec ma main invalide, soupira Carranza. J'ai remis la soutane sur le cadavre juste au moment où le verrou cédait. Vous allez appeler le shérif, à présent ?

Je regardai son fils qui jouait avec les autres enfants et je me demandai si j'avais le droit de juger.

— Faites vos bagages et partez d'ici avant la tombée de la nuit, dis-je finalement. Et ne revenez jamais à Northmont.

— Mais... commença Carranza.

— Wigger n'était pas un honnête homme, mais peut-être n'était-il pas assez mauvais pour mériter ce qu'il a eu. Je ne sais pas. Je sais seulement que si vous restez par ici, je pourrais changer d'avis.

— À présent, dit Volga en s'approchant de moi, je vous suis plus redevable que jamais.

— Partez. C'est simplement un cadeau de Noël que je vous fais. Partez avant qu'il fonde comme neige au soleil.

Et une heure plus tard, les roulottes étaient en route, cette fois vers le sud. Peut-être en avaient-ils eu assez de notre hiver de Nouvelle-Angleterre.

— Je n'ai jamais raconté cette histoire à personne, conclut le Dr Sam Hawthorne. C'était la première fois que je rendais moi-même la justice et je n'ai jamais su si j'avais bien ou mal fait. Non, les Gitans ne sont jamais revenus. Je ne les ai jamais revus. (Il vida le fond de son verre de brandy et se leva.) C'était pendant le printemps 1926 qu'un célèbre criminel français a cherché refuge à Northmont. On l'appelait l'Anguille à cause de ses fantastiques évasions. Mais je garderai cette histoire pour une autre fois. Une autre... hum... libation avant que vous ne partiez ?

The Problem of the Christmas Steeple.
Traduit de l'anglais par Pascal Loubet.

LE TARNHELM

Hugh Walpole

Au contraire d'Horace Walpole, son ascendant du XVIIIe siècle — qui ne nous étonne, dans son fameux *Château d'Otrante*, qu'à grand renfort de « ficelles » et d'accessoires souvent encombrants —, sir Hugh Walpole, lui, n'a besoin pour nous surprendre que d'une simple calotte grise. Et il y parvient magnifiquement.

1

J'étais, j'imagine, à cette époque-là, un enfant bizarre, un peu par nature, mais aussi parce que j'avais passé la plus grande partie de mon enfance en compagnie de gens beaucoup plus âgés que moi.

Après les événements que je vais relater, je fus marqué de façon indélébile. Je devins alors, et suis resté depuis, un de ces êtres, d'autre part insignifiants, qui ont à jamais, sur quelques questions, des idées bien arrêtées.

Certaines choses, que la moitié du monde se refuse à croire, sont pour ces êtres-là d'une véracité indiscutable. Et la certitude qu'ils en ont leur laisse une sorte d'empreinte, comme s'ils vivaient tellement en imagination qu'ils ne savent plus très bien faire la part de ce qui est vrai et de ce qui n'est que fiction. Cette « singularité » qui leur est propre les met à l'écart des autres. Si maintenant, à 50 ans, je reste un homme très seul, sans beaucoup d'amis, c'est que, voyez-vous, mon oncle Robert est mort d'une étrange manière, il y a quarante ans, et que je fus témoin de cette mort.

Je n'ai encore, jusqu'à maintenant, jamais parlé de ce qui s'est passé à Faildyke Hall, la veille de Noël 1890. Une ou deux personnes se souviennent parfaitement de cette soirée-là, et une sorte de légende s'est créée autour de la mort de mon oncle, se transmettant ensuite à la génération nouvelle. Mais nul être encore vivant n'en fut témoin comme moi, et je sens qu'il est temps que je me confie à ce papier.

Je rapporte ces événements sans aucun commentaire. Je n'atténue rien, pas plus que je ne cache quelque chose. Je ne suis, j'espère, en aucune façon un homme vindicatif. Mais ma brève rencontre avec mon oncle Robert et les circonstances de sa mort ont été dans ma vie, même à cet âge tendre, un tournant difficile à oublier rapidement.

Quant au prétendu élément surnaturel de mon histoire, chacun en jugera par lui-même. Nous repoussons ou acceptons les choses, selon notre nature propre. Si nous sommes faits d'un certain matériau pratique, aucune preuve, même précise, même de première main, ne nous convaincra, selon toute probabilité. Mais, si le rêve est notre lot quotidien, un rêve de plus ou de moins ébranlera peu notre sens des réalités.

Mais voici mon histoire.

Mon père et ma mère vécurent aux Indes de ma huitième à ma treizième année. Je ne les vis pas, sauf à deux occasions, quand ils vinrent passer quelque temps en Angleterre. J'étais enfant unique, tendrement aimé par mes parents qui, malgré tout, s'aimaient encore plus l'un l'autre. Ils formaient un couple de l'ancien temps, sentimental à l'extrême. Mon père était fonctionnaire, et il écrivait des vers. Son œuvre épique, *Tantale : Poème en quatre chants*, a même été publiée à compte d'auteur.

Je fus un enfant délicat. À 8 ans, on me mit en pension chez Mr Ferguson qui dirigeait une école privée. Mes vacances se passèrent alors comme invité plutôt indésirable, chez divers parents.

« Indésirable » parce que, je crois, difficile à comprendre. J'avais une vieille grand-mère qui vivait à Folkstone, deux tantes qui partageaient une petite maison dans Kensington, une autre tante, un oncle et une nichée de cousins à Cheltenham, et deux oncles encore dans le Cumberland. Tous ces parents, sauf les derniers, se partageaient ma présence et je n'éprouvais de grande affection pour aucun d'eux.

On ne prêtait pas attention aux enfants à cette époque-là comme maintenant. J'étais maigre, pâle, avec des lunettes, et avide d'une affection que je ne savais où trouver. En apparence peu démonstratif, mais intérieurement émotif et impressionnable, jouant très mal à cause de ma mauvaise vue, lisant plus que cela n'était bon pour moi, et me racontant des histoires toute la journée et une partie de la nuit.

Ces différentes gens se lassèrent sans doute tour à tour de moi et, en fin de compte, décidèrent que mes oncles du Cumberland devaient supporter leur part de cet ennui. C'étaient les deux frères de mon père, les aînés d'une grande famille dont il était lui-même le plus jeune. Mon oncle Robert devait, selon moi, avoir près de 70 ans, et mon oncle Constance cinq de moins. Je me souviens d'avoir toujours trouvé que Constance était un drôle de nom pour un homme.

Mon oncle Robert possédait Faildyke Hall, un château situé entre le lac de Wastwater et la petite ville de Seascale sur les bords de la mer d'Irlande. Mes deux oncles vivaient ensemble depuis de nombreuses années. Après un échange de correspondance familiale, il fut convenu que je passerais le Noël de cette année-là, 1890, à Faildyke Hall.

J'avais alors juste 11 ans. J'étais, comme je l'ai dit, maigre, avec un front proéminent, de grosses lunettes, et un air nerveux et timide. Je me sentais pourtant toujours prêt à quelque aventure nouvelle avec un mélange de terreur et de plaisir savouré à l'avance. Peut-être, *cette fois*, le miracle se produirait-il ? Je découvrirais un ami, ou bien un trésor. Je me couvrirais de gloire de quelque façon inattendue. Je serais enfin ce que je rêvais d'être, un héros.

Je fus heureux de ne pas aller chez l'un ou l'autre de mes autres parents pour ce Noël, et surtout chez mes cousins de Cheltenham qui me tourmentaient, se moquaient de moi et faisaient toujours un bruit épouvantable. Ce que je désirais le plus au monde c'était pouvoir lire en paix. D'après ce que je compris, Faildyke Hall possédait une magnifique bibliothèque.

Ma tante m'accompagna à la gare. De son côté mon oncle m'offrit l'un des plus sanglants romans de Harrisson Ainsworth[1], *Les Sorcières du Lancashire*, et je possédais cinq barres de chocolat à la crème. De sorte que ce voyage-là fut pour moi aussi heureux que possible. Je pus lire tout à mon aise. Je ne demandais guère plus à ce moment-là à la vie.

Cependant, tandis que le train roulait en direction du nord avec force jets de vapeur, le paysage nouveau pour moi commença d'attirer mon attention. Je ne connaissais pas cette partie de l'Angleterre, et j'étais mal préparé à la soudaine impression d'espace et de fraîcheur qu'elle me donna.

Les collines nues, chaotiques, la fraîcheur de ce vent par lequel les oiseaux semblaient se laisser emporter avec une allégresse toute particulière, les murets de pierre qui couraient tels des rubans à travers les landes, et, surtout, la vaste portion de ciel à la surface duquel les nuages passaient, couraient, tourbillonnaient, et s'étiraient, comme je ne l'avais encore jamais vu nulle part.

1. Romancier populaire anglais, du genre « frénétique » (1805-1882). (N.d.T.)

Je demeurai assis, un peu perdu, l'esprit absorbé, près de la vitre de mon wagon, et quand finalement j'entendis crier « Seascale », j'étais toujours plongé dans une sorte de rêve. Je mis le pied sur le petit quai étroit et y fus accueilli par le vent de mer à goût de sel. À ce moment-là on aurait pu dire que ma première vraie présentation à cette contrée du Nord était achevée. J'écris en ce moment dans une autre partie de ce même Cumberland et, par-delà ma fenêtre, la ligne des crêtes se dessine, puissante et nue, contre le ciel tandis qu'au-dessous s'étend le lac, tel un fragment de verre argenté au pied du Skiddaw.

Il se peut que mon amour pour le profond mystère de cette contrée ait trouvé son origine dans l'étrange histoire que je suis en train de raconter. Mais, encore une fois, peut-être pas. Je crois que cette arrivée à Seascale opéra en moi un changement, de sorte que depuis lors aucune splendeur au monde — depuis les eaux pourpres de Cornouailles — ne peut rivaliser à mes yeux avec les vents âpres chargés de poussière de tourbe et le gazon élastique et dru des collines de ce Cumberland.

Je fis, ce soir-là, une promenade enchantée dans le cabriolet attelé d'un poney qui me conduisit à Faildyke. Il régnait un froid vif, mais je ne le sentais pas. Tout, pour moi, devenait magie.

Tout de suite, j'aperçus la grosse bosse de Black Combe qui se découpait sur le ciel moutonné de la nuit d'hiver, et j'entendis le bruit de la mer mêlé au doux bruissement des ramilles dénudées dans les haies bordant le chemin.

Je me fis aussi, ce soir-là, l'ami de ma vie. Car c'était Bob Armstrong qui conduisait le cabriolet. Il m'a souvent dit depuis — bien qu'il soit un homme à l'esprit lent qui parle peu, il aime à répéter les choses qui lui paraissent en valoir la peine — que lorsqu'il me vit sur le quai de Seascale il fut frappé par mon air pitoyable et perdu. Je devais, je n'en doute pas, paraître gêné et avoir froid. En tout cas, cette apparence me porta chance puisque j'y gagnai, séance tenante, le cœur d'Armstrong, et, une fois qu'il me l'eut donné, il ne put jamais le reprendre.

De son côté, il me parut un géant. Il avait une énorme poitrine et c'était, disait-il, une calamité pour lui parce qu'aucune chemise de confection ne lui allait jamais.

J'étais assis tout contre lui à cause du froid. Il avait chaud et je sentais son cœur battre comme une horloge bien réglée sous le tissu grossier de son manteau. Ce cœur battit pour moi ce soir-là et n'a cessé depuis, je suis heureux de le dire.

À la vérité, étant donné la façon dont les choses devaient tourner, j'avais besoin d'un ami. Je dormais à moitié et j'étais tout engourdi quand on me descendit de voiture pour me conduire aussitôt dans ce qui me parut être un immense hall tout rempli de têtes d'animaux égorgés, aux yeux fixes, et qui sentait la paille.

J'étais si fatigué que mes oncles me parurent doubles, quand je les retrouvai dans une vaste salle de billard où un grand feu ronflait comme un démon, dans une cheminée de pierre.

En tout cas, quelle étrange paire ils faisaient ! Mon oncle Robert était un petit homme aux cheveux gris mal coiffés, avec des yeux étroits au regard perçant, abrités sous les sourcils les plus touffus que la nature humaine pût produire. Il portait — je m'en souviens encore comme si c'était hier — des vêtements de campagne râpés d'un vert décoloré, et une bague ornée d'une épaisse pierre rouge brillait à l'une de ses mains.

Autre chose que je remarquai immédiatement quand il m'embrassa (je détestais cela de la part de qui que ce fût) : une légère odeur qu'il portait sur lui et que j'associai tout de suite en esprit à celle des graines de carvi que l'on trouve dans le gâteau du même nom. Je notai aussi que ses dents étaient ternies et jaunes.

Mon oncle Constance, lui, je l'aimai tout de suite. Il était gros, rond, aimable et propre. Presque un dandy, mon oncle Constance. Il portait une fleur à sa boutonnière et sa chemise était d'une blancheur de neige à côté de celle de son frère.

Je trouvai curieux, dès cette première rencontre, qu'avant de me parler et de passer son bras autour de mes épaules il parût regarder son frère comme pour lui en demander la permission. Vous vous dites peut-être qu'un garçon de mon âge ne remarque d'ordinaire pas tant de choses. Mais, vraiment, je remarquais tout à cet âge. Les années et la paresse, hélas, ont émoussé mon esprit d'observation.

2

Je fis, cette nuit-là, un rêve horrible. Je me réveillai en criant, ce qui amena aussitôt Bob Armstrong près de mon lit.

Ma chambre était une grande pièce, comme toutes celles que j'avais pu voir, et vide, avec un vaste parquet et une cheminée en pierre comme celle de la salle de billard. Elle se trouvait, je le découvris par la suite, à côté de celles des domestiques. La chambre d'Armstrong était entre la mienne et celle de Mrs Spencer, la femme de charge.

Armstrong était alors, et il est toujours, célibataire. Il avait coutume de me dire qu'il aimait tant de femmes qu'il ne pouvait se décider à en choisir une. Maintenant, il est depuis trop longtemps mon garde du corps personnel, il s'est peu à peu trop accoutumé à mes habitudes, pour changer de condition. Et il a, aussi, 70 ans.

Enfin, voilà ce que je vis en rêve : un grand feu avait été allumé pour moi — c'était nécessaire, la chambre étant glaciale — et je rêvai que je me réveillais soudain, pour voir les flammes s'élever dans un dernier embrasement avant de retomber et mourir. À la lueur de cet embrasement, j'eus conscience que quelque chose bougeait dans la pièce. Je perçus le mouvement un peu avant de voir quoi que ce fût.

Je m'assis dans mon lit. Mon cœur battait à grands coups. Horrifié, j'aperçus alors, longeant furtivement le mur en face de moi, le plus affreux des chiens bâtards jaunes que l'on peut imaginer.

Je trouve — et j'ai toujours trouvé — difficile de décrire exactement l'horreur qui se dégageait de ce chien. Elle naissait en partie de sa couleur abominable, en partie de son corps osseux, misérable, mais, surtout, de sa tête diabolique — plate, avec de petits yeux au regard aigu — et de ses dents ébréchées et jaunes.

Comme je le regardais, il retroussa ses babines, les yeux fixés sur moi, et se mit alors à ramper de façon atroce, indescriptible, en direction de mon lit. L'épouvante, d'abord, me paralysa. Puis comme il s'approchait de plus en plus près, ses petits yeux toujours fixés sur moi, les dents découvertes par ses babines retroussées, je hurlai, hurlai.

Tout ce dont je me souviens après, c'est qu'Armstrong était assis sur mon lit, son bras vigoureux tenant mon petit corps tremblant. Je ne pouvais que dire et répéter : « Le chien ! Le chien ! Le chien ! »

Bob Armstrong me calma comme s'il eût été ma mère.

— Voyons, il n'y en a pas ici ! Comme chien, il n'y a que moi ! Seulement moi !

Je continuais de trembler ; aussi, se glissant dans le lit avec moi, il me tint serré tout contre sa poitrine ; et ce fut dans ses bras réconfortants que je me rendormis.

3

Le lendemain matin, lorsque je m'éveillai, je sentis la brise fraîche, je vis le soleil qui brillait et les chrysanthèmes en fleur, orange, pourpres et bruns, le long du mur de pierre grise, au-delà des pelouses en pente. Aussi oubliai-je mon rêve. Tout ce que je savais, c'était que j'aimais à présent Bob Armstrong plus que personne au monde.

Chacun, durant les jours qui suivirent, se montra très bon pour moi. Le pays me passionnait — il était si nouveau pour moi que, d'abord, je ne pus penser à rien d'autre. Bob Armstrong était du Cumberland, du sommet de sa tête aux cheveux blond filasse jusqu'aux clous épais de ses chaussures. Et, par ses grognements et ses monosyllabes, qui étaient sa façon de faire, il me montra le pays sous son vrai jour.

Le romanesque était partout : contrebandiers entrant et sortant de Driggs et Seascale ; Gosforth et son église avec sa croix ; Ravenglass et tous ses oiseaux de mer, jadis magnifique port.

Muncaster Castle et Broughton, et le noir Wastwater avec les sinistres Screes ; Black Combe, sur le large dos duquel dansaient toujours des ombres ; et même la petite gare de Seascale, toute nue sous le vent du large, à la bibliothèque de laquelle j'achetai une publication du nom de *Weekly Telegraph* qui publiait, semaine après semaine, en feuilleton, la plus émouvante des histoires.

De l'enchantement, il y en avait partout : les vaches marchant le long des chemins sablonneux ; la mer tonnant sur le rivage de Driggs ; Bable et Scafell tirant leur chapeau de nuages sur leur tête ; la voix lente des fermiers cumbriens appelant leurs animaux ; le tintement de la petite cloche de l'église de Gosforth... Partout de l'enchantement et de la beauté.

Bientôt, pourtant, comme je m'habituais au pays, les gens qui m'entouraient commencèrent d'attirer mon attention, stimulèrent ma curiosité insatiable. En particulier, mes deux oncles. Ils étaient, à la vérité, assez étranges.

Faildyke Hall lui-même n'avait rien d'étrange, il était seulement très laid. Bâti aux environs de 1830, probablement, c'était une construction carrée blanche, comme une femme épaisse et plutôt vaniteuse, qui aurait eu un visage très laid. Les pièces étaient de vastes dimensions, les couloirs innombrables, le tout recouvert d'une horrible peinture à la chaux. Sur cette chaux étaient accrochées d'anciennes photographies jaunies par l'âge et des aquarelles aussi mauvaises qu'effacées. Le mobilier était solide, mais affreux.

Un détail romantique pourtant : la petite tour grise qu'habitait mon oncle Robert. Cette tour se trouvait tout au bout du jardin et donnait sur un paysage en pente qui descendait vers le massif des Scafell au-delà de Wastwater. Elle avait été bâtie des siècles auparavant comme défense contre les Écossais. Robert avait là son bureau et sa chambre, depuis nombre d'années, et c'était son domaine. Personne n'avait le droit d'y pénétrer en dehors de son vieux domestique Hucking, un petit homme voûté, ratatiné et sale, qui ne parlait à personne et arrivait, comme on disait à la cuisine, à traverser l'existence sans dormir. Il s'occupait de mon oncle, faisait le ménage de ses deux pièces, et était censé laver son linge.

Étant un garçon à la fois curieux et d'esprit romanesque, je fus bientôt terriblement impatient de connaître cette tour, autant que la femme de Barbe-Bleue, la chambre interdite. Bob me recommanda de ne jamais y mettre les pieds.

Et je découvris alors une nouvelle chose. Bob Armstrong détestait, craignait et admirait, en même temps, mon oncle Robert. Il l'admirait en tant que chef de famille, et parce que, selon lui, il était le plus adroit des hommes.

— À croire qu'il n'y a rien qu'il ne puisse faire, mais il n'aime pas qu'on le regarde.

Tout cela ne faisait qu'accroître mon désir de voir l'intérieur de la tour, bien qu'à vrai dire je n'éprouvasse pas non plus beaucoup d'affection pour mon oncle Robert.

Il me serait difficile de prétendre qu'il me fut antipathique durant les premiers jours de mon séjour à Faildyke Hall. Il se montrait vraiment gentil pour moi quand il me rencontrait, et, aux repas, quand je m'asseyais avec lui et mon oncle Constance, à la longue table de l'immense salle à manger nue aux murs badigeonnés à la chaux, il s'inquiétait toujours qu'on me donnât suffisamment à manger. Mais je ne l'ai jamais réellement aimé. Peut-être était-ce dû à sa malpropreté. Les enfants sont très sensibles à ces choses-là. Peut-être étais-je rebuté par l'odeur de renfermé mêlée à celle du gâteau au carvi qu'il portait sur lui.

Et puis, un jour, il m'invita à pénétrer dans la tour grise et me parla du Tarnhelm.

De pâles rayons obliques de soleil tombaient sur les chrysanthèmes et les murs de pierre grise, les longs champs et les collines noirâtres. J'étais occupé à jouer, seul, près du petit ruisseau qui courait au bout de la roseraie, quand mon oncle Robert arriva derrière moi, silencieusement selon sa façon de faire, et, me pinçant l'oreille, me demanda si j'aimerais venir avec lui dans sa tour. L'idée, naturellement, me sourit assez. Mais j'avais un peu peur aussi, surtout quand j'aperçus la vieille figure mangée aux mites de Hucking nous regarder par l'une des meurtrières qui avaient la prétention de servir de fenêtres.

Nous entrâmes cependant, ma main dans celle de mon oncle Robert, chaude et sèche. Il n'y avait, en réalité, que fort peu de chose à voir quand on était à l'intérieur. Tout y était, en revanche, en désordre et moisi, avec des toiles d'araignées au-dessus des portes, de vieux morceaux de fer rouillé et des boîtes vides dans les coins. La longue table du bureau de mon oncle Robert était couverte de mille choses : des livres aux couvertures déchirées, des bouteilles vertes poisseuses, un miroir, deux règles graduées, un globe, une cage contenant une souris, une statuette représentant une femme nue, un sablier — tout cela vieux, poussiéreux, malpropre.

Mon oncle me fit asseoir près de lui et me raconta une quantité d'intéressantes histoires. Et, parmi elles, celle du Tarnhelm.

Le Tarnhelm était un talisman qui, lorsque vous le mettiez sur votre tête, vous changeait par magie en un animal, celui que vous vouliez. Mon oncle Robert m'expliqua qu'un dieu appelé Wotan s'était amusé à taquiner le nain possesseur du Tarnhelm, le provoquant, lui disant qu'il ne se transformerait certainement pas en souris, ni en tout autre animal. Et le nain, son orgueil piqué au vif, devint aussitôt une souris que Wotan captura facilement, volant ainsi le Tarnhelm.

Sur la table, parmi le fouillis, se trouvait une calotte grise.

— Voilà mon Tarnhelm, dit mon oncle en riant. Veux-tu que je le mette sur ma tête ?

Mais j'eus soudain peur, terriblement peur. Rien qu'à voir mon oncle Robert, je me sentais malade. La pièce autour de moi se mit à tourner, à tourner. La petite souris blanche dans sa cage s'agita. On étouffait dans ce bureau, assez pour indisposer un petit garçon comme moi.

4

Ce fut, je crois, à partir du moment où mon oncle étendit la main vers sa calotte grise que je cessai à jamais d'être heureux à Faildyke Hall. Ce geste, tout simplement et apparemment amical qu'il était, sembla m'ouvrir les yeux sur beaucoup de choses.

Nous n'étions plus maintenant qu'à dix jours de Noël. L'approche de cette fête avait alors — et, je l'avoue, a encore — le don de me rendre heureux. En dépit des mécréants pessimistes modernes, la belle histoire demeure, avec sa douceur, et beaucoup de joie et de générosité. Même à présent, j'aime encore offrir des présents et en recevoir. À 8 ans, la vue des paquets, du papier, de la ficelle, et l'exquise surprise, m'emplissaient d'extase.

J'attendais donc Noël avec impatience. On m'avait promis que j'irais à Whitehaven faire des achats, et il devait y avoir un sapin et des danses pour les villageois de Gosforth. Mais, après ma visite à la tour de mon oncle Robert, toute ma joie s'était évanouie. Au fur et à mesure que les jours s'écoulaient et que mon sens de l'observation se portait vers une chose ou une autre, je me sentais pris de l'envie de fuir chez mes tantes de Kensington — s'il n'y avait eu Bob Armstrong.

Ce fut, de fait, lui qui m'ouvrit la voie vers ce voyage de découvertes qui devait se terminer de façon si horrible. Lorsqu'il apprit que mon oncle Robert m'avait emmené dans sa tour, il entra dans une violente colère. Je ne l'avais encore jamais vu irrité. Tout son grand corps était secoué. Il me saisit dans ses bras et me tint serré si fort contre lui que je me mis à pleurer.

Il me fit promettre de ne jamais plus aller là-bas. Quoi ? Pas même avec mon oncle Robert ? Non, surtout pas avec lui. Puis, baissant la voix et regardant autour de lui pour s'assurer que personne n'écoutait, il se mit à maudire mon oncle Robert. Cela me surprit, parce que la fidélité à ses maîtres était une de ses grandes lois. Je nous revois encore sur le pavé des écuries, dans le crépuscule blême, tandis que les chevaux frappaient du sabot dans leurs boxes, et que les petites étoiles apparaissaient l'une après l'autre, scintillantes, entre les nuages poussés par le vent.

— Je partirai, l'entendis-je murmurer pour lui-même. Je partirai, comme les autres. Amener un enfant dans...

À partir de ce moment-là, il sembla me prendre tout particulièrement sous sa protection. Même quand je ne pouvais le voir, je sentais son regard plein de bonté posé sur moi, et l'impression que je ressentis, à me voir ainsi dans la nécessité d'être protégé, augmenta d'autant plus mon malaise et mon angoisse.

Je remarquai à la suite de cela que les serviteurs étaient tous nouveaux. Ils n'avaient qu'un mois ou deux de service à Faildyke Hall. Une semaine seulement avant Noël, la femme de charge s'en alla à son tour. Mais oncle Constance paraissait grandement ressentir cette sorte d'incident. En revanche, mon oncle Robert n'en était nullement affecté.

J'en viens à présent à mon oncle Constance. Après toutes ces années écoulées, il est étrange qu'il me soit resté en mémoire avec une telle netteté. Je revois sa corpulence, son éclatante propreté, son élégance, la fleur à sa boutonnière, ses petits pieds chaussés de bottines bien cirées, sa voix fluette, un peu efféminée. Il aurait été gentil avec moi, je crois, s'il avait osé. Mais quelque chose le retenait. Et ce quelque chose, j'allais le découvrir. C'était la peur qu'il avait de son frère.

Il ne me fallut pas longtemps pour m'apercevoir qu'il se trouvait entièrement sous la dépendance de celui-ci. Il ne disait jamais rien sans regarder comment mon oncle Robert le prenait, ne faisait aucun projet s'il n'y était d'abord autorisé, paraissait terrifié au-delà de tout ce dont j'avais été jusque-là témoin chez un être humain, au moindre signe d'irritation de la part de mon oncle Robert.

Je me rendis compte aussi que ce dernier s'amusait beaucoup à provoquer cet état de peur chez son frère. Je ne savais pas assez de leur vie pour comprendre de quelles armes il se servait, mais qu'elles fussent acérées et tranchantes, je n'étais ni trop jeune ni trop ignorant des choses pour ne pas m'en rendre compte.

Telle était la situation, une semaine avant Noël. Le temps devint très mauvais. Il faisait un vent terrible. La nature semblait tout entière en tumulte. La nuit, dans mon lit, en écoutant le hurlement de ce vent dans ma cheminée, j'imaginais que j'attrapais l'écume des vagues qui s'écrasaient sur le rivage et je voyais les eaux noires du Wastwater mousser et se glacer sous les Screes. Je restais éveillé et soupirais après Bob Armstrong, après le réconfort de ses bras et la chaleur de sa poitrine, mais je me considérais comme étant trop grand garçon pour l'appeler.

Je me souviens qu'à ce moment-là mes craintes augmentaient de minute en minute. Qui peut dire ce qui leur donnait force et puissance ? J'étais très seul. J'avais maintenant peur de mon oncle. La tempête faisait rage, les pièces du château étaient trop grandes et désolées, les serviteurs mystérieux, les murs des longs couloirs toujours éclairés d'une lumière bizarre à cause de leur couleur blanche, et, bien qu'Armstrong m'eût pris sous sa protection, il avait beaucoup à faire et ne pouvait pas toujours rester près de moi.

J'en arrivais à craindre et à détester de plus en plus mon oncle Robert. La haine et la terreur qu'il inspirait semblaient être partout. Malgré cela, il gardait sa voix douce et son air bienveillant. Puis, un peu avant Noël, arriva l'événement qui devait faire de ma peur une véritable panique.

J'étais en train de lire, dans la bibliothèque, *La Forêt ou l'Abbaye de Saint-Clair*, de Mrs Radcliffe, un vieux roman depuis longtemps oublié et qui mériterait de revivre. Cette bibliothèque était une belle pièce, mais délabrée, avec des rayonnages jusqu'au plafond, des fenêtres petites et sombres, des trous dans le tapis aux couleurs effacées. Une lampe brûlait sur une table à quelque distance de moi, et une autre, tout près, sur une tablette.

Quelque chose — je ne saurais dire quoi — me fit relever la tête. Le seul souvenir de ce que je vis alors me glace encore le cœur. Sur le seuil de la pièce, immobile, regardant fixement dans ma direction, il y avait un chien jaune.

Je n'essaierai pas de décrire la folle terreur qui s'empara de moi. Je compris surtout, je crois, que l'autre apparition, celle de ma première nuit au château, n'avait pas été un rêve. Je ne dormais pas, cette fois. Le livre que je lisais était tombé sur le parquet. Deux lampes répandaient leur lumière autour de moi. J'entendais une branche de lierre battre contre une vitre. Non. C'était bien réel.

Le chien leva une longue et horrible patte et se gratta. Puis, très lentement, sans bruit, il marcha en travers du tapis pour venir vers moi.

Je ne pouvais crier. Je ne pouvais bouger. J'attendais. L'animal était plus sinistre encore qu'il m'avait semblé, avec sa tête plate, ses yeux étroits, ses crocs jaunes. Il avançait tranquillement vers moi. Un instant, il s'arrêta pour se gratter de nouveau, puis il atteignit presque ma chaise.

Il me regardait, babines retroussées, mais à présent un peu comme s'il me souriait. Et il passa. Après lui, resta dans l'air une épaisse odeur fétide — une odeur de carvi.

5

Quand je me reporte ainsi en arrière je trouve assez remarquable que l'enfant que j'étais alors, pâle, nerveux, tremblant au moindre bruit, ait pu faire face à la situation comme je le fis. Je ne parlai à âme qui vive de ce chien. Pas même à Bob Armstrong. Je cachai ma peur — une peur épouvantable qui me serrait le cœur — tout au fond de moi-même. Je compris — et, après tant d'années, je ne sais plus *comment* cela se fit — que j'étais en train de jouer mon modeste rôle dans ce qui se préparait depuis longtemps, ainsi que les nuages s'amoncellent au-dessus du Gable avant l'orage.

Comprenez bien que je ne puis donner de tout cela quelque explication que ce soit. Peut-être n'y a-t-il — et jusqu'à ce jour je ne peux en être tout à fait sûr — rien à expliquer. Peut-être mon oncle Robert mourut-il tout simplement. Mais écoutez la suite.

Ce qui ne fait aucun doute, c'est qu'après que j'eus vu le chien dans la bibliothèque, mon oncle Robert changea de façon étrange à mon égard. Cela peut n'avoir été que la plus simple des coïncidences. Mais à mesure que l'on vieillit, on emploie le mot « coïncidence » de plus en plus rarement.

En tout cas, ce même soir, à dîner, mon oncle Robert sembla avoir vieilli de vingt ans. Il se tenait courbé, le visage ridé, refusant de manger et grognant chaque fois qu'on lui parlait, et, surtout, il évitait de me regarder en face. Le repas se déroula péniblement. Et quand mon oncle Constance et moi restâmes seuls, dans le vieux salon aux murs tapissés de papier jaune — une pièce où les tic-tac de deux pendules se poursuivaient l'un l'autre à jamais — il se passa une chose vraiment extraordinaire. Mon oncle et moi jouions aux dames. On n'entendait dans la pièce que le grondement du vent dans la cheminée, le sifflement et le crachement des bûches, le stupide tic-tac des pendules. Soudain, mon oncle Constance lâcha le pion qu'il se préparait à changer de place et se mit à pleurer.

Pour un enfant, c'est toujours une chose terrible que de voir une grande personne sangloter, et même maintenant, je ne peux le supporter. Je me sentais vraiment désolé pour mon pauvre oncle Constance qui restait assis, la tête entre ses mains grasses et blanches, tout son gros corps secoué de sanglots. Je courus à lui. Il s'agrippa alors à moi comme s'il ne voulait jamais plus me lâcher. Il prononçait des mots incohérents où il était question de me protéger, de prendre soin de moi... de faire en sorte que ce monstre...

À ce mot, je m'en souviens encore, je me mis à trembler. Je demandai à mon oncle de quel monstre il parlait. Mais il ne put que continuer à marmonner de façon inintelligible, parlant de haine, de manque de courage. Ah ! si seulement il avait été assez brave pour...

Puis, se reprenant un peu, il commença de me poser des questions. Où avais-je été ? Dans la tour de son frère ? Avais-je vu quelque chose qui m'eût effrayé ? Si cela arrivait, le lui dirais-je tout de suite ? Il ajouta que, s'il avait su que les choses iraient aussi loin, il ne m'aurait jamais laissé venir, qu'il vaudrait mieux que je parte cette nuit même, et que s'il n'avait pas peur... Et il recommença à trembler en regardant du côté de la porte. J'en faisais autant. Il me tenait toujours dans ses bras. Tout à coup, nous crûmes entendre du bruit. Nous écoutâmes, l'oreille tendue, le cœur battant à grands coups. Mais ce n'était que le tic-tac des pendules et le vent qui poussait sa longue plainte aiguë, comme s'il voulait mettre le château en pièces.

Ce soir-là, cependant, quand Bob Armstrong alla se coucher, il me trouva dans sa chambre où je m'étais réfugié. Je lui chuchotai que j'avais peur et, lui passant les bras autour du cou, le suppliai de ne pas me renvoyer. Il me promit que je ne le quitterais pas, et je dormis toute la nuit sous la protection de sa force.

Pourtant, comment donner une idée exacte de cette peur qui maintenant me poursuivait ? Car je n'ignorais plus, d'après ce que Bob Armstrong et mon oncle Constance m'avaient dit, qu'il existait un réel danger, que ce n'était ni un effet de mon imagination désordonnée ni un mauvais rêve causé par une digestion difficile. Cela devint pire encore quand on ne vit plus du tout mon oncle Robert. Il était malade. Il restait dans sa tour, soigné par son vieux domestique au visage parcheminé. Et ainsi, n'étant nulle part, on le sentait partout. Je demeurais près d'Armstrong autant que je le pouvais, mais une sorte d'orgueil m'empêchait de m'accrocher, comme une fille, aux basques de son manteau.

Un silence mortel sembla tomber sur le château. Personne ne riait. Personne ne plaisantait. Aucun chien n'aboyait. Nul oiseau ne chantait. Deux jours avant Noël, le gel saisit le pays dans un étau de fer. Les champs durcirent, le ciel devint d'un gris plombé ; et, sous les nuages d'un jaune verdâtre, les collines, Scafell et Gable, parurent noires.

La veille de Noël arriva.

Je me rappelle que, ce matin-là, je m'essayais à reproduire quelque illustration naïve de l'une des scènes racontées par Mrs Radcliffe dans son livre, quand la double porte de la pièce où je me trouvais s'ouvrit ; mon oncle Robert parut, immobile, courbé, le visage ridé, ses longues mèches de cheveux gris tombant sur le col de sa veste, ses sourcils en broussaille pointés en avant. Il portait son vieux costume vert et, à son doigt, brillait sa bague à pierre rouge. J'eus peur, naturellement, mais je fus aussi saisi de pitié. Il paraissait si vieux, si frêle, si petit dans cette grande maison vide.

Je me levai.

— Oncle Robert, demandai-je timidement, vous allez mieux ?

Il se courba davantage, au point qu'il fut presque à quatre pattes. Puis il leva la tête vers moi, montrant ses dents jaunes, un peu comme un animal qui gronde. Et la porte se referma.

Le lent et gris après-midi finit enfin. J'allai à pied avec Armstrong jusqu'au village de Gosforth pour quelque affaire à lui. Nous ne parlâmes en aucune façon de Faildyke Hall. Je lui répétai seulement, comme il me le demandait, combien je l'aimais et comme je voulais qu'il restât toujours avec moi. Il me répondit que cela arriverait peut-être, sans savoir à quel point cette prédiction allait se réaliser. Comme tous les enfants, j'avais la faculté d'oublier immédiatement tout ce qui n'était point l'instant présent ; et je marchais à côté de Bob le long des chemins gelés, laissant un peu de côté mes inquiétudes.

Mais pas pour longtemps. Il faisait nuit quand je pénétrai dans le grand salon jaune. Comme je passais dans l'antichambre, j'entendis carillonner l'église de Gosforth. Un instant plus tard, un grand cri, terrifié, retentit.

— Qui a crié ? Qu'y a-t-il ?

Mon oncle Constance se tenait devant les rideaux de soie jaune de l'une des fenêtres. Il regardait fixement dans la nuit. Je m'approchai. Il m'attira contre lui.

— Écoute ! murmura-t-il. Qu'entends-tu ?

La double porte par laquelle je venais d'entrer était entrouverte. Tout d'abord, je n'entendis rien d'autre que les pendules et, dans le lointain, une charrette qui passait sur la route gelée. Le vent s'était tu.

Les doigts de mon oncle s'enfoncèrent dans mon épaule.

— Écoute ! répéta-t-il.

Et, cette fois, j'entendis. Sur le sol carrelé du couloir, au-delà du salon, marchait un animal. Mon oncle Constance et moi nous nous regardâmes. Et ce regard échangé fut un mutuel aveu. Le secret que nous portions en nous était le même. D'avance, nous savions ce que nous allions voir.

Quelques secondes plus tard, il était là, sur le seuil de la porte, un peu tapi, et nous regardant avec haine : une haine insensée, maladive — celle d'un animal malade, fou de détresse — plus grande encore que sa propre misère.

Lentement, il vint à nous. Il me sembla, à ce moment-là, que la pièce tout entière s'emplissait d'une odeur de carvi.

— N'avance pas ! cria mon oncle. Va-t'en !

Et, chose curieuse, je devins alors celui qui protégeait.

— Il ne vous touchera pas ! Il ne vous touchera pas, oncle Constance ! criai-je à mon tour.

Mais l'animal continuait d'avancer.

Un instant, il s'arrêta près d'une petite table ronde sur laquelle se trouvaient des fruits de cire sous un globe. Le museau baissé, il flaira le sol. Puis, levant la tête, il reprit sa marche vers nous.

Oh ! Dieu ! Même en écrivant cela aujourd'hui, après ce long temps écoulé, le souvenir est encore vivant en moi. Je revois le crâne plat, l'échine courbée, la diabolique couleur, et je sens cette odeur écœurante. Le chien bavait un peu au coin de la gueule. Il montrait les crocs.

Je poussai un hurlement en me cachant le visage contre la poitrine de mon oncle. Je vis alors que celui-ci tenait, de sa main tremblante, un gros et lourd revolver démodé.

Il cria :

— Va-t'en, Robert... Va-t'en !

L'animal continua d'avancer. Mon oncle fit feu. La détonation ébranla la pièce. Le chien tourna sur lui-même et, malgré le sang qui coulait de sa gorge, il rampa sur le parquet.

Près de la porte, il s'arrêta, se retourna et nous regarda. Puis il disparut dans la pièce à côté.

Mon oncle Constance avait jeté son revolver. Il pleurait et ne cessait de me caresser le front en murmurant des choses incompréhensibles.

Finalement, étroitement enlacés, nous suivîmes les taches de sang, sur le tapis, près de la porte, sur le seuil de la pièce voisine.

Recroquevillé sur lui-même contre un fauteuil, une jambe repliée sous lui, mon oncle Robert était mort, tué d'une balle dans la gorge.

Sur le sol, à côté de lui, il y avait une calotte grise.

Tarnhelm.
Traduit de l'anglais par Simone Millot-Jacquin.

MA CHAIR ET MON SANG

Susan Moody

Quand il regardait en arrière, il se rappelait immanquablement cet endroit comme un rayon de miel, rempli de lumière dorée. Les murs des maisons, bâties dans une sorte de pierre locale jaunâtre, en étaient comme vernis. Leurs toits, couverts d'anneaux de lichen liserés d'ocre, la faisaient ruisseler dans l'unique étroite rue, et leurs portes s'ouvraient dans ce qu'on aurait autrefois appelé le salon.

Après son long trajet dans les collines désolées, le village lui ouvrait les bras. En traversant le pont de pierre voûté, il sut immédiatement qu'il avait trouvé. Il s'arrêta et descendit de voiture. Il n'y avait pas de magasins, pas de pub, personne à qui demander son chemin. Au bout de la rue, des vaches couleur d'or clair, dans la vive lumière du soleil prêt à se coucher, regagnaient d'un pas nonchalant la barrière ouverte d'une ferme. Au-delà, des bâtiments en pierre, de la boue, de la paille et des bidons métalliques indiquaient une laiterie. Il les suivit.

Une femme était déjà en train d'ajuster sur la première vache les embouts d'une trayeuse électrique. Sans se relever, elle tourna vers lui un visage tanné par cinquante ou soixante années d'air de la campagne.

— J'essaie de trouver une maison, dit-il, avec la méfiance de l'homme des villes qui se trouve en présence des forces élémentaires.

Il lui montra la photo qu'il tenait par les bords entre le pouce et l'annulaire.

— Ouais, fit-elle.

— Beckwith House, je crois qu'elle s'appelle comme ça.

— Ouais.

— Elle est par ici ? Dans le village ?

— Nooon, dit-elle d'une voix aussi douce et ronde que les vaches dont elle s'occupait. Nooon, pas par ici.

Cela le surprit un peu. Il était tellement certain qu'elle serait là, blottie contre les autres maisons, comme avec des amies.

— Où est-elle, alors ?

— C'est par là-haut.

Elle hocha la tête vers la route qui montait derrière lui vers les collines. Déjà, l'ombre en envahissait les flancs et seules les plus hauts sommets étaient encore éclairés, mais il pouvait distinguer encore les contours des murs de pierres sèches qui sillonnaient le bas des pentes et, çà et là, la masse compacte d'une grange.

— C'est loin ?

— Trois ou quatre kilomètres. Peut-être cinq. C'est juste là sur la route.

— Merci.

Elle se retourna vers la barrière, puis elle le rappela :

— Elle sait que vous venez ?

Il s'arrêta.

— *Qui* devrait savoir que je viens ?

— La dame.

— Non, sourit-il en secouant la tête. Elle ne le sait pas.

Revenu en rase campagne, après son bref passage à l'abri du village, il sentit le vent qui descendait du haut des collines et poussait par rafales la voiture sur le bord de la route noire. Maintenant qu'il se rapprochait de l'endroit où il avait toujours voulu aller pendant sa vie, il n'éprouvait rien de l'excitation à laquelle il s'attendait. C'était tout au plus comme un vide qui attendait d'être comblé.

— ... *quelque part*... disait-elle souvent, cruellement.

Mais où ? Jusqu'à ce jour, il l'avait ignoré. À présent, l'endroit, l'heure, la nuit qui descendait sur lui, tout cela lui allait comme du sur mesure.

La route commença à serpenter. Au détour d'un virage, il vit des piliers de pierre et des grilles de fer deux fois grandes comme lui, des lauriers touffus derrière des murs. Il se gara sur le bas-côté, tout contre le mur. Derrière les grilles, une petite allée remontait en demi-cercle vers une maison carrée à deux étages. C'était la première fois qu'il venait, mais il savait très précisément comment l'allée contournait la maison en passant devant des fenêtres aux larges rebords, pour atteindre un porche sur le côté. Il savait qu'elle donnait sur une terrasse dallée qui précédait un jardin clos. Il connaissait la vue que l'on avait des fenêtres à l'arrière de la maison : pruniers et pommiers se dressaient, de chaque côté de la grille en fer forgé qui s'ouvrait dans le mur du jardin et dans laquelle, comme sur une photo, s'encadrait un fragment du paysage. Et il y avait aussi une mare, près de la terrasse, et une rocaille d'alpines, de petites plantes rases qui débordaient en cascades sur les pierres blanches. Sur l'un des piliers de l'entrée était apposée une plaque en ardoise ronde :

Beckwith House

Il suivit les deux courbes du *B* du bout de l'index. Puis il tourna la poignée de la grille, qui émit un grincement métallique. Elle résista un peu, puis s'ouvrit en suivant le profond sillon en arc de cercle tracé dans les graviers.

... *quelque part*...

Ici. Il avait enfin trouvé l'endroit, il y avait été attiré, presque, bien que dire cela fût un peu exagéré. Il avait si peu d'indices, juste ce mot chuchoté qu'il avait vaguement entendu : Garthway... Garthway ? Plus il essayait de se remémorer la scène — le regard mourant fixé sur lui qui devenait terne, l'énorme corps qui se soulevait, les lèvres qui bougeaient péniblement et essayaient de former le mot pendant qu'une main se crispait lentement sur le drap brodé —, moins il se rappelait ce qui avait vraiment été dit.

Ses pas ne faisaient pas le moindre bruit sur le sol. Les graviers y étaient enfoncés, sertis comme les yeux de noyés qui affleurent à la surface de l'eau. La maison respirait le manque d'entretien. Il passa entre les branches hirsutes des lauriers qui n'avaient pas été taillés. Une faible lumière éclairait l'une des fenêtres, dont les carreaux sales étaient envahis par une plante grimpante laissée à l'abandon depuis longtemps.

Il y avait une lueur, aussi, dans l'imposte décorée au-dessus de la porte. Il donna un coup de heurtoir et sentit la maison s'immobiliser, écouter, s'interroger. Un bruit de pas lui parvint dans le couloir, vifs, presque empressés.

La femme qui ouvrit la porte le fixa un moment. Plus tard, il fut incapable de dire combien de temps. Deux ou trois secondes ? Ou bien étaient-ce des minutes ? Sa bouche commença à former une esquisse de bienvenue, puis sourit franchement. Elle lissa de la main sur sa tempe ses cheveux qui étaient pourtant parfaitement coiffés.

— Martin, dit-elle.

Ce n'était pas une question.

— Oui.

— Je savais que tu viendrais.

— Oui.

— Il t'a fallu du temps.

— Je ne savais pas très bien où chercher.

Malgré l'aide des ordinateurs de la police, il lui avait fallu des semaines pour mettre le doigt sur cet endroit, sur cette femme.

Elle hocha la tête, comme si elle savait quelles difficultés il avait rencontrées pour la retrouver.

— Tu ferais bien d'entrer, alors, dit-elle en se collant contre le mur de l'étroit couloir pour le laisser passer. Tout droit, je suis dans la cuisine.

La cuisine était chaleureuse et remplie de bonnes odeurs. Cela faisait partie des choses qui lui avaient été refusées. Il vit qu'elle avait été refaite : on avait changé le papier peint et ajouté des étagères.

Dans cette lumière, il put mieux la voir. Elle était plus jeune qu'il ne s'y attendait. Et beaucoup moins triste. Il lui semblait qu'elle aurait dû être triste.

— Quel âge as-tu, maintenant ? Trente-deux ans ?

— À mon prochain anniversaire, dit-il.

— Début juin, c'est ça ?

Il hocha la tête, sans lui en vouloir d'avoir oublié la date exacte. Bien qu'ils se fussent perdus de vue depuis trente ans, elle se rappelait encore le minimum, tout comme il savait que derrière cette porte, sur la gauche, il y avait le garde-manger, qu'il aurait dû s'y trouver sept couvercles en cuivre accrochés au-dessus et non pas cinq. Elle s'appuya contre la cuisinière et secoua la tête.

— Je t'aurais reconnu n'importe où, dit-elle.

— Oui.

Bien sûr.

— Tu es dans la police, n'est-ce pas ? demanda-t-elle en fronçant les sourcils.

— Ah bon ?

— C'est ce qu'elle m'a dit, la dernière fois. Que tu étais dans la police.

Vraiment ? Parfois, il se rappelait à peine qui il était et d'où il venait. Parfois, il se rappelait à peine qu'il ne connaissait pas vraiment la réponse à la question. Et c'est pour cela qu'il était là, maintenant.

De la poche de son manteau, il sortit un paquet. Il en répandit le contenu sur la toile cirée luisante de la table. Au même instant, les voix qui n'avaient jamais semblé être parties bien loin lui revinrent.

— *... Quelque part...*
— *Où ?*
— *Quelque part.*
— *Où, Grand-Mère ?*
— *Dans le Nord.*
— *Où cela, dans le Nord ?*
— *Si je le disais, tu saurais tout, n'est-ce pas ?*
— *Dis-le-moi, Grand-Mère. Dis-le-moi.*

Parce que même à cette époque, enfant, à 6, 7, 10 ans, il savait déjà que c'était important. Si seulement elle acceptait de lui montrer l'endroit, de lui donner une dimension, une signification, enfin il aurait l'impression d'avoir des racines.

— *Qu'est-ce qui s'est passé, Grand-Mère ?*

Elle reprenait.

— *C'était le soir de Noël.*

Puis elle s'arrêtait, éclatait de rire, les plis de sa chair tressautaient. Elle avait tout à fait conscience de l'immense désir qui l'emplissait. Celui de savoir.

— *Le jour de Noël, Grand-Mère.*

Cela faisait partie du rituel cruel que le début soit toujours le même.

— *Oh, oui. Tu es un petit chimpanzé malin, toi, n'est-ce pas ?* (Un hochement de tête, un regard pardessus ses lunettes, un petit sourire pas très gentil.) *C'était le jour de Noël et il y avait du champagne dans un seau en argent...*

Ah, le champagne. Pendant des années, il avait ignoré ce que c'était.

— Du vin, mon petit, du vin pétillant, lui avait-elle dit. Cela vous met de bonne humeur. Ou ça rend triste, tout dépend comment on est.

Et elle gloussait, comme une vieille femme qui fouille dans ses souvenirs.

Une fois plus vieux, bien sûr, il avait vu du champagne, du vrai, pas imaginaire, il avait vu les grosses bouteilles, le papier d'argent du goulot, les étiquettes particulières, luxueuses, différentes de celles des autres bouteilles. Plus tard encore, il en avait bu, il avait senti les bulles lui chatouiller le palais. Ce pétillement était étroitement lié à ses plus anciens souvenirs : ce Noël-là, ce champagne-là.

— *Oui, Grand-Mère. Le champagne.*

— *Il y avait du champagne dans un seau en argent, et puis ta mère...*

Et elle s'arrêtait. Toujours. Ses doigts restaient suspendus au-dessus des photographies, ses mains, petites et délicates comparées à sa silhouette massive, et il voyait le passé dans ses yeux, cette chose terrible qu'elle ne voudrait jamais lui dire. Il savait que c'était terrible à son silence. Et toujours, brièvement, il voyait sur son visage l'expression bouleversée au souvenir de ce qui s'était passé ce jour de Noël, avant qu'elle parte sur une histoire de Père Noël ou de gâteaux, ou quelque autre morne banalité qui, il le savait, n'avait rien à voir avec ce qu'il lisait au fond de ses yeux.

— *Et ensuite, Grand-Mère, ensuite ?*

Mais il n'y avait plus aucune conviction dans sa voix. Elle n'allait pas le lui dire. Pas maintenant. Jamais.

À présent, la femme s'avançait et s'arrêtait devant lui, éparpillant du bout des doigts les photos sur la table.

— Tu as toujours toutes les photos, alors ? dit-elle.

— Oui.

— Elle est morte, j'imagine.

— Oui.

— Il était temps. Comment est-elle morte ? (Lentement : c'est ce qu'il voulut répondre — mais il ne le fit pas.) Parce que j'espère qu'elle a souffert en rendant le dernier soupir, dit la femme. J'espère qu'elle a lutté tout en sachant qu'elle perdrait. (C'était exactement ainsi que cela s'était passé. Il ne dit rien.) J'espère que cela a été... violent. (Sa voix trembla.) Comme la sienne. (Elle chercha parmi les photos et en choisit une.) Comme la sienne.

Il était jeune. Brun. Les cheveux tombant sur le front. Une casquette de soldat sous le bras.

La femme secoua lentement la tête.

— Il était si beau, dit-elle, sans vie. Si... *beau*.

— Mon père.

— Oui. Que t'a-t-elle dit sur lui ?

— Elle ne m'a rien dit. Sauf qu'il était mort.

— J'imagine qu'elle ne t'a pas dit pourquoi.

— Non. Pas même que c'était lui sur la photo. Du moins, pas jusqu'à récemment.

Il avait réussi à lui extorquer cela, en serrant la chair molle de sa gorge, puis en relâchant son étreinte, pour lui donner tour à tour espoir et le lui ôter. Et ma mère, avait-il dit. Dis-moi où elle est, où elle est. Il avait failli être trop tard. Garthway, avait-elle réussi à dire. C'était tout.

Par la fenêtre, à l'extrémité du jardin, il voyait les derniers rayons du soleil caresser la verte colline par la grille en fer qui donnait sur les landes. Elle scintillait comme une peinture sur verre suspendue entre les murs sombres qui l'encadraient.

— Et voilà que tu es revenu pour voir toi-même où cela s'est passé, c'est cela ? demanda-t-elle en remplissant une bouilloire et en la posant sur la cuisinière rouge.

— Elle ne m'a jamais dit exactement... (Il ramassa deux photos sur le tas.)... Mais je savais qu'il avait dû se passer quelque chose.

Quelque part dans son esprit, il entendit résonner cette voix haïe :

— C'était le jour de Noël, quelque part dans le Nord...

Deux photos. Un réveillon de Noël, où tout était clairement visible : la dinde, les saucisses, les pommes de terre au four et les choux de Bruxelles fumants, un plat en cristal taillé avec la sauce aux airelles, une autre saucière en porcelaine avec le jus de viande. À côté de la table, un seau en argent. Les gens penchés les uns vers les autres, souriants, levant leurs verres, prêts à fêter Noël. Au bout de la table était assise une femme de peut-être 40 ans, massive, blonde, avec une robe au large décolleté ouvert sur une poitrine lourde. Elle était belle, mûre. Ses collègues du commissariat auraient sifflé s'ils avaient vu sa photo, ils se seraient donné des coups de coude, ils auraient dit qu'elle allumait, qu'ils en auraient bien profité un peu. Elle se penchait vers la jeune fille assise à sa droite et disait quelque chose.

— C'est toi, n'est-ce pas ? demanda-t-il en effleurant le visage de la fille de l'index.

— C'est moi. C'était.

Et la même scène, quelques secondes plus tard. Les verres toujours levés, mais les sourires disparus alors qu'ils fixaient quelque chose hors champ, le visage horrifié, sous le choc. La fille était partie. La femme en bout de table regardait l'objectif droit devant elle, avec un sourire pas très gentil.

— Qu'est-ce qui s'est passé ? dit-il. Il faut que je sache.

Parce que ce cadavre à Wandworth ne pourrait plus rien dire. La langue enflée qui jaillissait de cette bouche s'était enfin tue. Depuis des semaines. Les petites mains blanches ne tourneraient ni ne retourneraient plus jamais les photos en revivant un passé qu'une catastrophe avait anéanti.

La femme haussa une épaule et laissa échapper un petit soupir.

— Si quelqu'un a le droit, c'est bien toi, dit-elle. Je ne savais pas que Bobby avait pris des photos.

— Bobby ?

— Mon petit frère. Il était fou de photo. C'est lui qui les a toutes prises, il photographiait tout. « Ce sera des archives pour la postérité », c'est ce qu'il disait.

— Et c'est bien ce que c'est devenu, c'est sûr.

— Elle me haïssait, évidemment, dit-elle doucement en baissant les yeux vers les clichés.

— Qui ?

— Ma mère. (Elle désigna de l'index la femme en bout de table.) Ce devait être une sorte de folie, d'obsession maladive. Ou peut-être qu'elle était simplement jalouse parce que Papa m'aimait plus qu'elle. Aujourd'hui, il y aurait un mot pour qualifier cela, sûrement. Il y en avait peut-être un à l'époque, mais je ne l'ai jamais su, je savais simplement qu'elle était dangereuse. Mes frères essayaient de me protéger, même le petit Bobby. Et Papa aussi, quand il était encore vivant. Je crois qu'elle m'aurait tuée, si elle avait pu. (Un silence.) Elle a fait autre chose.

— Dis-moi.

Un autre soupir frémissant.

— Edward. Ton père. Il habitait plus haut dans la vallée. Sa famille était riche, ils avaient beaucoup de terres. Edward avait dix ans de plus que moi, mais cela n'a jamais eu d'importance. Dès le début, pour lui comme pour moi, il n'y avait personne d'autre au monde. (Elle se détourna.) Nous nous *aimions*. (Sur la cuisinière, la bouilloire commença à frémir et des gouttes d'eau se mirent à grésiller sur la plaque brûlante comme des fourmis. La femme se leva, sortit une théière, des tasses, des soucoupes.) Tu comprends cela ?

— Oui, dit-il, alors qu'il ne savait rien de l'amour.

— J'ai été envoyée en pension pour échapper à ma mère, mais le premier jour des vacances, Edward était là, devant la grille du jardin et c'était comme l'été, comme un feu d'artifice, comme des roses qui jaillissent du sol et des oiseaux qui chantent.

Elle sourit à ce souvenir. Il n'y avait aucune émotion dans sa voix.

— Que s'est-il passé ?

— À mon seizième anniversaire, à la mi-septembre, Edward m'a écrit à la pension — il était entré à l'armée entre-temps — et il m'a dit qu'il serait muté outre-mer après Noël et qu'il voulait que je vienne avec lui. Il disait que j'étais assez âgée, qu'il demanderait à ma mère la permission de m'épouser, puisque Papa était mort l'année d'avant.

— Qu'a-t-elle dit ?

— Que c'était hors de question, que j'étais beaucoup trop jeune. J'ai écrit en disant que je n'avais pas besoin de son consentement, que j'avais légalement l'âge de me marier et que j'allais le faire, dès que je rentrerais à Noël pour pouvoir partir à l'étranger avec Edward. Elle était furieuse.

Il hocha la tête. Il connaissait les colères de Grand-Mère. La violence, la haine qui jaillissaient d'elle comme le champagne d'une bouteille qu'on secoue.

— Edward a dit qu'il pensait que mes frères pourraient la convaincre. Et finalement, elle a cédé. Elle a invité Edward au réveillon de Noël avec nous. (Elle vérifia la bouilloire, porta la main à son front et ferma les yeux.) Je pensais vraiment qu'elle...

— C'était le jour de Noël, quelque part dans le Nord, dit-il doucement.

— Il neigeait ce jour-là, dit-elle tout aussi doucement. Edward était tellement en retard qu'il a fallu commencer sans lui. Puis soudain, il a fait son apparition sur le seuil de la salle à manger. Il est resté là, à me regarder. Juste... à me regarder. Sans sourire. Et puis ma mère s'est penchée sur moi et a dit... elle a dit...

— Quoi ?

Pendant toutes ces années... À présent, il sentait le vide intérieur se remplir enfin avec ce qui aurait dû s'y trouver.

— Elle avait dû tout prévoir, décider exactement quand elle me le dirait, à la seconde près. Normalement, je n'aurais jamais dû m'asseoir à côté d'elle, mais ce jour-là, elle m'y a obligée. Pour que personne ne puisse l'entendre me dire qu'elle et Edward... qu'ils étaient amants. Qu'elle l'avait séduit, que cela avait été facile, que ce n'était pas moi qu'il aimait, mais elle.

— Tu l'as crue ?

— Non. Pas complètement. Pas... tout.

— Quoi, alors ?

— Edward savait ce qu'elle était en train de faire. Il m'a appelée. Il m'a dit qu'il m'aimait, qu'en dépit de tout, il fallait que je me souvienne qu'il m'aimait. Et puis...

brusquement, il est parti, il est sorti. Nous avons entendu un coup de feu.

— Mon Dieu !

— J'ai couru, couru sur la pelouse, avec mes chaussures neuves. Je le voyais gisant sur le sol, son arme à côté de lui, et je me suis agenouillée dans la neige et je l'ai serré contre moi pendant qu'il mourait. Son sang était si rouge, sur tout ce blanc... Elle m'a pris dans ses bras pour la première fois de sa vie. Elle a dit qu'ils allaient se marier. Qu'Edward n'avait pas le choix, étant donné les circonstances.

— Tu l'as crue ?

— Pas tout de suite, soupira-t-elle. Après, je suis allée à... l'hôpital pendant un certain temps.

— Bien sûr. Si tu portais... J'imagine qu'à l'époque... rejetée par la société... célibataire...

Sa voix mourut.

— Quand je suis sortie, Bobby s'était tué dans un accident de voiture et mes frères aînés étaient partis en Australie. Elle aussi était partie. Elle t'a emmené avec elle, dans le Sud. Tu étais tout ce qu'il me restait d'Edward.

— Quel malheur !

— Parce qu'évidemment, elle et Edward *avaient...* Oh, je ne lui en voulais pas. C'était sa faute à elle.

— Quel malheur, pauvre maman !

Il posa sa main sur la sienne. Elle et lui seraient amis. Ils rattraperaient toutes ces années que cette méchante femme, Grand-Mère, leur avait ravies. Il repensa brièvement à la mort de Grand-Mère, regretta que cela ne lui ait pas pris plus longtemps, qu'elle n'ait pas souffert davantage, qu'il n'ait pas été peut-être plus brutal, au début.

— Pour quoi tu n'es pas venue me chercher ?

Elle recula.

— Pour quoi faire ? Cela aurait tout ravivé. Le traumatisme. Et puis, au bout d'un moment, je m'en suis remise.

Il regretta qu'elle paraisse si indifférente.

— Je ne m'en suis pas remis, moi, dit-il.

— Jim et moi avons commencé à nous fréquenter, nous nous sommes mariés, nous avons eu des enfants... (Elle haussa les épaules.) Tu sais comment c'est.

— Mais, maman...

Il savoura le mot. Il était succulent, il en avait si peu l'habitude.

Elle le fixa un instant.

— Je ne suis pas ta mère, dit-elle en insistant sur le mot.

— Quoi ? demanda-t-il, sans comprendre ce qu'elle lui disait.

Elle eut un petit sourire, familier, pas très gentil.

— Ce n'est pas moi, Martin. Ton père et moi ne... nous n'avons... J'étais vierge quand j'ai épousé Jim.

— Alors... qui ?

Elle ne répondit pas.

— *Grand-Mère* ? dit-il.

— Si c'est comme cela que tu l'appelais.

— Elle m'avait dit que mes parents étaient morts, dit-il, les yeux pleins de larmes.

La haine, pure, brûlante, le remplissait. Grand-Mère, cette vieille femme obèse, dégoûtante, c'était sa mère, sa chair et son sang, celle qu'il avait mis tant de temps à trouver ?

La femme le regarda.

— D'une certaine manière, elle avait raison, n'est-ce pas ?

— Non ! Ne dis pas cela ! (Il lui serra le cou entre ses mains. Il sentit l'os à la base du crâne et les convulsions de sa gorge. Il secoua la tête.) Ça ne peut pas être... Pas Grand-Mère !

Il serra encore plus, essayant de lui faire rentrer ces mots dans la gorge, tandis qu'elle le griffait de ses doigts pâles et que son visage devenait de plus en plus violacé.

— Dis-moi que ce n'était pas Grand-Mère ! cria-t-il.

Mais elle ne répondit pas.

Quand il la laissa retomber sur la chaise, ses yeux, tout

comme les siens, étaient devenus ternes. Dans l'une de ses petites mains, elle tenait encore la photo de ce déjeuner jamais terminé, avec du champagne dans un seau en argent, un jour de Noël.

Le quatrième Noël de Susan Moody a été marqué par une visite à La Mère l'Oie, d'où il a fallu la retirer parce qu'elle hurlait. À 6 ans, son cadeau de Noël fut le film de Bambi, une expérience qui l'a marquée de la mélancolie qui l'a rendue célèbre. Ses Noëls n'ont cessé d'empirer depuis. En dépit — ou peut-être à cause — du tempérament douloureux que de telles déceptions n'ont pu qu'engendrer, elle a écrit un bon nombre de romans policiers, dont le plus récent est Roi de Cœur, *où figure le personnage de Cassandra Swann, une détective amateur et joueuse de bridge.*

More Than Flesh & Blood.
Traduit de l'anglais par Pascal Loubet.

DICTIONNAIRE DES AUTEURS

ALLEN, Woody

Le plus illustre représentant de ce qu'il est convenu d'appeler l'humour juif new-yorkais est né à Brooklyn en 1935. De son vrai nom, Allen Stewart Konisberg, il commence à écrire dès l'âge de 15 ans des papiers humoristiques pour les journaux en utilisant le pseudonyme de Woody Allen. Son diplôme de fin d'études secondaires en poche, il rejoint le comédien Cid Caesar à la télévision en qualité de gagman et débute au cabaret en 1961. Parallèlement, il écrit des pièces de théâtre et publie des livres comme *Pour en finir une bonne fois pour toutes avec la culture* d'où est extraite la nouvelle, *Le Big Boss*, reproduite dans la présente anthologie.

Mais c'est le cinéma qui va le révéler, d'abord avec *Quoi de neuf Pussycat ?* en 1965 dont il est à la fois le scénariste et l'interprète, puis avec une série de films où il va imposer progressivement son personnage d'intellectuel maladroit et timide, principalement préoccupé par l'amour et la mort.

Burlesques à ses débuts (*Prends l'oseille et tire-toi*, 1969 ; *Bananas*, 1971), ses films vont gagner au fil

du temps en gravité comme *Annie Hall* (1977), chronique d'une rupture teintée d'autobiographie, que récompensent trois oscars, et surtout *Intérieurs* (1978) au ton ostensiblement « bergmanien ». Mais le public ne suit pas et il revient à la comédie avec *Manhattan* (1979), superbe symphonie en noir et blanc. En 1983, il signe avec *Zelig* un de ses films les plus originaux.
À partir de *Broadway Danny Rose* (1984), évocation d'un impresario d'acteurs de second ordre, la nostalgie devient un des thèmes importants de son œuvre. En témoignent *La Rose pourpre du Caire* (1985) ou encore *Radio Days* (1987) où souvenirs d'enfance se mêlent au rappel des anciennes gloires de la radio.
Faisant preuve d'une activité intense, il tourne au rythme d'environ un film par an, et, sans renoncer à son univers, s'efforce au renouvellement. Il réalise ainsi un hommage à Kafka et au cinéma expressionniste avec *Ombre et brouillard* (1991), s'essaie à la comédie policière avec *Meurtre mystérieux à Manhattan* (1992), évoque le monde du théâtre et les gangsters des années 30 dans *Coups de feu sur Broadway* (1994) et se lance même avec bonheur dans la comédie musicale avec *Tout le monde dit I love you* (1997).

ALLINGHAM, Margery

Aînée de quatre enfants, Margery Allingham (1906-1966), née à Ealing dans la banlieue de Londres, ne pouvait à l'évidence échapper à son destin de femme de lettres. Descendante d'une lignée d'écrivains, fille d'un feuilletoniste et d'une rédactrice de journaux féminins, elle grandit, de son propre aveu « dans une atmosphère d'encre et de papier ». C'est tout naturellement donc qu'elle écrivit à 16 ans son premier

roman, une histoire de pirate : *Blackerchief Dick, a Tale of Mersea Island.*
En 1929, après avoir cru quelque temps à une vocation de comédienne, elle publie son premier roman policier, *Crime à Black Dudley*, dans lequel apparaît son limier fétiche, Albert Campion, « l'homme aux épaisses lunettes d'écaille », qu'elle réutilisera une douzaine de fois au cours de sa carrière. D'origine noble, comme lord Peter Wimsey de Dorothy L. Sayers, mais se cachant sous un pseudonyme roturier, Albert Campion se définit lui-même comme « un professionnel de l'aventure », et n'hésite pas, pour son propre compte, à passer du mauvais côté de la loi.
Les romans dans lesquels il intervient peuvent être divisés en deux périodes : ceux écrits avant 1934 où l'on relève la formation de feuilletoniste de l'auteur ; et ceux postérieurs à cette date qui intègrent, à une histoire solidement charpentée, une étude de mœurs et de caractères. Le personnage d'Albert Campion évoluera lui aussi ; prenant de l'âge, il rompra avec sa vie marginale et, installé dans un confortable appartement sis au-dessus d'un commissariat londonien, prêtera main-forte à Scotland Yard pour résoudre des énigmes particulièrement retorses. Son prestige augmentant, il se verra même confier, pendant la guerre, des missions d'espionnage et de contre-espionnage.
Considérée dans les pays anglo-saxons comme une des plus brillantes représentantes de l'âge d'or du roman à énigme, Margery Allingham a longtemps été négligée en France par les directeurs de collection. Depuis quelques années, cependant, son œuvre bénéficie d'un regain d'intérêt. La réédition dans des traductions nouvelles et la publication de titres inédits — tels que *Mort d'un fantôme* (1934), *Des fleurs pour la couronne* (1936) ou *La mode est au linceul* (1938) — lui permettent d'apparaître enfin à

sa vraie place, c'est-à-dire comme l'égale d'Agatha Christie et de Dorothy L. Sayers.

BOWEN, Marjorie

Marjorie Bowen (1885-1952) est le pseudonyme le plus célèbre de la romancière anglaise Gabrielle Margaret Vere Long.
Écrivain extrêmement prolifique et parfois inégal, elle composa durant sa longue carrière (débutée en 1906) 156 ouvrages, parmi lesquels on trouve des romans historiques, des romans sentimentaux, des biographies romancées, des livres pour enfants et une série de romans de mystère victoriens signés Joseph Shearing dont plusieurs flirtent avec le surnaturel comme *The Spectral Bride* (1942) ou *The Abode of Love* (1944).
Mais c'est surtout grâce à ses histoires de fantômes que Marjorie Bowen (qui fut en son temps une romancière admirée par des écrivains aussi divers que sir Hugh Walpole ou Graham Greene) doit de n'être pas complètement tombée dans l'oubli.
Marquée par ses cauchemars d'enfant et ayant vécu, plus tard, dans une maison hantée, elle excelle, dans ses *ghost stories*, à créer d'envoûtantes atmosphères et réussit avec une remarquable efficacité à distiller la peur.
Parmi ses ouvrages relevant du fantastique, on retiendra, outre son premier succès de librairie, *Black Magic* (1909), roman historique sur le satanisme et la sorcellerie tournant autour du thème de l'Antéchrist, deux recueils de nouvelles : *The Last Bouquet* (1933) et *The Bishop of Hell* (1949).
De cet aspect de l'œuvre de Marjorie Bowen, on ne connaît guère en français qu'une nouvelle, *The Avenging of Ann Letee*, traduite sous deux titres différents : *La Vengeance d'Ann Letee* (*Fantômes à*

lire, anthologie composée par Alain Dorémieux, Presses de La Cité, 1964) et *La Dame en robe verte* (*Derrière la porte*, anthologie composée par R. Stragliati, Casterman, 1976).

CHRISTIE, Agatha

« La femme à qui le crime a le plus profité depuis Lucrèce Borgia » est née en 1890 à Torquay, élégante station balnéaire de la côte sud de l'Angleterre.
Après un mariage malheureux avec l'aviateur Archibald Christie, elle épouse en secondes noces l'archéologue Max Mallowan qu'elle accompagne régulièrement en Irak à l'occasion de fouilles. De ses voyages au Proche-Orient, elle tire plusieurs romans dont *Meurtre en Mésopotamie* (1936) et utilise sa connaissance de l'Égypte ancienne dans *La Mort n'est pas une fin* (1945), intrigue policière située à l'époque des pharaons.
Son œuvre romanesque riche de 66 romans et de 17 recueils de nouvelles, traduite en plus de 50 langues, continue, depuis sa mort en 1976, de rencontrer un succès ininterrompu qui en fait l'un des quatre ou cinq auteurs les plus lus dans le monde depuis l'invention de l'imprimerie !
Merveilleuse tisseuse d'intrigues, elle excelle dans l'art de raconter simplement une histoire compliquée et a su doter la littérature criminelle de personnages inoubliables comme Hercule Poirot ou Miss Marple qui apparaissent respectivement pour la première fois dans *La Mystérieuse Affaire de Styles* (1920) et dans *L'Affaire Prothero* (1930).
Attirée par le théâtre dès son plus jeune âge, elle devient, dans les années 50, la reine du West End avec trois pièces policières à l'affiche en même temps dont *La Souricière*, record absolu de longévité théâtrale, puisque bien cette pièce se joue sans discontinuer à Londres depuis 1952 !

Agatha Christie, qui vénérait Noël — comme en témoigne son *Autobiographie* — avait coutume de publier, chaque année, un roman pour la fête de la Nativité : « A Christie for Christmas. » Noël lui a fourni la matière de plusieurs de ses œuvres, un roman : *Le Noël d'Hercule Poirot* (1938), un livre pour enfants inédit en français : *Star over Bethleem and Other Stories* (1965) ainsi que deux nouvelles : *Tragédie de Noël* (1932, recueillie dans *Frissons de Noël*) et *Christmas Pudding* (1960) que nous reproduisons dans la présente anthologie.

DOYLE, Arthur Conan

Le sort des écrivains populaires est parfois cruel. Bon nombre ont disparu derrière leur créature. C'est le cas de Ponson du Terrail avec Rocambole, d'Edgar Rice Burroughs avec Tarzan et de Conan Doyle avec Sherlock Holmes. Le public connaît le personnage, mais ignore l'écrivain. Et Conan Doyle le supporte d'autant plus mal qu'il rêve de devenir le Walter Scott de la seconde partie du XIXe siècle. Aussi sa vie durant, accusera-t-il le roi des détectives de mettre dans l'ombre « la meilleure partie de (son) œuvre » c'est-à-dire ses romans historiques comme *La Compagnie blanche* ou *Les Réfugiés*.
Diplômé de la faculté de médecine d'Édimbourg (où il est né en 1859), il pose sa plaque à Southsea dans le sud de l'Angleterre, et après quelques essais littéraires — essentiellement des nouvelles —, fait paraître, en 1887, *Une étude en rouge*. Il est loin alors de se douter qu'il vient, avec ce roman publié dans un almanach de Noël, de donner vie au personnage le plus célèbre de toute la littérature policière. D'ailleurs, comment pourrait-il l'imaginer ? *Une étude en rouge* sort dans l'indifférence générale, et *Le Signe des quatre* (1890), deuxième roman de ce qui allait

devenir le cycle de Sherlock Holmes, ne rencontre qu'un succès d'estime. En fait, c'est en 1891, dans *Le Strand Magazine* — périodique qui mêle articles, reportages et nouvelles — que Sherlock Holmes va s'imposer comme le plus grand phénomène littéraire du siècle. Après une série de vingt-quatre nouvelles, Conan Doyle prend son personnage en grippe et s'en débarrasse en le précipitant dans un gouffre suisse en compagnie de Moriarty. Malgré les protestations qui affluent de toute part, il tient bon et revient à ses premières amours : le roman historique.

En 1902 cependant, cédant aux offres faramineuses de son éditeur, il consent, dans *Le Chien des Baskerville*, à reprendre Sherlock Holmes, mais situe l'action du roman avant la chute fatale. Finalement, il le ressuscite pour de bon en 1905 dans *La Chambre vide*. C'est ainsi que, contraint et forcé par le succès, il poursuivra jusqu'en 1927 — soit trois ans avant sa mort —, la relation des exploits du locataire de Baker Street, lesquels totalisent quatre romans et cinquante-six nouvelles.

Dans les dernières années de sa vie, devenu adepte d'Allan Kardec, Conan Doyle utilisera les droits que lui rapportent les aventures de Sherlock Holmes pour financer des missions d'évangélisation spirite ; que le plus froid des logiciens ait contribué à la diffusion d'une pensée mystique n'est pas le moindre paradoxe de son œuvre !

Reste que Conan Doyle n'avait pas tout à fait tort : Sherlock Holmes a bien fait de l'ombre. Non pas à ses romans historiques, comme il le pensait (car la plupart seraient aujourd'hui oubliés s'ils ne portaient pas la signature du créateur de Sherlock Holmes), mais à ses contes fantastiques et ses histoires d'aventures, à ses romans et nouvelles de science-fiction. Tous témoignent de son prodigieux talent de conteur, un conteur aussi à l'aise dans la création d'atmosphères inquiétantes que dans l'humour ainsi qu'en témoigne *Une éprouvante nuit de Noël* que nous avons choisie pour cette anthologie.

HARDY, Thomas

Thomas Hardy naquit en 1840 à Upper Bokhampton, hameau voisin de Dorchester, où il mourut en 1928 dans la maison qu'il avait lui-même bâtie : « Max Gate ».
Après avoir étudié l'architecture, il se consacra à la littérature, publia ses premiers romans. *Sous la verte ramée* (*Under the Greenwood Tree*, 1872) et *Une Paire d'yeux bleus* (*A Pair of Blue Eyes*, 1873) commencèrent à établir sa réputation. La publication de *Loin de la foule insensée* (*Far from the Madding Crowd*, 1874) l'affirma définitivement.
Parmi ses romans les plus célèbres, il convient de citer *Tess d'Uberville* (*Tess of the d'Uberville*, 1891) et, bien sûr, *Jude l'obscur* (*Jude the Obscure*, 1896). La noirceur de ce dernier roman (où l'on assiste à la pendaison des enfants de Jude par leur demi-frère qui se pend lui-même après eux), suscita des polémiques si virulentes que Thomas Hardy décida d'abandonner la fiction pour ne plus se consacrer désormais qu'à la poésie.
Tous ses romans, sans exception, se déroulent dans le sud-ouest de l'Angleterre, le Dorset, qu'il appelle le Wessex du nom de l'ancien royaume des Saxons de l'ouest, et qui, sous sa plume, devient une province de l'imagination.
Son œuvre porte la marque du pessimisme le plus sombre et lui-même notait que seule la tragédie l'inspirait. Le hasard, toujours funeste, coupe et recoupe les destinées individuelles, la nature est cruelle, et la société à la morale hypocrite et répressive accable l'homme et surtout la femme. Tess que l'on pend à Wintoncester est une authentique martyre.

Il n'est pas étonnant dans ces conditions que Thomas Hardy, qui, sa vie durant, porta le deuil de la foi qu'il avait perdue, ait écrit d'aussi noirs contes de Noël. Comme celui que nous avons choisi, où le personnage principal décide de disparaître le jour précisément de la fête de la Nativité.

HOCH, Edward D.

Qualifié par un critique anglo-saxon de « dernier écrivain professionnel de nouvelles survivant », Edward D. Hoch (né en 1930 à Rochester dans l'État de New York), avec plus de huit cents nouvelles à son actif, constitue indéniablement un cas à part dans le panorama de la littérature policière d'après guerre.
Après s'être fait la main, à partir de 1935, en rédigeant des histoires pour les derniers *pulps*, il devient très rapidement le pourvoyeur régulier de grands magazines spécialisés dans la publication de nouvelles policières comme *Ellery Queen's Mystery Magazine*, *The Saint Detective Magazine* et *Alfred Hitchcock's Mystery* ; une centaine de ses nouvelles furent ainsi publiées.
La variété des thèmes abordés par Hoch au fil de ses récits ne manque pas d'impressionner, comme la liste de ses héros d'ailleurs, une quinzaine à peu près, dont certains sont vraiment surprenants. Parmi les plus fameux et les plus pittoresques, citons Simon Ark, détective de l'occulte, âgé — du moins le prétend-t-il — de 2000 ans, et Nick Velvet, cambrioleur spécialisé dans le vol d'objets insolites ou sans valeur comme l'eau d'une piscine, un tigre dans un zoo, une équipe de base-ball, une souris, la poussière d'une pièce vide...
Par ailleurs, Edward D. Hoch est également un maître ès crimes impossibles, « le digne successeur de John Dickson Carr, dans la spécialité de ce dernier »

(Roland Lacourbe). On lui doit plusieurs dizaines de nouvelles tournant autour du fascinant problème de la chambre close et une anthologie sur le sujet : *All but impossible !* (1981).
C'est au Dr Hawthorne, apparu pour la première fois en 1974 dans les pages de *Ellery Queen's Mystery Magazine*, que Hoch a confié la résolution de la majorité de ses intrigues défiant l'imagination. La série des enquêtes du Dr Hawthorne compte actuellement cinquante-deux nouvelles, dont une quinzaine ont été réunies par Roland Lacourbe dans *Les Chambres closes du Dr Hawthorne* (Éd. Rivages, 1997). Ajoutons que compte tenu des diableries qui s'y sont accumulées au fil des ans, la ville imaginaire de Northmont, où le bon docteur passe une retraite agitée, mériterait bien, comme le suggérait Frédéric Dannay, d'entrer dans le *Livre Guinness des records* au titre de « capitale des crimes en chambres closes » !

LOVESEY, Peter

D'abord enseignant, Peter Lovesey (né en 1936 à Whitton dans le Middlesex) se lance dans la carrière littéraire avec deux premiers romans ayant pour toile de fond le sport à la fin du XIXe siècle, *La Course ou la vie* (1970) et *Le Vingt-sixième round* (1971). Il crée à cette occasion le sergent Cribb et le constable Thackeray que l'on retrouve dans d'autres romans abordant plus largement la société victorienne comme *Trois flics dans un bateau* (1976) qui obtient le Grand Prix de littérature policière 1985 et *Le bourreau prend la pose* que récompense le Silver Dagger Award.
Résolument attiré par le passé, il excelle à associer intrigues ingénieuses et recréations d'époques révolues. C'est ainsi qu'il situe sur un paquebot des années 30 l'action de *À chacun son Dû* (pour lequel il reçoit le

Gold Dagger Award 1982) ou dans le Hollywood des débuts du cinéma, la trame de *Tourne et tais-toi* (1983).
Il s'essaie également dans l'exercice périlleux consistant à faire d'un personnage historique le héros d'une série policière et y réussit parfaitement en mettant en scène le prince de Galles, Albert Edouard dit Bertie, « le prince détective », futur Edouard VII dans *Honni soit qui mal y pense* (1987).
Après une carrière placée sous le signe du roman historique, il s'attaque depuis 1992 à l'époque contemporaine, créant pour l'occasion Peter Diamond, ex-inspecteur au chômage (*Un flic en solitaire*), lequel reprendra du service après *La Convocation*, et signe, en 1997, avec *Un flic et ses limiers* un de ses romans les plus astucieux et les plus réjouissants.
Nouvelliste prolifique, on lui doit plusieurs recueils de textes brefs : *Bouchers, vandales et compagnie* (1985), *Ô mes aïeux* (1985) et *Le Crime de Miss Oyster Brown* (1994). C'est à ce dernier recueil qu'appartient *Fantôme* (*The Haunted Crescent*).

MOODY, Susan

Comme Dorothy L. Sayers, c'est à Oxford que Susan Moody, née Susan Horwood, a vu le jour en 1942. Après de brillantes études à la Oxford's High School for Girls et l'obtention d'une licence en 1978, elle entame une carrière littéraire en écrivant sous le pseudonyme de Susanah James deux romans de littérature générale : *A Distant Shores* (1981) et *Lucia's legacy* (1984).
Elle s'oriente ensuite vers le roman policier et crée avec *Penny Black* (1984) le personnage de Penny Wanamake, fille d'un diplomate africain et d'une lady anglaise. Élevée dans les meilleures écoles, Penny a

été membre de la jet set et exerce la profession de photographe free-lance ; son amant, Barnaby Midas, est, de son côté, un habile voleur de bijoux. Ses enquêtes mettent à nu les dessous les moins reluisants des classes dites « supérieures », et la couleur de sa peau — Penny Wanamake est noire — fournit à l'auteur l'occasion de dénoncer le racisme latent de notre société. Le cycle de Penny Wanamake compte à ce jour sept romans dont le dernier a été publié en 1990 : *Penny Saving*.
Soucieuse de diversifier sa production, Susan Moody écrit également des « thrillers romantiques » comme *Playing with the Fire* (1989) et *House of the Moon*, et a entamé avec succès, en 1993, un nouveau cycle mettant en scène un autre détective amateur, une joueuse professionnelle de bridge du nom de Cassie Swann.
Ajoutons que Susan Moody a été présidente une année de la Crime Writers Association, et qu'elle a également écrit des nouvelles pour *Ellery Queen's Mystery Magazine* ainsi que pour différentes anthologies dont celle de Tim Head : *A Classic English Crime*. C'est de ce recueil publié en 1990 pour célébrer le centenaire d'Agatha Christie qu'est extraite la seule nouvelle de Susan Moody traduite en français : *Tous les coups sont permis en amour* (*All is fair in Love* ; *Mystère, Mystère*, anthologie composée par Jacques Baudou, Éd. Denoël, 1994).

WALPOLE, Hugh

Descendant de Horace Walpole (1717-1797), l'auteur du célèbre *Château d'Otrante* (1765), roman fondateur du genre gothique, et fils d'un évêque d'Édimbourg de l'Église Épiscopale écossaise, Hugh Walpole est né en 1884 à Auckland en Nouvelle-Zélande. Après une enfance passée en Cornouailles, il fait ses études à Cambridge, et tâte de plusieurs métiers.

C'est en 1909 que débute sa carrière littéraire avec la publication de *The Wooden Horse* (1909) qui lui attire la sympathie de Henry James. Durant la Première Guerre mondiale, il sert dans la Croix Rouge russe de 1914 à 1916, et tirera de cette expérience trois romans : *The Dark Forest* (1916), *The Green Mirror* (1918) et *The Secret City* (1919).
Son œuvre fort abondante comprend des récits pour la jeunesse, d'innombrables articles et préfaces, de copieux romans historico-sociaux cherchant à rivaliser avec la manière des grands écrivains victoriens et dont plusieurs (*La Cathédrale*, *Rogue Herries* et sa suite) ont été traduits en français.
À cela s'ajoutent un bon nombre de nouvelles fantastiques écrites spécialement pour les anthologies de Cynthia Asquith dans les années 20 et 30 parmi lesquelles figurent *Mrs Lunt* (1927), *The Snow* (1929), *The Little Ghost* (1931) où le surnaturel n'intervient que de manière allusive et insidieuse.
Anobli « pour ses services rendus à la littérature », sir Hugh Walpole est mort en 1941 dans ce Cumberland qu'il a si souvent décrit, et où se situe l'action de *Le Tarnhelm* que nous avons choisi d'inclure dans la présente anthologie.

SOURCES

ALLEN, Woody, *Mr Big*, nouvelle recueillie dans *Getting even*, 1972. En français sous le titre : *Le Big Boss* in *Pour en finir une bonne fois pour toutes avec la culture*, Solar, 1973 (traduction de Michel Lebrun).

ALLINGHAM, Margery, *Murder under the Mistletoe*, 1962. En français sous le titre : *Le Sang répandu sous le gui*, nouvelle publiée dans *L'Anthologie du Mystère*, n° 225 bis de la revue *Mystère-Magazine*, automne 1966 (traduction de Gersaint).

BOWEN, Marjorie, *Cambric Tea*, nouvelle recueillie dans *Murder for Christmas*, anthologie composée par Thomas Geodfrey, Headline Book Publishing PLC, Londres, 1987. Nouvelle inédite en français, traduite sous le titre : *L'Heure du thé* par Pascal Loubet.

CHRISTIE, Agatha, *The Adventure of the Christmas Pudding*, 1960. En français sous le titre : *Christmas Pudding*, Éd. du Masque (traduction de Jean-Michel Alamagny).

DOYLE, Conan, *An Exciting Christmas Eve*, nouvelle publiée dans le magazine *Boy's Own Paper*, Noël 1883. En français sous le titre : *Une éprouvante nuit de Noël*, in *Contes inédits*, tome 13 de *L'Intégrale de Conan Doyle*, NéO, 1988 (traduction de Richard D. Nolane).

HARDY, Thomas, *The Grave by the Handpost*, nouvelle publiée dans le magazine *St. James's Budget*, Noël 1897, recueillie dans *A Changed Man*, 1913. En français sous le titre : *La Tombe solitaire* in *Sous le regard du berger*, choix de nouvelles présenté par Pierre Coustillas, Presses Universitaires de Lille, 1984 (traduction de Michel Krzak).

HOCH, Edward D., *The Problem of the Christmas Steeple*, nouvelle publiée dans *Ellery Queen's Mystery Magazine*, janvier 1977. Nouvelle inédite, en français sous le titre : *Le Clocher de Noël* (traduction de Pascal Loubet).

LOVESEY, Peter, *The Haunted Crescent*, nouvelle recueillie dans *Murder under the Mistletoe*, anthologie composée par Charlotte MacLeod (Mysterious Press, New York, 1989), puis dans *The Crime of Miss Oyster Brown*, 1994. En français sous le titre : *Fantôme* in *Le Crime de Miss Oyster Brown*, Éd. du Masque, 1994 (traduction de Jean-Michel Alamagny).

MOODY, Susan, *More than Flesh and Blood*, nouvelle publiée dans *A Classic Christmas Crime*, anthologie composée par Tim Heald, Headline Book Publishing PLC, 1995. Nouvelle inédite en français, traduite sous le titre : *Ma chair et mon sang* par Pascal Loubet.

WALPOLE, Hugh, *Tarnhelm*. En français *Le Tarnhelm*, nouvelle recueillie dans *De l'autre côté de la porte*, anthologie composée par Françoise Martenon et Roland Stragliati, Casterman, 1976 (traduction de Simone Millot-Jacquin).

TABLE

Cet ouvrage a été composé par
PARIS PHOTOCOMPOSITION
75017 Paris

Impression réalisée sur Cameron par
BRODARD ET TAUPIN
La Flèche

en novembre 1999

Imprimé en France
Dépôt édit. 8612 – 12/1999
Édition 01
N° d'impression : 4462D
ISBN : 2-7024-7914-6

52/6109/4